AF235920

Beim Abriss eines Einfamilienhauses entdecken die Bauarbeiter einen menschlichen Schädel. Doch anstatt die Ermittlungen aufnehmen zu können, müssen Philip Goldberg und seine beiden Kollegen sich um die Beamten der internen Ermittlungsgruppe DIVE kümmern, die Kophusens Polizeistation ins Visier genommen haben. Zeitgleich verschwinden zahlreiche Haustiere, und Goldberg sieht sich mit Rosis neugegründeter Bürgerwehr konfrontiert, deren unheilvolle Unterwanderung den dörflichen Frieden bedroht. Während der ehemalige Stationsleiter Alfred versucht, die Falldichte künstlich zu erhöhen, bereitet sich der Täter hingebungsvoll auf seinen letzten Einsatz vor. Die Haustiere sind Teil einer verzweifelten Mission, die er unter allen Umständen zu Ende bringen will. Auch wenn das bedeutet, dass er wieder töten muss.

Nicole Wollschlaeger, 1974 in Pinneberg geboren, absolvierte zunächst eine Ausbildung zur Buchhändlerin. 2004 schloss sie ihr Schauspielstudium in Hamburg ab. Bis 2016 lieh sie ihre Stimme der Kinderbuchreihe *Das magische Baumhaus* und tourte mit ihren Lesungen durch ganz Deutschland. 2013 erschien ihr erster Roman *Schatten über Nargon* im Carlsen Verlag.

Mit ELBSCHULD startete 2016 die Krimireihe um das Kophusener Ermittler-Trio.

Nicole Wollschlaeger

ELBTIER

Kriminalroman

Der sechste Fall von Kommissar Philip Goldberg

Ausführliche Informationen finden Sie
unter: www.nicolewollschlaeger.de

Der Titel ist auch als eBook und Hörbuch
erschienen.

Weitere Titel der Autorin:

ELBSCHULD
ELBSCHMERZ
ELBSPIEL
ELBGIFT
ELBFANG
Schatten über Nargon

Ungekürzte Ausgabe 2021
© 2021 Nicole Wollschlaeger

Herstellung und Verlag:
BoD – Books on Demand, Norderstedt
ISBN: 9783754317556
Umschlaggestaltung: Svenja Sund
unter Verwendung von Motiven von Canva®
Lektorat: Stefan Wendel, Lübeck
Korrektorat: Sonja Hartl, Alxing,
& Rita Nandy, Wunstorf

In liebevoller Erinnerung an
Lieschen, Bob, Flauschi, Knubbel und Purzel.

*»Ich bin nicht tot, tausche nur die Räume, ich leb' in euch
und geh' durch eure Träume. «*
Michelangelo

1

Es war kurz nach sieben, als Katharina Ludwig ihren
Jack-Russell-Terrier an die Leine nahm und das Haus
verließ. Dank der Zeitumstellung war es bereits hell.
Sonntags machte sie mit Sammy vor dem Frühstück einen ausgiebigen Morgenspaziergang. Sie hatte den
braun-weißen Hund erst vor einigen Wochen aus dem
Tierheim in Itzehoe geholt. Schon als Kind hatte sie
sich einen Hund gewünscht, aber ihre Eltern waren immer dagegen gewesen. Nach dem Umzug nach Kophusen
hatte sie sich ihren Wunsch endlich erfüllt. Sammy war
ihr sofort aufgefallen, und als sie an den Zwinger getreten war, war er schwanzwedelnd auf sie zugestürmt, als
hätten sie einander schon immer gekannt. Die Leiterin
des Tierheims zeigte sich erstaunt über seine spontane
Zuneigung. Normalerweise war Sammy eher zurückhaltend, wenn Besucher kamen. Doch nicht bei Katharina.

Die beiden hatten sich auf Anhieb ins Herz geschlossen. Sie hatte ihr Glück kaum fassen können.

Letzten Freitag hatte sie Sammy bei einer Hundeschule in der Nähe angemeldet. Da es ihr erster Hund war, wollte sie alles richtig machen. Außerdem entpuppte sich der Terrier als Kraftpaket, das sich nur schwer bändigen ließ

Katharina liebte die frühmorgendlichen Spaziergänge, bei denen sie Kophusen oft ganz für sich allein hatte. Das Dorf war nicht groß, und sie hatte sich sofort in den kleinen Ort an der Elbe verliebt. Nach endlosen Besichtigungen hatte sie sich für eine kleine Reetdachkate entschieden. Mit einem Häuschen im Grünen hatte sie schon länger geliebäugelt. Zwar hatte es auf den ersten Blick ein wenig düster gewirkt, aber seit sie die dunklen Deckenbalken innen weiß gestrichen hatte, wirkte es wesentlich freundlicher und vor allem größer. Als Grafik-Designerin einer renommierten Hamburger Werbeagentur konnte sie ebenso gut von zu Hause arbeiten. Und falls nötig, fuhr sie einfach mit dem Zug in die Stadt. Sie hatte sich diese Entscheidung nicht leicht gemacht. Seit der Trennung von ihrem Freund war in ihr der Wunsch nach Abgeschiedenheit größer geworden. Ihre Eigentumswohnung in Eimsbüttel hatte sie vermietet. Sie wusste nicht, ob das Landleben das Richtige für sie war. Manche Dinge musste man eben erst einmal ausprobieren.

Den Ortskern von Kophusen hatten sie schon ausgiebig erkundet. Sammy hatte sich gestern auf dem Kirchenvorplatz erleichtert, und da sie die Beutel vergessen hatte, hatte sie sich schnell aus dem Staub machen wollen. Doch eine Anwohnerin hatte ihr Vergehen entdeckt und lautstark gemaßregelt. Heute Morgen hatte sie daher beschlossen, die äußere Runde um Kophusen herum zu nehmen. Eine schmale Straße führte an Feldern entlang und verband die letzten Häuser des Dorfes mit dem Ortskern. Hier reihte sich ein Bauernhof an den nächsten. Sie mochte die riesigen Reetdachhäuser, von denen die meisten den Glanz vergangener Zeiten längst hinter sich gelassen hatten. Die Mehrzahl dieser Höfe machten den Eindruck, als würden sie nicht mehr betrieben. Zwischen den einzelnen Gehöften konnte man einen Blick auf einige Perlen der norddeutschen Architektur werfen. Oft deutlich kleinere Häuser, die ihren Charme nicht verloren hatten und liebevoll gepflegt wurden.

Katharina folgte der Straßenkurve vorbei an den Wiesen. Der Frühnebel hing tief zwischen den Bäumen und Sträuchern, die sich entlang des schmalen Grabens schlängelten. Sammy lief weit voraus, die lange, neongrüne Rollleine im Anschlag, sodass sie den Jack-Russell-Terrier mehr erahnte, als dass sie ihn tatsächlich sehen konnte. Heute Morgen lagen die Häuser verschwommen im Dunst. Sie hatte noch keine Gelegenheit gehabt, jemanden in Kophusen kennenzulernen. Einfach bei ihren Nachbarn zu klingeln und sich vorzustellen, dafür hatte ihr bisher die Zeit gefehlt. Sie hoffte, dass man sich zwanglos bei einem Spaziergang begegnen würde. Bislang war das allerdings nicht geschehen.

Die Leine spannte sich ruckartig. Vermutlich hatte Sammy ein Kaninchen auf dem Feld entdeckt. Mithilfe der Stopptaste verkürzte sie die Entfernung zu ihrem Hund, und die Leine rollte sich Stück für Stück eigenständig auf. Sie kam ihr wie ein Rettungsseil vor, an dessen Ende der Terrier unaufhörlich zog. Irgendetwas im Nebel hatte seine Aufmerksamkeit erregt. Katharina folgte dem grellen Band, bis Sammy inmitten des feuchten Dunstes auftauchte. Er stand reglos vor einem grünen Bauwagen, der an der Straßenseite abgestellt war. Das kleine Haus dahinter konnte sie nur schemenhaft erkennen.

»Braver Sammy. Was hast du denn entdeckt?«

Katharina streichelte den kleinen Kopf, doch der Hund rührte sich nicht. Normalerweise reagierte das Tier auf jede Berührung von ihr. Stattdessen zog es ihn Richtung Haus. Er schien Witterung aufgenommen zu haben. Die Schnauze glitt dicht über den Boden.

»Riechst du ein Kaninchen?«

Sammy drängte vorwärts. Katharina hatte Mühe, ihn zurück auf den Weg zu bringen. Er hatte offensichtlich nicht vor, ihren Spaziergang fortzusetzen.

»Sammy, das ist ein Privatgrundstück, das dürfen wir nicht betreten. Komm!«

Katharina versuchte, den Hund zur Umkehr zu bewegen, doch er ließ sich partout nicht davon abbringen.

»Zu Hause gibt es ein Leckerli.«

Selbst diese Aussicht ließ ihn nicht erweichen. Stattdessen knurrte er leise. Plötzlich ergriff sie eine leichte Panik. Möglicherweise brach gerade jemand in das Haus ein. Katharina hielt sich nicht für einen ängstlichen Menschen, aber in diesem Nebel, mutterseelenallein, konnte sie auf eine solche Begegnung gern verzichten. Andererseits konnte auch jemand in Gefahr sein. Vielleicht brauchte jemand Hilfe.

»Ist ja gut. Wir schauen kurz um die Ecke.«

Der Regen der letzten Tage hatte den Boden aufgeweicht. Skeptisch blickte Katharina sich um, konnte in den dicken Nebelschwaden aber nichts erkennen. Es war ein bisschen unheimlich. Sie verkürzte die Leine erneut und ging vorsichtig am Bauwagen vorbei. Sammy zog unermüdlich und folgte der unsichtbaren Fährte.

Nasses Laub bedeckte den Boden. Die Feuchtigkeit sog sich in ihre Turnschuhe. Kurz bereute sie, nicht doch Richtung Ortskern gegangen zu sein. Sollte sie umkehren? Katharina atmete die feuchte Luft ein und streckte den Rücken durch.

»Stell dich nicht so an«, flüsterte sie, »du wolltest ja unbedingt aufs Land ziehen. Also reiß dich zusammen.«

Entschlossen folgte sie Sammy, der ein leises Kläffen von sich gab, als wolle er ihr versichern, dass sie sich keine Sorgen zu machen brauchte. Katharina schüttelte den Kopf, während ihr Blick auf ihre völlig durchnässten Schuhe fiel. Sie wollte sich nicht erkälten. Vielleicht sollte sie doch umkehren. Unschlüssig blieb sie stehen. Wie aufs Stichwort kam Sammy zu ihr und bellte. Dann lief er ein Stück voraus, um sich kurz darauf wieder zu ihr umzudrehen. So aufgeregt hatte sie ihren Hund noch nicht erlebt. Katharina wurde das Gefühl nicht los, dass er ihr etwas zeigen wollte.

»Na schön. Aber nur kurz. Und dann gehen wir zurück. Hörst du?«

Sammy bellte wie zur Bestätigung und setzte seinen Weg fort. Katharina fluchte leise. Was zum Teufel machte sie hier? Ließ sich von dem kleinen Pimpf zum Narren halten. Sicher hatte er nur ein totes Tier gewittert, das er ihr stolz präsentieren wollte, als hätte er es selbst erlegt. Sie beschloss, sich seinen Fund rasch anzuschauen, Sammy ihr Lob auszusprechen und sich dann sofort auf den Heimweg zu machen. Niemandem würde das auffallen. Hastig schritt sie an der Eingangstür des Bungalows vorbei. Je näher sie kamen, desto energischer zog Sammy an der Leine und drängte sie, sich zu beeilen. Katharina orientierte sich an der Hauswand. Mit der Hand tastete sie sich an den Backsteinziegeln entlang, während Sammy die Nase nicht vom Boden nahm. Ein Geräusch ließ Katharina zusammenzucken. Sammy blieb stehen und sie beide lauschten angestrengt in die Stille. Der schwache Laut schien aus dem Haus zu kommen. Es klang wie ein Kratzen. Panik erfasste sie. Wirre Gedankenfetzen rasten ihr durch den Kopf. Sie befand sich auf einem fremden Grundstück. War das nicht Hausfriedensbruch? Doch vielleicht benötigte wirklich jemand ihre Hilfe.

»Such«, flüsterte sie.

Sammy übernahm die Führung. In der Hauswand tauchte ein Fenster auf. Sie überwand ihre aufkeimende Angst und riskierte einen vorsichtigen Blick. Es war ein Badezimmer. Die Einrichtung schien aus den Achtzigerjahren zu stammen. Sammy zog an der Leine.

»Ist ja gut. Ich komme ja schon.«

Zielstrebig umrundete der Hund das Haus, bis sie an eine kleine Terrasse gelangten. Das Kratzen war lauter geworden. Unsicher, was zu tun war, kramte Katharina ihr Smartphone aus der Manteltasche. Sammy kläffte. Er verstand offenbar nicht, wie man so kurz vor dem Ziel stehen bleiben konnte.

»Aus.«

Sammy blickte sie erwartungsvoll an. Katharina wollte vorbereitet sein, wenn sie einen Blick durch die Terrassentür warf. Entweder musste sie einen Rettungswagen rufen oder auch die Polizei. Vorsichtig betrat sie die glitschigen Holzbohlen der Veranda. Das Schaben kam eindeutig aus dem Haus. Der Hund hatte die Scheibe erreicht und begann zu winseln. Katharina lief ein Schauer über den Rücken. Mit wenigen

Schritten hatte sie die Glasfront erreicht und spähte durch das dreckige Fenster. Der Anblick verstörte sie. Und doch konnte sie sich nicht abwenden. Geistesgegenwärtig aktivierte sie auf ihrem Smartphone die Kamera. Hastig machte sie ein paar Fotos. Das Blitzlicht erleuchtete den Raum, und sie erschrak jedes Mal aufs Neue. Tränen schossen ihr in die Augen. Sie musste das melden. Jemand musste dafür sorgen, dass diesem Leid ein Ende gesetzt wurde.

»Komm, Sammy. Lass uns verschwinden.«

Zitternd wählte sie auf dem Mobiltelefon die Tastatur aus, als eine Stimme hinter ihr erklang.

»Was tun Sie hier?«

Ihr Herz begann zu rasen. Mit einem heftigen Ruck drehte sie sich um. Der Mann, der vor ihr stand, blickte ihr direkt ins Gesicht. Auf dem dunklen Pullover und seiner braunen Cordhose erkannte sie Flecken. Reflexartig verkrampften sich ihre Muskeln.

»Ich … ähm, also mein Hund hat sich im Nebel verirrt.«

Etwas Besseres fiel ihr auf die Schnelle nicht ein. Die Augen des Mannes fixierten sie. Seine Stiefel waren vom Schlamm verschmiert. Erst jetzt sah sie das Gewehr über seiner rechten Schulter baumeln. Panisch wandte sie den Blick ab.

»Ihr Hund ist angeleint«, bemerkte er.

»Ja, ich habe ihn gerade gefunden und sofort an die Leine genommen. Es tut mir leid, wenn wir Sie gestört haben. Aber in diesem Nebel konnte ich nichts sehen und plötzlich stand ich vor Ihrem Haus.«

Sein prüfender Blick wanderte von ihr zu dem Jack-Russell-Terrier. Vor Katharinas geistigem Auge erschien Sammy tot in einer riesigen Blutlache.

»Hören Sie, wir verlassen jetzt einfach Ihr Grundstück. Und alles ist gut.«

»Das geht nicht.«

Katharina schluckte trocken. Ihre Angst hatte sich zu einem dicken Klumpen geballt, der in ihrem Hals festsaß. Zitternd presste sie die Leine an sich.

»Sie haben Fotos gemacht. Geben Sie mir Ihr Telefon.«

Das Smartphone hatte sie sich erst letzte Woche für ein kleines Vermögen gekauft. Doch das war ein vergleichsweise geringes Opfer, wenn sie dafür mit dem Leben davonkam.

Der Fremde streckte die Hand aus. Katharina reichte ihm das Gerät.

»Und jetzt Ihren Hund.«

Sie starrte ihn ungläubig an. »Was?«

Er lächelte. Dann ließ er demonstrativ das Smartphone auf den Boden fallen und stampfte es mit der Hacke in den Schlamm.

»Sie werden jetzt gehen und niemandem etwas hiervon erzählen. Sonst hole ich mir Ihren Hund und …« Er brach mitten im Satz ab und griff nach seinem Gewehr.

Katharina packte Sammy und klemmte sich den kläffenden Hund unter den Arm. So schnell sie konnte, hastete sie durch den Nebel. Dieser Irre würde ihren Hund nicht töten. Auch wenn sie eben noch beabsichtigt hatte, ihren Fund der Polizei zu melden, sie würde es nicht tun. Selbst wenn ihr Schweigen ein Verbrechen deckte.

2

Der Schädel sah perfekt aus. Als hätte man ihn als Ausstellungsstück für eine wertvolle Sammlung hergerichtet. Er hatte etwas Ästhetisches, fast schon Erhabenes an sich. Ein derart gut erhaltenes Exemplar hatte Philip Goldberg trotz all der Jahre bei der Berliner Kriminalpolizei noch nie gesehen.

»Machst du jetzt einen auf Hamlet?«, fragte Hauke in seinem gewohnt spöttischen Ton.

»Wieso? Steht er mir?«

Hauke Thomsen schüttelte den Kopf. »Ich hätte dich sicher nicht besetzt. Du bist viel zu alt.«

»Sehr charmant, Herr Kollege.«

Goldberg erhob sich mühsam. Seine knackenden Knie würden irgendwann streiken. Dem Kommissar fielen solche Bewegungen zunehmend schwerer, obwohl man seinen Körper nur als hager bezeichnen konnte. Er war ungelenk. Und unsportlich. Ein Umstand, dem er leicht hätte Abhilfe schaffen können. Doch Goldberg verweigerte sich konsequent jeglicher sportlicher Betätigung.

»Du bewegst dich wie ein alter Knacker«, kommentierte Hauke grinsend.

Als Chef und Stationsleiter wollte er gerade etwas Respekteinflößendes entgegnen, aber einer der beiden Bauarbeiter unterbrach sie.

»Und jetzt? Wir müssen weitermachen, wir haben einen Zeitplan zu erfüllen.«

»Ihr macht hier gar nichts mehr«, rief Hauke dem untersetzten Mann zu, der ungeduldig in seinem kleinen Bagger saß. »Das hier ist ab sofort ein mutmaßlicher Tatort.«

»Nee, nä?«, rief der Mann.

»Du hast ganz richtig gehört. Wir rufen jetzt die Kollegen von der Kripo. Ihr könnt Mittag machen.«

»Es ist gerade mal halb zehn«, protestierte der Arbeiter.

Goldberg sah, wie der Mann Hauke entgeistert über die Reste einer Wand hinweg anstarrte. Die Fetzen der Siebzigerjahre-Tapete schrien ihm in einem grellen Mix aus Orange und Braun entgegen. Ein psychedelisches Muster, als hätte es höchstpersönlich den Schädel im Garten des Hauses platziert, um den Abriss abzuwehren.

»Das können Sie nicht machen«, bekräftigte der Bauarbeiter.

»Du hast keine Ahnung, was wir alles können.«

Hauke verschränkte demonstrativ die Arme vor der Brust. Er war nicht gerade für seine Diplomatie bekannt und erst recht nicht für sein Feingefühl. Hauke war mehr der Mann fürs Grobe. Zumindest nach außen hin. Sein Kern hingegen war weich und zartfühlend, ein Umstand, den er mit allen Mitteln zu verbergen suchte.

»Ich rufe meinen Chef an«, drohte der Arbeiter und räumte widerwillig seinen Platz an der Abrissbirne.

Der Mann kramte sein Mobiltelefon hervor. Während er lautstark mit dem Bauleiter telefonierte, sahen die beiden Polizeibeamten sich um. Das Einfamilienhaus stand in beliebter Sackgassenlage am Rande von Kophusen. Einer der Bauarbeiter hatte ihnen vor gut zwanzig Minuten erklärt, dass die neuen Eigentümer das Haus abreißen ließen, um sich eines dieser KfW-Effizienzhäuser bauen zu lassen. Allerdings war man bei den Arbeiten auf einen menschlichen Schädel gestoßen. Klugerweise hatten sie Peter Brandt benachrichtigt. Vermutlich hatte der Arbeiter die leise Hoffnung gehabt, er und Peter, beide Kophusener Urgesteine, könnten das ohne viel Aufsehen regeln. Doch da kannte er Goldbergs Kollegen schlecht.

»Hier hat die alte Hintz gewohnt. Vielleicht haben ihre Kinder sie um die Ecke gebracht und kassieren die Rente.«

»Und vergraben die Dame ausgerechnet auf ihrem eigenen Grundstück?«

Hauke zuckte mit den Schultern. Goldberg nahm einen großen Asservatenbeutel aus der Innentasche seines Sakkos und tütete den Schädel ein. Wenn Dietmar Klose von der Kriminalpolizei aus Itzehoe eintraf, sollte der keinen Grund zur Beanstandung haben. Sie waren ohnehin nicht gut aufeinander zu sprechen.

»Ich fange schon mal an, die Scheiße hier abzusperren«, brummte Hauke und trottete zum Streifenwagen.

Sein Chef nickte und zückte sein altes Nokia-Gerät. »Peter, hier ist Philip«, begrüßte er seinen dienstältesten

Mitarbeiter. »Finde bitte mal die Eigentümer der letzten zwanzig Jahre raus. Dem Schädel nach zu urteilen ist der, mit dem wir es hier zu tun haben, bereits länger tot.«

»Ist der wirklich echt?«, fragte Peter ungläubig.

»Das kann ich nicht sagen.«

»Ruf doch Bruno an.«

»Hab ich schon versucht, der geht nicht ran.«

»Tja, schade. Da ist der Rechtsmediziner in Kophusen zu Besuch und ist nicht erreichbar. Ist schon Ironie, oder?«

»Um genau zu sein, macht Bruno Urlaub. Ich bin mir nicht sicher, ob er auch noch seine Freizeit mit sterblichen Überresten verbringen möchte.«

»Auch wieder wahr. Meines Wissens hat in dem Haus immer nur Beate Hintz gewohnt. Aber ich checke das zur Sicherheit. Ist Dietmar schon unterwegs?«

»Ja.«

»Na denn, viel Spaß. Und pass auf Hauke auf.«

»Der ist wieder ganz der Alte.«

»Trotzdem. Der Schreck von seinem letzten Auftritt sitzt immer noch tief. Und hab ein Auge auf die hämischen Kollegen.«

»Im Notfall werfe ich mich schützend vor ihn.«

Sie unterbrachen die Verbindung. Hauke war inzwischen dabei, unter lautstarkem Protest der Bauarbeiter den Fundort abzusperren.

»Jetzt haltet den Rand, ja«, hörte er seinen Kollegen wettern. »Ich mach hier nur meine Arbeit. Das ist ein Totenschädel. Wenn dieses Haus nicht gerade als Theaterkulisse genutzt wird, ist das hier bis auf Weiteres ein Leichenfundort. Also stellt euch nicht so an. Ist ja nicht euer Geld.«

Mürrisch zogen sich die Arbeiter an ihren Bagger

zurück und rauchten. Goldberg besah sich ihren Fund noch einmal. Es war komisch, auch er hatte sofort an das Stück von Shakespeare denken müssen. So tief hatte sich die markante Szene in die Köpfe der Menschen eingebrannt. Er versuchte erneut, seinen Freund Bruno zu erreichen. Dieses Mal nahm er das Gespräch an.

»Philip, hast du nichts zu tun? Ich sitze gemütlich auf deiner Terrasse und genieße die ersten Sonnenstrahlen des Tages.«

»Wir haben einen Schädel gefunden, und ich würde gerne wissen, ob der echt ist.«

»Wo findet man denn in Kophusen einen Schädel?«

»In den Trümmern eines abgerissenen Hauses.«

»Ich bin in den Ferien, schon vergessen? Ruf Mona an, die hat die Brücke, solange ich nicht da bin.«

»Macht dich das nicht neugierig?«

Bruno Leiser, der Chef der Kieler Rechtsmedizin, zögerte. Ein gutes Zeichen, fand Goldberg und setzte nach. »Du müsstest dich natürlich beeilen. Dietmar kann jeden Augenblick hier auftauchen und dann geht das Fundstück nach Kiel.«

»Habt ihr noch mehr Knochen gefunden?«

Sein alter Freund, mit dem er einst die Polizeischule besucht hatte, hatte angebissen.

»Bisher nicht. Aber so, wie ich die Sache sehe, ist das ein illegales Grab.«

»Wo seid ihr?«

Goldberg lächelte zufrieden und gab ihm die Adresse durch.

Hauke saß auf den Überresten des Treppenabsatzes, der zu der weggerissenen Haustür gehört hatte, und rauchte. Er hatte den Kampf der letzten Wochen wie so oft verloren und sich dem Nikotin ergeben. Bei seinem Job war es unmöglich aufzuhören, fand er. Um sich Philips vorwurfsvollen Blicken zu entziehen, hatte er sich in den Hintergrund verkrümelt. Gierig nahm er den letzten Zug, trat den Stummel aus und erhob sich. Sein Chef stand mit Bruno Leiser an der schief in den Angeln hängenden Gartenpforte und brütete fachsimpelnd über dem Totenkopf.

»Und? Echt?«, fragte er, als er sich zu ihnen gesellte.

»Ohne Labor kann ich das natürlich nicht mit Gewissheit sagen, aber ich denke schon«, erwiderte der große dunkelhaarige Rechtsmediziner.

»Und nu?«, fragte Hauke seinen Chef.

»Schauen wir, ob wir noch mehr Leichenteile finden«, erklärte Philip.

»Wir?«, fragte Hauke ungläubig. »Dietmar ist gleich hier. Und du weißt, wer uns auf dem Revier erwartet. Ich will nicht noch mehr Ärger haben«, protestierte Hauke.

»Das sagt ausgerechnet der Mann, der uns diesen Ärger eingebrockt hat«, erwiderte Philip.

»Ich glaube kaum, dass die Kollegen gegen uns ermitteln, weil ich ein angekokeltes Stück Holz auf der Wetter treiben ließ oder ich eine verdammte Kuh erfunden habe. Die sind hier, weil du dich mit meinem bisher sehr rechtschaffenen Kollegen in illegaler Mission auf Friedhöfen herumtreibst. Wer, bitte, stört die Totenruhe und gräbt eine Urne aus? Ich habe es euch gleich gesagt.«

»Die sind schneller wieder weg, als ihr gucken könnt«, mischte Bruno sich ein. »Bei der Falldichte, die hier in Kophusen herrscht, können sie sich gar nicht erlauben, eure Polizeistation zu schließen.« Er lachte.

Hauke schnaubte. »Sehr witzig. Das waren Fälle, für die wir gar nicht zuständig waren. Auf uns können die im Prinzip gut verzichten.«

Er war beunruhigt, seit die Beamten der DIVE, einer neugegründeten Dienststelle für interne Vorgänge und Ermittlungen, heute in aller Frühe bei ihnen auf der Wache aufgekreuzt waren. Wenn die sogenannten unabhängigen Kollegen auftauchten, war die Kacke ordentlich am Dampfen. Er hatte mit ansehen müssen, wie sie über die Jahre Dutzende Polizeistationen wie die ihre geschlossen hatten, und er wollte ganz sicher nicht nach Krempe zu Rolf. Die nächste Option wäre Glückstadt oder Itzehoe. Oder schlimmer noch Elmshorn. Hauke mochte Kophusen, er war hier groß geworden. Und auch wenn er phasenweise mit seinem Schicksal in diesem kleinen Kaff haderte, war er doch immer wieder zu dem Schluss gekommen, dass Kophusen seine Heimat war und er es nicht übers Herz bringen würde, ihr den Rücken zu kehren. Er war mit diesem Kleinod verwachsen. Sie mussten unter allen Umständen verhindern, dass die werten Herren in Kiel ihre Station dichtmachten.

»Hauke, hörst du mich?« Philip riss ihn aus seinen Gedanken.

»Was?«

»Wärst du so gütig, uns bei der Suche zu helfen?«, wiederholte sein Chef.

»Ich habe kein gutes Gefühl bei der Sache!«, protestierte er.

»Hauke, wann hast du schon mal ein gutes Gefühl? Außer in Begleitung einer Frau natürlich«, entgegnete Philip.

Hauke konnte sich ein Grinsen nicht verkneifen. Wo sein Chef recht hatte, hatte er recht. Er musste an Elsa denken. Mit der Landfrau hatte er im Frühjahr einige aufregende Nächte verbracht. Aber es hatte für ihn in einem äußerst peinlichen Desaster geendet, von dem er sich nur mühsam erholt hatte. Deswegen hatte er einige Chancen ungenutzt vorbeiziehen lassen. Und jetzt, wo auch noch die DIVE gegen sie ermittelte, war nicht einmal im Traum an Sex zu denken. So abgebrüht, wie alle dachten, war er nicht.

Das Geräusch einer eingehenden Nachricht unterbrach seine Überlegungen.

Sobald Du Zeit hast, musst Du ins Restaurant kommen. Dringend! Rosi

Seine Schwester hielt sich nicht lange mit Floskeln auf. Er mochte das an ihr. Das hatten sie gemeinsam. Allerdings hasste er diesen Befehlston. Der erinnerte ihn an seine Mutter. Seit die beiden Frauen so eng in ihrem Restaurant arbeiteten, wurden sie sich immer ähnlicher, fand Hauke. Es war schon genug, dass seine Schwester so dicht bei ihm wohnte, aber zwei von der Sorte waren eindeutig zu viel.

Bin bei einem Einsatz. Komme heute Mittag.

Die Antwort ließ nicht lange auf sich warten.

Das ist zu spät! Komm, so schnell Du kannst.

Was war denn da schon wieder los, fragte er sich im Stillen. Wahrscheinlich waren ihr die Ökohühner ausgegangen. Neuerdings bot Rosi in ihrem Restaurant nur noch Biofutter an. Das tat dem Laden keinen Abbruch. Im Gegenteil. Die gesamte Elbmarsch schien nur darauf gewartet zu haben.

»Hauke, wenn du nicht gleich kommst, werte ich das als Verweigerung und muss es den Kollegen der Dienststelle für interne Vorgänge und Ermittlungen melden.«

»Damit macht man keine Scherze!« Hauke verstaute das Telefon in der Brusttasche seiner Uniformjacke und stieg über den kläglichen Rest der Außenwand. »Ihr glaubt doch nicht ernsthaft, dass hier eine ganze Leiche rumliegt? Müssten die Knochen dann nicht beim Schädel sein?«

»Kann sein, muss aber nicht«, entgegnete Bruno.

Zum Glück hatte er seinen Berliner Slang weitestgehend abgelegt. Hauke hasste dieses »icke« und »wa«.

»Aha.«

»Es gibt eine Reihe von Gründen, warum Knochen nicht an der Stelle im Erdreich bleiben, wo sie bestattet wurden«, erklärte Bruno, wobei er das Wort »bestattet« mit den Fingern in Gänsefüßchen setzte. »Grabende Tiere, Bewegungen im Erdreich, Grundwasser. Oftmals ist es sogar Nachlässigkeit. Normalerweise vergräbt man Leichen in einer Tiefe, die nicht für Tiere erreichbar ist und bei der Regen und Frost eben nicht zum Hochdrücken führen können.«

»Wir wissen ja noch gar nicht, ob die Leiche überhaupt vergraben worden ist. Vielleicht ist die auch in der Vorratskammer verfault«, wandte Hauke ein.

»Sehr appetitlich, Hauke«, erwiderte sein Chef.

Bruno grinste. »Philip, du hast den Bundesverdienstorden verdient. Wie hältst du diesen Griesgram aus?«

»Jetzt mach mal halblang, ja? Du bist gerade mal zwei Tage hier. Das ist nicht repräsentativ«, protestierte Hauke.

»Doch, ist es. Glaub mir, Bruno«, entgegnete Philip. »Mein Kollege ist nicht sehr vielschichtig.«

»Sehr witzig. Vielschichtig genug jedenfalls, um dem wehrten Herrn Kommissar den Arsch zu retten.«

Ein dunkler Kombi unterbrach ihr Geplänkel und kam mit quietschenden Reifen neben ihnen zum Stehen.

Kaum hatte der Fahrer die Wagentür schwungvoll aufgestoßen, begann er auch schon mit einer Schimpftirade. Hauke atmete tief ein und wappnete sich für die Auseinandersetzung mit dem Anzugfritzen. Der wütende Bauleiter kam ihm gerade recht.

»Das ist ja wohl nicht Ihr Ernst! Wissen Sie, was mich die Unterbrechung kosten wird? Nur weil ein paar Kinder sich einen Scherz erlaubt haben, erklären Sie meine Baustelle zum Tatort? Haben Sie überhaupt eine gerichtliche Anordnung für so etwas?«

»Die brauchen wir nicht, Herr …?«, erwiderte Hauke.

»Bauer.«

Wie passend, dachte Hauke, verkniff sich allerdings eine Bemerkung. »Herr Bauer, bis wir geklärt haben, ob dieser Totenkopf ein schlechter Scherz ist oder nicht, steht Ihre Baustelle still. Da können Sie so viel reden, wie Sie wollen. Haben wir uns verstanden?«

»Das ist doch wirklich …«

Zwei Einsatzfahrzeuge unterbrachen seine Entgegnung.

»Noch mehr Beamte?«, entfuhr es dem Bauleiter.

»Darf ich vorstellen, die Kripo. Wir sind nur die Schutzpolizei und für die Absperrbänder zuständig. Alles Weitere klären Sie bitte mit meinen Kollegen aus Itzehoe.«

Hauke kletterte über einen Haufen Betonreste und begrüßte Dietmar Klose, der aus dem ersten Wagen stieg. Zur Abwechslung war es ihm nicht egal, was die Kollegen von ihm und ihrer Arbeit hielten. Hier stand die Zukunft der Kophusener Polizeistation auf dem Spiel. Solange Hauke nicht wusste, wer sie angeschwärzt hatte, mussten sie höllisch aufpassen. Es hatte sie alle drei kalt erwischt, als die ebenso knappe wie schwammige Ankündigung eines Besuchs der DIVE hereingeflattert war. Hauke war felsenfest davon überzeugt, dass dies ein abgekartetes Spiel war. Jemand wollte ihn und seine Kollegen loswerden. Wonach die externen Beamten tatsächlich suchten oder gegen wen sich die interne Ermittlung in Wahrheit richtete, war ihm nicht klar. Die DIVE kam angeblich nur zum Einsatz, wenn es ein Vorfall von Brisanz und öffentlicher Tragweite war. Hauke hatte noch keinen Schimmer, was hier genau vor sich ging, aber dass sie tief in der Scheiße saßen, das wusste er. Doch das Innenministerium hatte die Rechnung ohne ihn gemacht. Er würde schon noch herauskriegen, wer dahintersteckte. Und wenn es das Letzte war, was er als Kophusener Polizeibeamter tat.

3

»Also, was zur Hölle ist so wichtig, Schwesterherz?«, fragte Hauke entnervt, als er die Tür zu Rosis Bar aufschlug, die sich inzwischen zu einem respektablen Restaurant gemausert hatte.

Es war noch nicht mal Mittag und auf der Station durchwühlten sogenannte Kollegen sämtliche Akten. Kein guter Start in diese Woche. Wenn seine Schwester nicht einen verdammt guten Grund hatte, sich bei ihm zu melden, konnte sie sich warm anziehen. Und seine Mutter gleich mit.

»Murle und Hilde sind verschwunden«, erklärte Rosi.

»Was?«

»Ja, die beiden sind seit drei Tagen weg.«

Hauke starrte sie entgeistert an, ehe er seine Sprache wiederfand. »Du lässt mich wegen der verfluchten Katzen hier antanzen? Was soll ich bitte schön deiner

Meinung nach tun? Eine Vermisstenanzeige aufnehmen? Sie zur Fahndung ausschreiben?«

»Jetzt mach dich nicht lächerlich«, erwiderte Rosi, die damit beschäftigt war, hinter dem Tresen Biergläser zu polieren. Offenbar brauchten ihre Hände Beschäftigung. Rauchen war in ihrer Ökobude natürlich strengstens verboten. Auch sie selbst durfte ihrer eigenen Sucht nur noch draußen vor der Tür frönen.

»Warum bin ich dann hier?«

»Hier geht etwas nicht mit rechten Dingen zu.«

Hauke atmete tief ein und verordnete sich eine Pause, sonst wäre er gleich explodiert. Er setzte sich auf einen der Barhocker und ließ den Blick über die rot-weiß karierten Tischtücher wandern. Die Stoffservietten waren kunstvoll gefaltet. Rosi legte viel Wert auf einen boden-ständigen und zugleich stilvollen Eindruck. Als er sich wieder umwandte, sah er, dass seine Schwester mit den Tränen kämpfte. Bitte nicht weinen, dachte er. Er kon-zentrierte sich auf ihre Falten im Gesicht, die sich noch tiefer gegraben hatten. Das Päckchen Zigaretten, das sie täglich rauchte, tat ihr nicht gut. Ihr besorgter Ausdruck rührte ihn. Hauke mochte die Katzen, auch wenn er das öffentlich nie zugeben würde. Aber die Viecher waren schon öfter einige Tage auf Swutsch gewesen, ohne dass sie sich veranlasst gesehen hatte, die Polizei zu rufen.

»Bruderherz, ich weiß genau, was du jetzt denkst. Ich kann es in deinem Gesicht lesen. Aber dieses Mal ist es anders.«

»Und was genau ist so anders?«

Hauke bemühte sich, die Fassung zu bewahren. Seine Unbeherrschtheit würde sie nur unnötig anstacheln.

»Die beiden sind nicht die einzigen Tiere, die spurlos verschwunden sind.«

Ihr Blick krallte sich förmlich in sein Gesicht. Das konnte ja heiter werden. Zum Glück war seine Mutter nicht hier. Wenn die zwei sich gegen ihn verbündeten, hatte er keine Chance.

»Was soll das denn heißen?«, fragte er unwillig.

»In Kophusen werden Tiere entführt. Und zwar durch die Bank weg. Nicht nur Katzen, auch Hunde und Kaninchen sind schon entführt worden.«

»Entführt? Und woher willst du das wissen? Hat eines der Entführungsopfer bei dir angerufen und um Hilfe miaut?«

»Ha, ha, ha. Hauke, mir gehört das einzige Restaurant und gleichzeitig die einzige Kneipe in Kophusen und Umgebung. Meinst du nicht, ich kriege einiges mit?«

»Du stehst die meiste Zeit in der Küche und kochst.«

Sie rollte mit den Augen. »Mama ist der gleichen Meinung.«

»Als ob mich das überzeugen könnte.«

Hauke schnaubte. Rosi wollte gerade mit ihrem Bericht beginnen, als sich die Tür öffnete und Haukes ehemaliger Chef eintrat. Alfred Wilke war viele Jahre Stationsleiter in Kophusen gewesen und inzwischen ein Freund, auch wenn sie nicht mehr viel Kontakt hatten. Seinen stämmigen Körper hielt er mit sanftem Krafttraining fit. Außerdem sah ihn Hauke neuerdings mit diesen lächerlichen langen Stöckern herumlaufen.

»Moin«, begrüßte Alfred sie und setzte sich zu ihnen an den Tresen.

»Was machst du hier?«, fragte Hauke verdutzt.

»Rosi hat mich hergebeten.«

Hauke schloss die Augen für einen kurzen Moment und zählte bis drei.

»Mach nicht so ein Gesicht. Ich wusste, dass du mich nicht ernst nehmen würdest, und da habe ich Alfred angerufen. Vielleicht glaubst du ihm mehr als deiner eigenen Schwester.«

»Du jetzt auch noch?« Hauke sah ihn resigniert an.

»Hauke, du weißt, ich bin nicht leicht zu beeindrucken, aber hier stimmt wirklich was nicht. Hast du dich mal im Ort umgeguckt? Überall hängen Zettel, auf denen nach verschwundenen Tieren gesucht wird. Ich habe mich schon mal umgehört, in Kophusen gibt es bereits zehn Fälle. Sogar ein Schaf und ein Huhn fehlen.«

»Schon mal was von Füchsen gehört?«

»Das war kein Fuchs. Seit wann macht sich ein Fuchs an Hunde und Katzen heran?«, wandte Alfred ein.

»Sag es ihm«, forderte Rosi.

»Hier treibt jemand sein Unwesen und stiehlt die Tiere der Kophusener. Meistens sind sie über Nacht verschwunden. Die Fälle häufen sich, das ist kein Zufall.«

»Alfred, ich schätze deinen kriminalistischen Spürsinn, aber denkst du nicht, das ist eine Spur zu voreilig?«

»Siehst du. Mein Bruder glaubt uns nicht.« Rosi warf buchstäblich das Handtuch.

»Schwesterherz, selbst wenn ihr beiden recht habt, wir haben keine Zeit, um uns um entführte Haustiere zu kümmern. Die internen Ermittler sind seit heute Morgen bei uns. Du hast keine Ahnung, was auf der Station los ist. Die wollen uns plattmachen. Und ich weiß immer noch nicht, wer uns da was anhängen will.«

Alfred sah ihn überrascht an. »Was? Die DIVE ist bei euch?«

»Die ermitteln hochoffiziell gegen uns. Amtsmissbrauch heißt das in dem Wisch, aber sie sagen uns nicht, was genau man uns vorwirft. Wenn ihr mich fragt, ich glaube, die suchen bloß einen Grund, um die Dienststelle zu schließen.«

»Das ist ja ein Ding.« Alfred schaute ihn nachdenklich an. »Soll ich mich mal schlaumachen? Schließlich kenne ich noch den einen oder anderen Kollegen.«

»Wenn du willst, gern.« Hauke klopfte ihm auf die Schulter, bevor er sich zu seiner Schwester wandte. »Sei mir nicht böse, aber ich kann nicht so lange wegbleiben.« Im Aufstehen warf er Rosi einen aufmunternden Blick zu. »Ich halte die Augen offen, versprochen! Die beiden Racker tauchen schon wieder auf.«

»Dein Wort in Gottes Ohr. Wenn nicht, muss ich eben selbst etwas unternehmen.«

Jetzt fixierte Hauke sie mit seinen stahlblauen Augen. »Mach bloß keine Dummheiten! Hörst du? Wir haben keine Zeit für Selbstjustiz.«

Demonstrativ nahm seine Schwester den Lappen vom Zapfhahn und begann den Tresen zu wischen. Das Gespräch war beendet.

Draußen vor der Tür sog er die frische Oktoberluft ein und versuchte sich zu sammeln. Tierdiebe! Die hatten sie ja nicht alle. Offensichtlich hatten die beiden zu viel Zeit. Er wandte sich Richtung Bürgersteig, als sein Blick auf den nächsten Baum fiel. Ein Stöhnen entwich ihm. Ausgerechnet. Von dem weißen DIN-A4-Blatt, das an den Stamm gepinnt war, schaute ihm ein Kätzchen entgegen, das ihn an White Sock erinnerte. Er musste an ihren Fall vor einigen Jahren denken, als sie die drei Katzenbabys mitsamt ihrer kratzbürstigen Mutter in der Dücker Mühle gefunden hatten. Rosi hatte sie aufgenommen, und seitdem gehörten sie zu ihrem Restaurant wie das Essen und die verfluchten Tiffin-Lunchboxen, mit denen sie ihr ökologisches Gewissen beruhigte. Statt der normalen Einwegsachen musste man fünf Euro Pfand für diese sperrige Metallbox bezahlen, die aus mehreren Ebenen bestand. Seine Schwester war völlig durchgeknallt. Fehlte nur noch, dass sie auf vegan machte. Dann wäre er aber die längste Zeit Gast in ihrem Schuppen gewesen. Kopfschüttelnd setzte er seinen Weg zur Wache fort.

Kophusen war klein. Außer Rosis Gaststätte und Jaspers Supermarkt gab es nichts, was das konsumverwöhnte Herz beglücken konnte. Auf den nächsten Metern fielen Hauke insgesamt sieben dieser Zettel auf. Und immer verschiedene Tiere. Hauke schob den Gedanken beiseite. Die zwei Fellnasen würden schon wieder auftauchen. Sicher waren sie unterwegs oder aus Versehen irgendwo eingesperrt worden. Nichts, worüber man sich ernsthaft Sorgen machen musste.

Als er um die Ecke kam, warf er einen wehmütigen Blick auf das Einfamilienhaus, in dem ihre Station seit jeher residierte. Für Hauke war das alte Backsteinhaus seine zweite Heimat geworden. Der Dienstwagen parkte in der Einfahrt. Das Schild, das rechts neben der Tür angebracht war, zeigte das Wappen von Schleswig-Holstein. Er konnte sich nicht vorstellen, dass in diesem Haus jemals etwas anderes sein würde als ihre Station.

Dieses Mal betrat er das Haus mit einem mulmigen Gefühl. Der ockerfarbene Tresen, die beiden Schreibtische dahinter, an denen er und Peter normalerweise saßen, ließen ihn trübsinnig werden. Die Tür zu Philips Büro stand offen. Der Duft von altem Kaffee hing in der Luft. Sein Blick fiel auf die beiden Eindringlinge. Er hatte sie vom ersten Moment an gehasst. Jede Dienststelle im nördlichsten Bundesland verfügte über einen Kollegen, der sich im Fall der Fälle für eine interne Ermittlung zur Verfügung stellen musste. Man hatte ihnen Maren Knopf und Ole Kühn geschickt. Die Frau kam aus Hamburg, Ole aus Kiel. Ausgerechnet aus der Großstadt. Hatten sie nicht wenigstens Kollegen aus der Umgebung nehmen können? Der Spott über ihren ländlichen Einsatzort hatte nicht lange auf sich warten lassen. Schon beim Betreten der Polizeistation heute Morgen hatten sie sich ein Grinsen verkneifen müssen. Die beiden spielten sich fürchterlich auf. Selbst Peter gingen sie gehörig auf den Zeiger, und der war normalerweise tiefenentspannt. Die tägliche Yogapraxis hatte ihn zu einem sanftmütigen Kerl werden lassen, mit dem man sich nur noch selten richtig zoffen konnte.

»Hauke, wie war die Befragung?«, lautete die knappe Begrüßung seines Chefs.

Bei dem Einsatz an der Baustelle hatten sie abgemacht, dass sie in Gegenwart der externen Kollegen nur noch über Dienstliches sprachen und so taten, als hätten sie alle Hände voll zu tun.

»Fehlalarm. Über den Einbruch konnte mir die mutmaßliche Zeugin nichts Sachdienliches sagen.«

»Verstehe, dann setz dich. Wir besprechen gerade das weitere Vorgehen. Maren und Ole werden uns die nächsten Tage unterstützen und sich einen Eindruck von unserer Arbeit verschaffen. Außerdem werden sie die alten Akten stichprobenhaft durchsehen. Alles nur Routine.«

Hauke kannte seinen Chef gut genug, um dessen Anspannung herauszuhören. Auch Philip war nervös. Für ihn war es ein besonderer Schlag ins Gesicht, hatte er sich doch gerade von seiner Vergangenheit erholt und seine Freundin Magda auf spektakuläre Weise zurücker- obern können. Das alles hing jetzt am seidenen Faden.

»Wir wollen natürlich eure Abläufe nicht stören«, be- merkte Maren.

Offensichtlich hatte sie eine dieser Psycho-Fortbil- dungen gemacht. Sie klang wie ein verfluchter Seelen- klempner auf Deeskalationskurs. Hauke hasste sie noch mehr als diesen selbstgefälligen Ole. Mit ihren roten Haa- ren erinnerte sie ihn an Sophie, seine Verflossene. Ihm blieb wirklich nichts erspart.

»Verhaltet euch einfach wie immer und geht euren Ermittlungen nach. Also, Ermittlungen klingt wahr- scheinlich in dieser Gegend etwas hochgestochen. Was ich sagen will, macht einfach das, was ihr sonst auch macht«, erklärte sie.

Dein Lächeln kannst du dir sonst wo hinschieben, dachte Hauke. Er machte ganz sicher nicht das, was er sonst machte. Dann würde er sie nämlich hochkant rausschmeißen. Den Triumph würde er den beiden Schnüfflern nicht gönnen. Sie würden die nächsten Tage einem pflichtbewussten, höflichen und sehr kom- petenten Polizeibeamten bei der Arbeit zusehen. Er setzte sein freundlichstes Lächeln auf.

»Möchte jemand der Kollegen vielleicht einen Kaffee?«, fragte er.

»Ich nehme noch einen, Hauke«, erwiderte Ole.

Voller Abscheu sah er, wie der Schnösel an seinem Schreibtisch seinen Bleistift ansabberte. Breit grinsend streckte der Dreckskerl ihm ausgerechnet seinen Lieb- lingsbecher mit der Aufschrift »Kein Bier vor vier« ent- gegen. Anstatt ihm sein dümmliches Grinsen aus der Visage zu schlagen, lächelte Hauke.

»Aber gern. Sonst noch jemand?«

Die anderen schüttelten den Kopf, auch Peter, der sonst nie Nein sagte. Hauke schritt mitsamt seinem kostbaren Gral in die kleine Pantryküche gegenüber und leerte die gläserne Kanne ihrer betagten Maschine. Danach setzte er neuen Kaffee auf und kehrte ins Büro zurück.

»Bitte, Ole.«

»Danke. Nett von dir. Bei euch ist ja nicht gerade viel los, oder?«

Sein Tonfall sollte wohl jovial klingen.

»Wir ermitteln zurzeit in einer Einbruchserie rund um Kophusen. Es sieht nach einer professionellen Bande aus«, erklärte Peter.

»Oh, wie aufregend.«

Der Blick, den sich Ole und Maren zuwarfen, entging Hauke nicht. Dieses arrogante Pack, dachte er. Glaubten, sie seien etwas Besseres, nur weil sie eine höhere Verbrechensrate aufweisen konnten.

»Ich stelle euch mein Büro zur Verfügung. Dort seid ihr ungestört und könnt an meinem Computer Akteneinsicht nehmen. Wenn ihr etwas braucht, sagt einfach Bescheid«, sagte Philip mit einem Lächeln.

So viel wurde in diesem Raum noch nie gelächelt, ging es Hauke durch den Kopf. Schon gar nicht an einem Montag. Freundlich sein war anstrengend, das würden nervenaufreibende Tage werden.

»Ja, wenn ihr Fragen habt, wendet euch gern auch an mich«, ergänzte Peter. »Ich bin hier sozusagen der Herr der Akten.«

»Vielen Dank. Wir werden nicht oft mit offenen Armen empfangen.« Maren stand auf.

»Hier entlang«, sagte Philip und ging vor.

»Einen Plan zur Orientierung braucht man in euren Räumlichkeiten ja nicht«, scherzte Ole und folgte den beiden.

Hauke machte eine unmissverständliche Geste. Peter beugte den Kopf und entlud den imaginären Inhalt seines Magens auf der Tastatur. Ausnahmsweise waren sich die zwei einig.

4

Goldberg saß neben Magda am Küchentisch, die Hand auf der ihren. Bruno nahm einen Schluck von dem Rotwein, den Magda besorgt hatte. Ein älterer Jahrgang, der es in sich hatte und Goldberg bereits ein wenig zu Kopf gestiegen war. Der Rechtsmediziner weilte seit Freitag in Kophusen und hatte es sich in dem kleinen Häuschen des Kommissars gemütlich gemacht. Goldberg selbst war bei Magda eingezogen. Auf Probe gewissermaßen; nachdem er sie zurückerobert hatte, erschien es ihnen nur folgerichtig.

»Hauke ist dieses Theater zuwider. Aber er schlägt sich wacker. So freundlich und zuvorkommend habe ich ihn noch nie erlebt.«

»Wie lange bleiben die beiden Beamten?«, fragte Bruno.

»Eine Woche.«

»Wisst ihr nun endlich, wem ihr den Besuch zu verdanken habt?«

»Nein. Entweder war es unser ehrenwerter Kollege aus Krempe oder jemand aus Berlin, der sehr nachtragend ist.«

»Philip, sei mir nicht böse, aber du eckst mit deinen Methoden überall an. Nicht bloß in Berlin.«

Goldberg nickte. »Ja, vermutlich. Dafür ist meine Aufklärungsquote ganz passabel.«

»Amtsmissbrauch kann alles Mögliche sein. Und liefert vielleicht sogar den Vorwand, eure Station trotz guter Statistiken zu schließen.«

»Auf jeden Fall haben wir nicht viele Fürsprecher vor Ort. Sicher ist, dass es jemanden ziemlich weit oben gibt, der mich oder die gesamte Station in Kophusen loswerden möchte.«

»Was ist mit Alfred?«, mischte sich Magda ein. »Hast du nicht gesagt, dass er ein paar Beziehungen spielen lassen und sich umhören will?«

»Ja, aber ich bezweifle, dass er als ehemaliger Stationsleiter genug Einfluss besitzt, um unser Kleinod zu retten.«

Magda fuhr ihm sanft über das Gesicht. Er liebte es, wenn sie das tat. Überhaupt liebte er alles, was sie tat. Es hatte ihn viel Mühe und Kraft gekostet, sie zu überzeugen, ihnen beiden noch eine Chance einzuräumen. Aber es hatte sich gelohnt. Sie waren sich näher als je zuvor. Auf eigentümliche Weise hatte ihnen sein Ausflug nach Lübeck gutgetan. Bei seiner Rückkehr war ihm klar geworden, dass er Magda liebte und seine Gefühle für seine Ex-Freundin in eine andere Zeit gehörten. Diese Odyssee hatte die Zweifel auf beiden Seiten endgültig beseitigt. Er gab ihr einen Kuss.

»Und ihr zwei?«, bemerkte Bruno grinsend. »Ich habe immer noch nicht die Geschichte eures furiosen Comebacks gehört.«

Der Blick, den Magda ihm zuwarf, ließ Stolz in ihm aufkeimen. Er hatte sich wirklich mächtig ins Zeug gelegt. Diese Chance hatte er nicht vermasseln wollen. Er hatte gewusst, er würde nur diese eine haben.

»Soll ich oder willst du?«, fragte sie Goldberg.

»Du bist die Expertin für Geschichten.«

Magda drückte ihm einen Kuss auf die Wange. »Stimmt.«

»Ganz ehrlich, es ist kaum zu ertragen mit euch beiden.« Bruno schüttelte den Kopf.

»Eigentlich haben wir es Rosi zu verdanken«, begann Magda. »Nach Philips Rückkehr aus Lübeck hat er sich nicht bei mir gemeldet. Kannst du dir das vorstellen?«

»Ja, nach der Aktion schon.«

»Ich sitze mit dem Rücken zur Tür am Tresen, als er reinkommt. Also übernimmt Rosi den Part des Amors und winkt ihn herein. Monsieur Goldberg war ja nicht in der Lage, mir unter die Augen zu treten.«

»Kein Wunder. Wenn meine Freundin ihrem Ex im Gefängnis die Aufwartung gemacht hätte, obwohl er versucht hat, sie zu töten, würde sie es auch nicht wagen, an meine Tür zu klopfen. Das trifft es doch im Wesentlichen, oder?«

Bruno warf Goldberg einen hämischen Blick zu. Der nickte stoisch und ließ den Spott schweigend über sich ergehen. Er hatte es nicht besser verdient.

»Nun sag schon: Wie hat er dich rumgekriegt?«, fragte Bruno ungeduldig.

Magda strahlte übers ganze Gesicht. »Er hat mir das Paradies auf Erden geschenkt.«

Sie nippte an ihrem Glas. Bruno runzelte die Stirn. Der Kommissar konnte sich ein Grinsen nicht verkneifen.

»Jetzt kommt schon, wenn ihr nicht bald damit rausrückt, bin ich nicht mehr nüchtern genug, um diese Geschichte zu erfassen«, forderte er sie auf, während er sich nachschenkte. »Also, was ist passiert?«

Magda wandte sich Bruno zu. »Sagt dir der Begriff locus amoenus etwas?«

»Gütiger Gott, das ist lange her, aber warte, wenn meine Lateinkenntnisse mich nicht trügen, heißt das ... lieblicher Ort?«

»Genau. Im Grunde ist es ein literarisches Motiv. Eine Art Lustgarten, in dem ...«

»Halt, Stopp! Ich glaube, das ist mir ein wenig zu intim«, unterbrach Bruno sie.

»Komm, du kennst mich. Glaubst du, ich inszeniere eine ausufernde Orgie?«, protestierte Goldberg.

»Stille Wasser sind tief, mein Freund. Außerdem weiß ich nicht, was das Landleben aus dir gemacht hat.«

»Und selbst wenn, würde ich dir das sicher nicht erzählen«, lenkte Magda ein. »Also, es ist mehr ein Sinnbild in der Literatur. Ein bisschen wie der Garten in Shakespeares Sommernachtstraum. Blumen, Wiesen und ein betörender Duft, der dich umfängt.«

»Okay, ich kann es mir vorstellen.« Bruno blickte anerkennend zu Goldberg. »Woher kennst ausgerechnet du so einen locus amoenus?«

Der Kommissar lehnte sich zurück. »Recherche, mein Freund. Alles gründliche Polizeiarbeit. Wenn du eine Buchhändlerin beeindrucken willst, musst du tief in die Literaturgeschichte eintauchen.«

»Respekt. So viel Fantasie hätte ich dir gar nicht zugetraut.«

»Ich ihm auch nicht. Aber tatsächlich habe ich ihm einmal davon erzählt und auf wundersame Weise hat er sich das gemerkt.«

Bruno und Goldberg prosteten sich zu.

»Und wie sah das in der Praxis aus?«

»Du erinnerst dich vielleicht, ich hatte ihm zwei Wochen gegeben. Die hat er genutzt und sich in das Thema eingelesen. Und am Ende hat er mich entführt. Zu meinem ganz persönlichem locus amoenus«, erklärte Magda. »Ganz in der Nähe gibt es ein traumhaftes Anwesen, auf dem man Ferienwohnungen mieten kann. Philip hat das ganze Ding gebucht. Er hat sich die größte Wohnung vorgenommen und sie umgestaltet. Es gab eine Bibliothek mit all den Büchern, die seit Langem auf meiner Liste stehen. Ein exquisiter Koch hat uns eine ganze Woche mittags und abends verköstigt. Der Garten war nachts in ein Meer aus Lichtern getaucht. Mit einer romantischen Sitzecke, einer kuschligen Entspannungslounge. Selbst der Pool war umrandet von Kerzen und Fackeln. Im oberen Stockwerk hat er eine Wellnessoase eingerichtet, in der uns Sohanraj betreute.«

»Der Kophusener Yogi?«

»Und Ayurveda-Therapeut. Der Mann hat magische Hände, sag ich dir. Er kam jeden Tag für zwei Stunden.«

Bruno stieß einen leisen Pfiff aus. »Dit is janz schön aufwendig, meen Lieber. Hast du geerbt oder deine Pensionsansprüche auf den Kopp gehauen?«

Diese Frage war durchaus berechtigt. Es war tatsächlich äußerst kostspielig gewesen und Goldberg hatte einen Teil seiner Ersparnisse opfern müssen. Er war selbst überrascht von sich gewesen über den Aufwand, den er betrieben hatte. Aber wenn er im alltäglichen

Miteinander eher zurückhaltend war, hinderte ihn das nicht daran, für seine Interessen zu kämpfen, leidenschaftlich und mit vollem Einsatz. Wenn er eine Frau liebte, konnte er sehr kreativ werden.

»Es musste sein, sonst würde sie heute hier nicht sitzen«, erwiderte er.

»Aber das Beste kam zum Schluss.« Magda machte eine kurze Pause, um das Gesagte wirken zu lassen.

»Ick bin janz Ohr.«

»Am letzten Abend führte er mich in eine andere Wohnung auf demselben Anwesen.«

Magda schaute zu Goldberg, der ihrem Blick verschämt auswich. Diese Lobhudelei war ihm peinlich. Obwohl ihm dieses aberwitzige Unterfangen einen riesigen Spaß bereitet hatte. Ganz allein hatte er das natürlich nicht geschafft. Hauke und Peter hatten ihn tatkräftig unterstützt, vor allem bei der Beschaffung des Kunstschnees. Peter hatte im Netz einen Anbieter ausfindig gemacht, der sogar Eiszapfen aus Acryl im Angebot hatte. Auch die Bekanntschaft zu Manfred, dem Kophusener Wehrführer, war für das Finale von Vorteil gewesen. Wo sonst hätte er eine Schneekanone herbekommen sollen?

»Nun mach es nicht so spannend«, befahl Bruno.

»Ich sage nur: Weihnachten 2055.«

»Was? Jetzt kommt noch eine Science-Fiction-Einlage? Was hast du gemacht? Ein Raumschiff gebaut?«

Goldberg schüttelte den Kopf.

»Im Garten dieser Wohnung war es tiefster Winter, kannst du dir das vorstellen? Es hat sogar geschneit. Mitten im Sommer! Der Boden glitzerte und der gesamte Garten war voller Schnee. Eiszapfen hingen von dem Reetdach. Das sah alles so echt aus. Ich muss dir unbedingt nachher Fotos zeigen. Jedenfalls stand auf der Terrasse eine Bank. Und du wirst es nicht glauben, auf dieser Bank saßen Philip und ich. Natürlich nicht wirklich, es waren Schaufensterpuppen, die so angezogen waren wie wir und Händchen hielten. Ist das nicht süß?«

Magda versuchte ihre Rührung gar nicht erst zu verbergen. Sie schmiegte sich an Goldbergs Schulter und er legte den Arm um sie.

»Es war wunderschön«, hauchte sie.

Bruno schüttelte den Kopf. »Kunstschnee? Du weißt, der hat eine ganz miese CO_2-Bilanz.«

»Das stimmt«, gab Goldberg zu.

»Wir haben unser schlechtes Gewissen mit einer Spende an eine Klimaschutzorganisation ein wenig erleichtert«, erklärte Magda etwas kleinlaut.

»Der Zweck heiligt die Mittel. Philip, wenn ich mal das Herz einer Frau erobern will, werde ich mich vertrauensvoll an dich wenden.«

»Stets zu Diensten.«

»Machos.« Magda stand auf, küsste Goldberg und verschwand aus der Küche.

Einen Moment lang herrschte Schweigen, das sich zwischen den beiden Männern ausbreitete wie ein dunkler See. Goldberg wusste, dass seinem Freund die Frage aller Fragen auf der Zunge lag. Bruno kannte Judith. Er war der einzige seiner jetzigen Freunde, der sie als Paar erlebt hatte.

»Es ist vorbei«, sagte der Kommissar, ohne von seinem Glas aufzuschauen.

»Liebst du sie noch?«

Das war eine Frage, die Goldberg sich in den letzten Monaten so oft selbst gestellt hatte, dass sie ihm beinahe lächerlich vorkam.

»Die Gefühle zwischen Judith und mir sind in einer anderen Zukunft angesiedelt. Einer Zukunft mit Muriel, die es nicht gibt. Und nie geben wird.«

Goldberg benutzte bewusst nicht das Wort Liebe. Er war froh, dass diese unsägliche Geschichte endlich zu einem Abschluss gekommen war. Judith hatte er einen Abschiedsbrief hinterlassen, den sie nie beantwortet hatte. Goldberg war sich sicher, dass alles zwischen ihnen geklärt und gesagt worden war. Zurück blieb die Erinnerung an ein vergangenes Leben.

»Also ja.«

»Dieser Philip, der hier vor dir sitzt, liebt Magda. Alles andere ist unwichtig.«

»Ich wünsche dir, dass das so bleibt. Ich weiß, Judith war deine große Liebe. Wie geht es weiter mit ihr?«

»Irgendwann wird sie entlassen. Sie macht gute Fortschritte. Vielleicht ein, zwei Jahre noch.«

»Und dann?«

»Geht sie zurück nach Berlin. Das ist jedenfalls ihr Plan vor gut einem halben Jahr gewesen.«

»Ich fand es richtig, dass du zu ihr gegangen bist. Und mutig. Aber das warst du ja schon immer. Ein mutiger, kauziger, gut aussehender Bulle.«

»Danke für die Blumen. Noch Wein?«

Bruno nickte. »Was Neues aus Kiel in Sachen Schädelfund?«

»Du weißt ja, die Kollegen der Kripo sind nicht sehr kooperativ.«

»Ich rufe Mona morgen mal an.«

»Wolltest du nicht Urlaub machen?«

»Und trotzdem bin ich Chefarzt. Außerdem hat Mona zum ersten Mal die alleinige Verantwortung für den ganzen Laden. Ich wollte sie sowieso anrufen.«

Goldberg blickte seinen Freund an. »Schön, dass du hier bist. Fast wie früher.«

»Ja, nur mit Rücken, Brille und neuerdings Kopfschmerzen am nächsten Tag.« Bruno machte ein wehmütiges Gesicht.

»Vermisst du die Zeit?«

»Du nicht?«

»Nein. Ich habe es lieber etwas ruhiger.«

»Du warst schon mit zwanzig ein Opa, Philip. Der große Spielverderber auf der Polizeischule.«

»Höre ich da etwa eine Midlife-Krise heraus?«

»Wäre das so schlimm?«, entgegnete Bruno.

»Nein, aber schade. Augenscheinlich besteht dazu kein Grund.«

»Danke, aber du hast keine Ahnung, wie es in meinem verkorksten Inneren aussieht. Wie sagte Blacky, Altwerden ist nichts für Feiglinge.«

»Ich mache jetzt noch eine Flasche Rotwein auf und dann will ich erfreulichere Themen haben. Über das Alter könnt ihr klagen, wenn ihr alleine seid«, warf Magda ein, die soeben in die Küche zurückgekehrt war. Sie entkorkte die dritte Flasche des Abends und schenkte ihnen ein.

Goldberg genoss die Gesellschaft der beiden. Es war lange her, dass er sich mit Bruno getroffen hatte. Nach der gemeinsamen Zeit auf der Polizeischule hatten sie sich regelmäßig besucht. Bruno hatte sein Medizinstudium aufgenommen und Goldberg war langsam, aber sicher die Karriereleiter hinaufgeklettert. Bruno hatte Judith sehr gemocht. Nach dem Tod von Muriel und der Trennung war er der Einzige gewesen, der versucht hatte, ihr über den Verlust der Tochter hinwegzuhelfen. Doch sie hatte auch ihn weggestoßen.

Das Brummen seines Mobiltelefons riss Goldberg aus seinen Gedanken.

»Kophusen schläft wohl nie«, sagte Bruno grinsend.

Goldberg nahm das Gespräch an. »Bärbel, was …« Weiter kam er nicht.

»Philip, du musst etwas unternehmen!« Ihre Stimme hatte eine besorgniserregende Höhe angenommen.

»Was ist denn …?«

»Hauke nimmt uns nicht ernst. Es kümmert ihn einen feuchten Kehricht, dass in Kophusen lauter Haustiere verschwinden. Hier geht etwas vor sich. Glaub mir. Jemand stiehlt diese Tiere und stellt Gott weiß was mit ihnen an.«

»Ich höre das alles zum ersten Mal. Hauke hat nichts davon erzählt.«

»Kein Wunder. Er weiß genau, dass du der Sache nachgehen würdest. Rosi und ich haben nachgezählt. Es sind inzwischen elf Haustiere verschwunden. Unter anderem Murle und Hilde. Wir haben sie überall gesucht. Jemand hat sie entführt! Du musst etwas unternehmen! Alfred schafft das nicht allein.«

»Ihr habt Alfred eingespannt?«

»Mein eigener Sohn unternimmt ja nichts gegen diese Tierschänder.« Sie holte kurz Luft, bevor sie weitersprach. »Ich weiß, ihr habt gerade viel um die Ohren, die Ermittlungen gegen euch sind furchtbar, und wenn ich etwas tun kann, dann lass es mich wissen. Aber trotzdem müsst ihr die Täter zur Strecke bringen. Rosi nimmt die Sache selbst in die Hand. Du kennst sie, bei so was versteht sie keinen Spaß. Und wenn das so weitergeht, werde ich ihr dabei helfen. Das schwöre ich. Das ganze …«

»Bärbel«, Goldberg unterbrach den Redeschwall von Haukes Mutter rüde, aber er sah keinen anderen Ausweg.

»Ich werde morgen bei euch vorbeikommen und dann kannst du mir alles berichten. Aber nicht jetzt, verstanden?«

Ein lauter Seufzer war zu hören. »Ja. Komm ruhig vor dem Dienst. Ich bin dann schon da. Wir bereiten das Essen für die Hochzeit vor.«

»Gut. Bis morgen.«

»Wie die Mutter, so der Sohn, wa?«, bemerkte Bruno amüsiert, als Goldberg das Handy seufzend neben sich auf die Tischplatte gelegt hatte.

Der Kommissar nickte.

»Geht es um die Katzen?«, fragte Magda.

»Woher weißt du davon?«, erkundigte sich Goldberg.

»Rosi hat mich angerufen. Du weißt, die Katzen bedeuten ihr viel.«

»Ich kümmere mich morgen darum.«

Er hob das Glas und stieß mit seinem Freund und seiner Freundin auf Kophusen an. Doch die Bilder von Bärbels Worten fraßen sich in seine Gedanken. Goldberg spürte, sobald ein Verbrechen im Anmarsch war. Auch wenn Hauke es nicht wahrhaben wollte. In ihrem beschaulichen Ort machte ein mutmaßlicher Tierschänder Jagd auf unschuldige Geschöpfe. Rosi war eine Frau mit Überzeugungskraft und Einfluss im Ort, sie würde rasch für jede Menge Wirbel sorgen. Wenn sie sich nicht schnellstmöglich einschalteten, war es nur eine Frage der Zeit, bis ganz Kophusen den Aufstand probte.

5

Es war kalt. Den Reißverschluss des dicken Anoraks hatte er bis zum Hals zugezogen. Der blaue Schal schützte ihn vor dem Wind. Es gab kein schlechtes Wetter, nur schlechte Kleidung. Das hatte ihm seine Mutter eingeschärft und daran hielt er sich. Seine Lieblingsjacke war an den Ellenbogen zerschlissen und die linke Tasche hatte ein riesiges Loch. Aber sie hielt ihn warm. Er hatte sie vor mehr als zehn Jahren zum Geburtstag bekommen. Von seiner Mutter. Er liebte den Anorak, so wie er seine Mutter liebte. Abgöttisch. Die Hose des Overalls hatte er in die dunkelgrünen Gummistiefel gestopft. So wie sie es ihm als Kind beigebracht hatte. Seine schwarze Bauchtasche trug er unter dem Anorak. Dort war alles drin, was er brauchte.

Die schwere Holztür der alten Tenne quietschte, als er sie aufzog. Nächtliche Herbstluft strömte ihm entgegen. Er musste gähnen. Der mangelnde Schlaf machte ihm zu schaffen. Entschlossen, die Müdigkeit nicht siegen zu lassen, setzte er die rote Pudelmütze auf und schaltete die große Taschenlampe ein. Dann marschierte er über den Hof, der schon seinem Großvater gehört hatte. Die Ställe waren inzwischen leer. Außer Klara, der Kuh und einigen wenigen Hühnern gab es keine Tiere mehr. Er kümmerte sich gern um sie. Er mochte es, wenn der Hahn krähte, und brachte manchmal Stunden damit zu, dem friedlichen Glucksen der Hennen zu lauschen. Schon zweimal hatten sie Nachwuchs gehabt. Jedes Mal hatte er die winzigen Küken aufopferungsvoll versorgt. Er liebte Tiere und war glücklich, wenn sie um ihn herum waren, ihn aus ihren kleinen Augen anschauten, als würden sie von ihm beschützt werden wollen.

Es war still. Um diese Uhrzeit waren nur die Schritte seiner Stiefel auf dem Kopfsteinpflaster zu hören. Er ließ das alte Getreidesilo und die beiden letzten Heuballen hinter sich. Als Kind hatte er nie mithelfen dürfen. Es hatte ihn wütend gemacht. Deswegen war er froh, als sein Vater sie verlassen und seine Mutter ihn zum Herrn des Hauses erklärt hatte. Den Vater hatte er nie gemocht. Er war gemein zu ihnen gewesen. Manchmal versteckten sie sich vor ihm, wenn er wieder getrunken hatte. Dann schlichen sie heimlich auf die Tenne und sperrten sich in dem ehemaligen Heizungsraum ein. Ihr Vater hatte sie kein einziges Mal gefunden.

Mit gleichmäßigen Schritten folgte er der breiten Auffahrt, bis er die schmale Stichstraße erreichte, an die ihr Hof grenzte. Er blieb stehen und schaute sich vorsichtig um. Im Straßenverkehr musste man aufpassen. Das hatte er in der Schule gelernt und stets befolgt. Die Straße war leer. Die nächsten Nachbarhäuser lagen ein ganzes Stück entfernt. In der Dunkelheit war kein einziges Licht zu sehen. Niemand würde ihn beobachten. Mit großen Schritten überquerte er die Straße. Im Lichtkegel der Taschenlampe erschien die Achse des Bauwagens. Das verwitterte Ding stand auf platten Reifen und war seit Jahren nicht mehr bewegt worden. Als Kind hatte er oft darin gespielt. Er hatte davon geträumt, zusammen mit seiner Mutter einfach davonzufahren und die Welt zu erkunden. Doch es war ein Traum geblieben. Inzwischen war die grüne Farbe an vielen Stellen abgeblättert. Dieses Gefährt würde niemals mehr irgendwo hinfahren. Aber das war nicht schlimm. Er war hier zu Hause. Hier bei seiner Mutter.

Das Gebäude dahinter gehörte ebenfalls ihnen. Früher hatten seine Großeltern hier gelebt, als sie alt geworden waren und den Hof an seinen Vater übergeben hatten. Auch sie hatte er geliebt, so wie sie ihn. Besonders seinem Opa war er sehr nah gewesen. Immer wenn er seine Großeltern besuchte, gaben sie ihm heißen Kakao und Kuchen. Seine Oma buk den besten Zwetschgenkuchen der Welt. Er vermisste sie, aber er wusste, dass der Tod zum Leben gehörte. Es war natürlich und notwendig. Die Toten musste man ehren, so hatte es ihn sein Großvater gelehrt. Sterben war eine ernste Angelegenheit. Genauso wie das Töten. Man musste es mit Respekt tun und nie leichtfertig. Daran hielt er sich. Sein Opa war auch Jäger gewesen. Er hatte ihm beigebracht, wie man ein Tier tötete. Wie man es ausnahm und zerlegte. Am Anfang hatte es ihn zu Tode geängstigt. Das viele Blut hatte ihn erschreckt. Außerdem hatten ihm die Tiere leidgetan. Er hatte nicht verstanden, warum sie sterben mussten. Doch sein Großvater hatte es ihm genau erklärt, hatte ihn später sogar mit auf die Jagd genommen. Von ihm hatte er vieles gelernt, vieles von dem, was er jetzt brauchte.

Einen Teil der Möbel hatte er mithilfe des kleinen Treckers und des Anhängers in den Stall gebracht. Das fiel nicht weiter auf. Der heilige Ort war schon lange fertig. Er fühlte sich bereit. Die letzten Tage hatte er viel geübt. Die zahlreichen Fehlversuche wollte er in einer Zeremonie würdevoll verbrennen. Dazu musste er auf den richtigen Augenblick warten. Sie waren noch nicht vollzählig. Es tat ihm leid, dass er sie nicht in seine Mission einbinden konnte, aber sie waren nicht umsonst gestorben. Übung machte den Meister. Sein Großvater wäre stolz auf ihn.

Der Schlüssel hing an einem Lederband um seinen Hals. Nicht einmal zum Schlafen nahm er es ab. Leise schloss er die Tür auf.

Es waren nicht mehr viele übrig. Er hatte fast Tag und Nacht gearbeitet. Seine Fertigkeiten hatten sich verbessert. Mit routinierten Handgriffen hatte er die Arbeit erledigt. Er mochte diesen Zustand höchster Konzentration. Und er war gut darin.

»Ganz ruhig«, flüsterte er dem großen weißen Hund zu, den er erst vor wenigen Stunden aus dem grässlichen Zwinger dieser ebenso grässlichen Leute befreit hatte.

Er öffnete den Reißverschluss seiner Jacke. Die Spritze lag in ein Stück Filz gewickelt in der Bauchtasche. Durch die Gitterstäbe setzte er sie an und spritzte dem Hund vorsichtig die klare Flüssigkeit. Das würde ihn für einige Stunden weiterschlafen lassen. Der Käfig mit den beiden Katzen stand direkt daneben. Die leeren Käfige hatte er vor einigen Wochen bei einem seiner unzähligen Streifzüge durch das Dorf gefunden. Wie durch ein Wunder hatte sie jemand in der Buskehre am anderen Ende von Kophusen entsorgt. Nachts hatte er sie mit der Schubkarre abgeholt. Mit geübten Handgriffen zog er die Spritze erneut auf und verpasste den beiden schlafenden Tieren eine frische Dosis. Katzen waren die Lieblingstiere von ihm und seiner Mutter. Er konnte gar nicht genug von ihnen bekommen, auch wenn es schwierig für ihn war, sie einzufangen. Es brauchte viel Geduld und etwas Unwiderstehliches zu fressen. Nach dem Tod ihres Katers Karlchen war seine Mutter so traurig gewesen, dass sie ihm eine neue Katze verboten hatte. Manchmal war sie streng. Zu streng, aber er hatte ihr immer gehorcht. Das Huhn in dem Käfig daneben war keines von seinen eigenen. Obwohl es nur logisch gewesen wäre, hatte er es nicht übers Herz gebracht.

Ein Kaninchen hatte es nicht geschafft. Offenbar hatte er sich mit der Dosis verschätzt. Sie waren vorerst die Letzten. Er brauchte nur noch zwei Vögel, um es perfekt zu machen. Das würde ihr gefallen, da war er sich sicher.

Im Flur roch es nicht gut. Er würde die Fenster öffnen, damit der Geruch verschwand. Alles andere hatte er bereits gestern fortgeschafft. So gut wie möglich hatte er die Küche geschrubbt und das Wohnzimmer von den Kadavern seiner Fehlversuche befreit. Nun lagerten sie im Keller. Die Eimer mit der Säure hatte er vorsichtig hinübergetragen. Wie hatte sein Großvater immer gesagt: Wo gehobelt wird, da fallen Späne.

Ein letztes Mal kontrollierte er die Zimmer. Alle

Spuren waren beseitigt. Das Ferkel aus dem Stall des Bauern hatte er betäubt. Es lag neben dem Hund. Seine Haut war perfekt. Zurück im Flur, stapelte er die Käfige aufeinander. Der größere von beiden stand auf einem Hund, wie er den rollbaren Untersatz nannte. Das war lustig, fand er. Ein Hund für den Hund. Lächelnd schob er die Käfige durch den Flur zur Haustür. Es war schade, dass sein Versteck entdeckt worden war. In sein eigenes Haus wollte er nicht. Er konnte diese Arbeit nicht in ihrer Nähe tun. Sie sollte nur das Ergebnis sehen. Sorgfältig schloss er die Haustür ab und hängte den Schlüssel wieder um seinen Hals. Leise atmete er aus. Er hatte es geschafft. In weniger als zwei Tagen hatte er den Umzug erledigt. Stolz blickte er im schwachen Licht der Taschenlampe auf den Hof. Nur noch vier Objekte, dann war alles vorbereitet und er konnte mit der eigentlichen Arbeit beginnen. Die Werkstatt zu benutzen war riskant, aber er hatte schnell reagieren müssen. Niemand durfte sein Geheimnis entdecken. Nicht bevor er fertig war. Die fremde Frau hatte ihm Angst eingejagt. Aber je länger er darüber nachgedacht hatte, desto klarer wurde ihm, dass es ein Zeichen gewesen war. Sein Großvater hatte ihm diese Frau geschickt. Er war bereit. Er hatte genug geübt. Er würde seine Mission beenden. Respektvoll und nicht leichtfertig.

6

Beim Anblick der beiden externen Kollegen verdüsterte sich Peters Stimmung. Ihre Anwesenheit kränkte ihn nicht nur, er fühlte sich gedemütigt. In all den Dienstjahren hatte es nie eine Beanstandung gegeben. Und plötzlich tauchten diese Eindringlinge auf, durchwühlten sämtliche Akten und überwachten seine Arbeit, als wäre er ein Schwerverbrecher. Die Überheblichkeit, die sie an den Tag legten, ärgerte ihn besonders. Auch wenn Maren versuchte, freundlich und unvoreingenommen zu wirken, ihre Vorurteile gegenüber dem Dienst in der Provinz merkte man ihr dennoch deutlich an. Doch das war nicht das Einzige, das Peter störte. Er hatte immer noch nicht in Erfahrung bringen können, worum es bei dieser Untersuchung wirklich ging. Besser gesagt, wer sie bei der Polizeibeauftragten angeschwärzt hatte. Der Leiter der Kremper Polizeistation war offenkundig kein Freund von ihnen. Aber hatte Rolf wirklich so einflussreiche Kontakte zur Landespolizei Schleswig-Holstein, dass er eine solche Ermittlung auslösen konnte? Peter bezweifelte das.

»Guten Morgen«, begrüßte er sie, als er aus seinem Auto stieg.

Seit die beiden Störenfriede in Kophusen eingefallen waren, musste er mit seinem Privatwagen zur Arbeit kommen. Den Streifenwagen durfte man nur in Ausnahmefällen mit nach Hause nehmen. Bisher hatten sie das nicht so eng gesehen.

»Guten Morgen, Herr Kollege«, tönte Ole, der rauchend auf dem Treppenabsatz der Wache hockte.

Für gewöhnlich war Peter ein offener und freundlicher Mensch, mit dem man es sich kaum verscherzen konnte. Aber auch seine Sympathiefähigkeit hatte klare Grenzen. Und die endete genau hier.

Maren nickte ihm zu und setzte ein Lächeln auf. Sie versuchte wenigstens, den Schein zu wahren. Im Gegensatz zu ihrem weitaus weniger diplomatischen Kollegen. Peter hielt zwar nicht viel von Heuchelei, aber er war ein Verfechter der Höflichkeit und eines angemessenen Respekts. Beides ließ Ole vermissen.

Als Peter näher kam, erhob der Kollege sich und trat seine Zigarette auf der untersten Stufe aus. Peter blickte demonstrativ auf die Kippe und sah dann hoch zu Ole. Entschuldigend hob der Kollege die Hände und bückte sich grinsend, um den Stummel aufzuheben.

»Danke«, sagte Peter knapp.

»Keine Ursache. Soll ja immer hübsch sauber bleiben in eurem kleinen Dorf.«

Peter ignorierte die Bemerkung und schloss die schwere Glastür auf. Die beiden Eindringlinge verzogen sich schnurstracks in Philips Büro. Sie hatten sich seit gestern dort eingenistet. Wenigstens kamen sie ihm auf diese Weise nicht in die Quere. Er fuhr den Rechner hoch, setzte die alte Kaffeemaschine in Gang und füllte den flachen Teller mit frischen Haferkeksen auf. Gestern war er extra bei dem Demeter-Hofladen in Horst vorbeigefahren. Wenn er diese Woche einigermaßen heil überstehen wollte, brauchte er mehr Nervennahrung denn je. Die Sache mit den verschwundenen Haustieren, von der Bärbel ihm gestern erzählt hatte, setzte ihm zu. Er war ein großer Tierfreund und konnte es nicht ausstehen, wenn man unschuldigen Geschöpfen etwas zuleide tat. Ob private Tierquälerei oder industrialisierte Massentierhaltung. Beides fand er entwürdigend. Sowohl für das Tier als auch für den Menschen.

Doch zuerst wollte er wissen, ob es Neuigkeiten zu ihrem Schädelfund auf der Baustelle gab. Da die Kollegen nicht sehr mitteilsam waren, beschloss er, einen Umweg zu versuchen. Er rief direkt beim Bauleiter an.

Dankbar für diese unverhoffte Gelegenheit machte der Mann seinem Ärger Luft. Karl Bauer berichtete ihm, dass die Kollegen seine Baustelle nach wie vor geschlossen hielten. Wenig später seien noch mehr Polizisten aufgetaucht und hätten alles auf den Kopf gestellt. Seine Mitarbeiter habe er nach Hause schicken müssen. Die Kunden seien alles andere als erfreut über diesen makabren Fund. Nicht zuletzt bedeutete diese Untersuchung eine unabsehbare Verzögerung des Bauvorhabens.

Peter versuchte gar nicht erst, den Mann zu beruhigen. In seiner Rage erzählte er ihm von dem angeblichen Dilettantismus, mit dem seiner Meinung nach die Beamten vorgegangen seien. Die Suche sei deswegen noch nicht abgeschlossen und sie würden heute weitermachen. Peter versicherte ihm, dass er sich um eine schnelle

Bearbeitung kümmern werde, soweit dies in seiner Macht stünde. Bauer beließ es zum Glück dabei, und sie beendeten das Gespräch.

Offenbar hatten sie keine weiteren Leichenteile gefunden. Der Schädel lag sicher bereits in der Rechtsmedizin, aber Peter widerstand der Versuchung, dort nachzufragen. Mona war vermutlich noch nicht dazu gekommen, ihn zu untersuchen. Schließlich weilte ihr Chef gerade in Kophusen, und sie hatte sicher einige frische Leichen auf dem Seziertisch.

Unschlüssig, was er als Nächstes tun sollte, stand er auf und goss sich einen Becher Kaffee ein. Ratlos starrte er aus dem Küchenfenster. Die unerwünschten Gastkollegen hatten die Bürotür geschlossen, und er entschied sich, die vorläufige Ruhe zu genießen. Sicher gingen sie ihre alten Fälle durch. Was auch immer sie dort zu finden hofften, konnte er sich nicht vorstellen.

Peter musste an Murle und Hilde denken. Sie konnten ja schlecht sämtliche Haustiere Kophusens unter Beobachtung stellen oder gar überall Kameras zur Observierung installieren. Bärbel hatte keinen Zweifel daran gelassen, dass sie, wenn nötig, eigene Schutzmaßnahmen treffen würde. Das konnte nichts Gutes bedeuten. Manche Tierhalter hatten eine geradezu symbiotische Beziehung zu ihren Lieblingen. Für sie waren es Familienmitglieder, nicht selten mit dem Stellenwert von Kindern. Die Sache war hoch emotional. Am besten, sie erstickten eine mögliche Organisation im Keim und fanden schnellstmöglich heraus, wer für das Verschwinden verantwortlich war.

»Peter?« Ole stand in der Tür zur Pantryküche und grinste breit. »Zeit für Tagträume während der Arbeit möchte ich auch mal haben.«

Peter hatte ihn nicht kommen hören und war leicht zusammengezuckt, als der Beamte ihn angesprochen hatte.

»Dann solltest du nach Kophusen kommen, hier hat man alle Zeit der Welt.«

Klug war seine bissige Bemerkung sicher nicht, das wusste Peter. Aber er war es leid, immer den verständigen, ausgleichenden Part zu mimen. Warum musste ausgerechnet er immer der nette Bulle sein? Zur Abwechslung konnte das ruhig mal Hauke übernehmen.

»Du schnappst ja zu wie eine Auster. Verträgt man hier keinen Spaß?«

»Nur, wenn es witzig ist.«

Peter rauschte aus der engen Abseite, nahm sich einen Keks vom Teller und setzte sich demonstrativ an seinen Schreibtisch.

»Autsch«, kommentierte Ole und bediente sich am Kaffee, als sei er hier zu Hause.

Schon die bloße Anwesenheit des Mannes ärgerte Peter. Das hier war seine Station und niemand drang hier ungefragt ein. Er würde ein paar Extrastunden bei Sohanraj buchen müssen. Die Wut trieb seinen Blutdruck in die Höhe, das war nicht gut für ihn. Ganz zu schweigen von seinem Asthma. Aufregung war Gift für ihn. Er fokussierte einen Punkt oberhalb des Bildschirms und atmete tief ein und aus, als es an der Tür klingelte.

»Oh, bekommt ihr Frühstücksbesuch?«, erkundigte sich Ole mit Haukes Kaffeebecher in der Hand.

Peter ignorierte ihn. Er stand auf und ging zur Haustür.

»Wenn ihr das hier überlebt, lasse ich mich nach Kophusen versetzen.« Ole blieb in der Tür zu Philips Büro stehen.

»Wir überleben das hier, keine Sorge«, erwiderte Peter, als es bereits zum zweiten Mal klingelte und er zur Tür eilte.

»Gut, dass ihr da seid! Ayra ist weg. Ihr müsst etwas unternehmen. Sie …« Klaus Fischer drängte sich an Peter vorbei in den Raum. »Heute Nacht ist sie aus dem Zwinger gestohlen worden. Als ich sie vorhin füttern wollte, war sie nicht da. Edith ist total aufgelöst.«

Der Mann brach abrupt ab und schaute erstaunt zu Ole hinüber, der sich nicht vom Fleck gerührt hatte. Peter folgte seinem Blick und schloss die Tür.

»Guten Tag«, sagte Klaus und streckte dem Unbekannten die Hand entgegen.

Ole nickte ihm nur zu und ließ sie ins Leere laufen. Peter musste sich beherrschen, ihm sein überhebliches Grinsen nicht aus dem Gesicht zu schlagen. Was war nur los mit ihm? Solche Wutanfälle fielen normalerweise in Haukes Ressort. Er sammelte sich kurz und versuchte, die Situation zu entschärfen.

»Klaus, das ist ein Kollege aus Kiel. Beachte ihn gar nicht. Möchtest du ein Wasser?«

Der Mann bejahte und ließ sich auf dem Besucherstuhl an Peters Schreibtisch nieder. Peter kam mit einem Glas zurück und setzte sich ihm gegenüber.

»Also, was ist passiert?«

Klaus wollte zu einer Antwort ansetzen, als Maren neben Ole im Türrahmen erschien.

»Was ist denn hier los?«, fragte sie.

»Ein Hund ist gestohlen worden«, flüsterte Ole, als erklärte er ihr eine Filmszene, die gerade im Fernsehen lief.

Wie aufs Stichwort drehte sich Klaus zu den beiden Kollegen um.

»Ein Hund?«, wiederholte Maren.

»Ich würde hier gerne meine Arbeit machen. Entweder ihr verhaltet euch still oder ihr verschwindet in Philips Büro.« Jetzt reichte es! Sie waren hier doch nicht im Zoo.

»Wer sind die beiden eigentlich?«, fragte Klaus.

»Oh, Verzeihung, dass wir uns noch nicht vorgestellt haben.« Maren setzte ein Lächeln auf und reichte Klaus die Hand. »Maren Knopf, und das ist mein Kollege Ole Kühn. Bitte tun Sie so, als wären wir gar nicht da. Wir sind hier, um die Abläufe auf dem Revier zu optimieren.«

»Aha.« Klaus nickte sichtlich irritiert.

»Also, Klaus, was führt dich zu uns?«, schaltete Peter sich wieder ein.

Der Mann vor ihm besann sich und wandte sich Peter zu.

»Also. Ayra! Sie ist verschwunden. Die Zwingertür wurde aufgebrochen und der Hund ist weg. Ayra ist nicht die Erste, die gestohlen worden ist. Hast du dir mal die Bäume an der Kirche angesehen? Überall hängen Zettel mit Bildern von vermissten Haustieren. Was gedenkt ihr dagegen zu tun?«

Aus dem Augenwinkel konnte Peter das Grinsen der beiden Beamten sehen. Er versuchte, ruhig zu bleiben, was ihm angesichts dieser ständigen Beobachtung nicht leichtfiel. Innerlich zählte er bis drei. Dann wandte er sich seinem Rechner zu.

»Ich werde deine Anzeige zu Protokoll nehmen.«

»Und dann? Beginnt ihr dann gleich mit der Suche?« Klaus kramte in seiner Jackentasche und zog ein feuchtes Stoffbündel hervor. »Das ist sein Schnuffel. Den könnt ihr haben, für die Spürhunde.« Er warf das sabschige Ding vor Peter auf die Schreibtischplatte.

Peter verbot sich einen Kommentar und mied den Blick der Kollegen. Stattdessen atmete er tief durch den Mund ein. Der Geruch, den der Schnuffel verströmte, war ekelhaft. »Danke, Klaus. Aber ich denke, wir werden das nicht brauchen.«

»Was? Wieso? Wollt ihr Ayra denn nicht suchen?«

»Jedenfalls nicht so, wie du dir das vorstellst.«

»Was soll das heißen?«

»Ja, Herr Kollege, was soll das heißen? Dass ihr etwa keine groß angelegte Suchaktion startet, wie es normalerweise üblich ist?«, platzte Ole dazwischen.

Ole nickte Klaus gespielt empört zu, woraufhin der Hundebesitzer sich in seiner Entrüstung bestärkt sah.

»Warum nicht, Peter? Ist ein Hund etwa ein Lebewesen zweiter Klasse?« In seinen Augen flackerte die Wut. »Wie sieht es mit Drohnen aus? Wärmebildkameras?«

»Klaus, wir sind hier in Kophusen. Diese Dinge gehören nicht zu unserer Ausrüstung. Selbst wenn ich wollte, so eine Suchaktion ist nicht möglich. Der Kollege hat das nicht ernst gemeint.« Peter warf Ole einen finsteren Blick zu.

»Das heißt, ihr unternehmt gar nichts?«

»Ich werde die Anzeige gegen Unbekannt aufnehmen, und die Kollegen werden nachher bei euch vorbeikommen und sich den Zwinger ansehen.«

»Das ist alles?«

Hilflos zuckte Peter mit den Schultern. Klaus schoss vom Stuhl hoch. Er drehte sich zu Ole, der demonstrativ einen Schluck aus Haukes Becher nahm.

»Von wegen dein Freund und Helfer. Ich bin enttäuscht. Edith wird auch enttäuscht sein. Dann werden wir eben selbst etwas unternehmen müssen.«

Klaus griff sich den nassen Klumpen Stoff und stopfte das Ding zurück in seine Tasche, bevor er aus dem Raum stürmte. Für einen Moment hallte das Zuschnappen der Tür nach. Peter kochte vor Wut. Das kam nicht oft vor. Doch diese beiden Eindringlinge förderten seine dunkelsten Seiten zutage.

»Musste das sein?« Peter stand auf. »Wenn ihr schon hier seid, dann könntet ihr euch wenigstens an die Regeln der Höflichkeit halten. Das war bösartig, Ole. Und mutwillig. Meine Unterstützung hast du dir damit verspielt. Ich werde meinerseits Beschwerde einlegen. Das lass ich nicht auf mir sitzen, Freundchen. Ihr seid nicht hier, um unsere Arbeit zu torpedieren. Ihr denkt, euer Job ist wichtiger als der hier in der Provinz. Meinetwegen. Geschenkt. Aber das eben war eines Polizeiobermeisters nicht würdig. Das war unterste Schublade.«

Peter hätte gerne noch weiter Luft abgelassen, doch in diesem Moment trat Philip herein und unterbrach ihn.

»Was ist denn hier los?«

Hauke, der sich hinter ihrem Chef durch die Tür schob, starrte Peter ungläubig an.

»Frag das am besten den Kollegen hier«, erwiderte Peter und schnaubte.

»Okay, es tut mir leid«, sagte Ole halbherzig. »Das war doch nur ein harmloser Scherz. Ich konnte ja nicht ahnen, dass man hier so empfindlich ist.«

»Empfindlich?« Peter hatte sich nicht mehr im Griff, das spürte er. Gleich würde er explodieren.

»Entschuldigung? Darf ich reinkommen?«

Hinter Hauke, der noch immer in der Tür stand, tauchte das Gesicht von Joachim Meyer auf. Ein Landwirt, in dessen Schweinestall sie vor einiger Zeit ein Mordopfer gefunden hatten. Sein dreckiger Overall stank nach Gülle. Der Biobauer blickte sie nicht minder erstaunt an. Sie alle brauchten einen Augenblick, um sich zu fassen.

»Ich will eine Anzeige erstatten«, erklärte Joachim vorsichtig.

»Lassen Sie mich raten!«, sagte Maren. »Ein geklautes Tier?«

Der Bauer nickte. »Susi. Eines meiner Ferkel.«

Ole brach in lautes Gelächter aus, was bei Peter einen erneuten Wutanfall auslöste. Um eine Eskalation zu vermeiden, stürmte er an dem verblüfften Biobauern vorbei.

»Ich bin bei den Fischers. Ihr übernehmt das Schwein«, rief er im Rausgehen.

Peter war klar, dass diese Reaktion keinesfalls angemessen war, und das überraschte ihn selbst am allermeisten. So musste sich Hauke also ständig fühlen. Er hatte ja keine Ahnung gehabt, wie befreiend das sein konnte.

7

Im Streifenwagen beruhigte sich sein Puls. Er hatte noch nie derart die Fassung verloren. Irgendetwas schienen diese Kollegen in ihm zu triggern. Hauke konnte ihn zwar mitunter zur Weißglut treiben, aber er war deswegen noch nie wutentbrannt aus der Station gestürmt. Ein paar Extrasitzungen bei Sohanraj würden sicher nicht ausreichen, um ihn wieder ins Lot zu bringen. Er musste sich zusammenreißen, wenn er diese Woche einigermaßen professionell über die Bühne bringen wollte. Vielleicht hatte sein Yogi ein natürliches Beruhigungsmittel, das er ihm empfehlen konnte. Eventuell würde ein wenig Ashwagandha sein Gemüt beruhigen. Das Schlafbeeren-Kraut hatte er schon einmal genommen, als er unter Schlafstörungen litt. Eine andere Möglichkeit war, spontan Urlaub einzureichen, doch das käme einer Kapitulation gleich. Und er wollte auf gar keinen Fall klein beigeben.

In Kollmar stellte er den Wagen auf dem Parkplatz am Hafen ab. Ein paar Atemübungen an der frischen Luft wirkten Wunder. Gestärkt lief er zu dem Haus der Fischers. Der kleine Umweg zur Elbe erlaubte ihm eine kurze Verschnaufpause. Außerdem wollte er sichergehen, dass Klaus ebenfalls zu Hause war, wenn er dort eintraf. Die Eheleute waren in Kophusen keine Unbekannten. Edith war bei den Marschbrettern, dem örtlichen Theaterverein, für die Kostüme zuständig und Klaus für den Bühnenbau. Überdies hatte er ein Faible für frivole Holzfiguren, die er eigenhändig schnitzte. Hauke hatte Peter davon im Zuge der Ermittlungen rund um den Kophusener *Jedermann* berichtet. Der Anblick hatte sich tief in das Gedächtnis seines Kollegen gebrannt. Peter hoffte, dass er davon verschont bliebe. Sein jetziger Zustand war zu fragil für Einblicke in die sexuellen Abgründe seiner Mitbürger.

Das Haus der Fischers war protzig. Sie waren das, was man gemeinhin als neureich bezeichnete. Die junge Frau, die ihm die Tür öffnete, sprach gebrochen Deutsch und trug eine altmodische Dienstmädchenuniform mit weißer Schürze und kurzem Rock. Auch davon hatte Hauke ihm ausführlich erzählt. Peter hatte nicht so genau wissen wollen, welche Fantasien das in seinem Kollegen ausgelöst hatte. Vorbei an riesigen Porzellantieren führte ihn die Hausangestellte in das Wohnzimmer. Das Ehepaar saß auf der wuchtigen Wohnlandschaft aus weißem Leder. Klaus hielt die schluchzende Edith im Arm. Ein ungewöhnlicher Anblick, dachte Peter. Die Frau war nicht gerade für ihre zartfühlende Seite bekannt.

»Hallo, ihr beiden«, sagte er leise, er störte sie nur ungern in diesem intimen Moment.

»Peter«, erwiderte Klaus kurz.

»Ich wollte mich umsehen, wenn es euch recht ist. Vielleicht haben die Täter ja Spuren hinterlassen.«

»Jetzt auf einmal?«, rief Edith.

Ihre verweinten Augen ließen darauf schließen, dass sie sich seit Stunden in diesem Zustand befand.

»Es tut mir aufrichtig leid«, entgegnete Peter unbeholfen.

Ihm war nicht wohl bei dieser Sache. Aber er wollte sich auf keinen Fall entschuldigen. Ole war es, der sich etwas vorzuwerfen hatte.

»Kann ich dich kurz allein lassen?«, fragte Klaus.

Edith nickte und putzte sich geräuschvoll die Nase. Ihr Mann gab ihr einen Kuss auf die Stirn und erhob sich. Sie gingen über die Terrasse in den Garten. Im Drahtzaun des Zwingers klaffte ein großes Loch. Die Ränder waren zu den Seiten aufgebogen, sodass Ayra problemlos hätte hindurchschlüpfen können. Peter fragte sich, ob der Hund wirklich gestohlen worden war oder ob ihn jemand aus der Gefangenschaft hatte befreien wollen. Bei einigen Tierschützern sorgte allein die Existenz eines Zwingers für Empörung. Hinzu kam, dass die Fischers bekannt waren für ihren rüden Umgangston mit dem Tier. Warum sonst sollte jemand den argentinischen Jagdhund entführt haben?

»Der nächste Zwinger wird nicht so leicht aufzubrechen sein, das schwöre ich dir«, kommentierte Klaus.

»Fällt dir jemand ein, der oder die ihn entführt haben könnte?«, fragte Peter vorsichtig.

Klaus machte ein erbostes Gesicht. »Also, wenn du mich schon so direkt fragst, waren es bestimmt die Nachbarn von nebenan.« Er senkte die Stimme und kam etwas näher. »Die sind kürzlich erst eingezogen. Irgendwelche Südländer. Sie haben sich schon mehrfach über das angebliche Gebell beschwert. Dabei machen die selbst einen Heidenlärm, wenn sie zusammen im Garten hocken und grillen. Und dann dieser Gestank nach deren Essen. Widerlich.«

Peter war erstaunt. Klaus' offenkundig rassistische Züge waren ihm neu. In der Hocke schaute er sich den Draht genauer an. Allem Anschein nach war er mit einer Zange durchtrennt worden. Unwahrscheinlich, dass der Hund sich selbst befreit hatte. Er besah sich die akkurat verlegten Steinfliesen. Zwischen den Fugen ragte nicht das kleinste Fitzelchen Grün heraus. Hier hatte die Chemiekeule offenbar ganze Arbeit geleistet.

»Habt ihr seitdem sauber gemacht?«, fragte Peter.

»Wieso?«

Peter erhob sich langsam. »Wegen möglicher Fußabdrücke.«

»Nein, ich glaube nicht.«

Der Polizist ging ein paar Schritte durch den Garten und überlegte, von wo der Täter oder die Täterin gekommen sein mochte. Mehrere hohe Thujahecken säumten das Grundstück.

»Warte, ich frage Edith.«

Peter nickte und ließ den Blick über den kurz geschnittenen Rasen schweifen. Nicht ein Maulwurfshügel war zu sehen. Im Gegensatz zu seinem eigenen Grundstück sah diese Fläche aus wie ein Teppichboden, der mit dem Staubsauger gereinigt wurde. Ob die Fischers einen Gärtner beschäftigten? Das schien ihm angesichts der Größe des Gartens etwas übertrieben, zumal beide in Rente waren und seiner Meinung genug Zeit hatten, um sich selbst darum zu kümmern. Aber wer seine Freizeit lieber mit Schimpftiraden über seine Nachbarn verbrachte, brauchte selbstverständlich Hilfe im Haushalt. Die beiden hatten vor einigen Jahren eine beachtliche Summe geerbt. Seitdem war ihr Benehmen noch großspuriger geworden. Peter überquerte die Rasenfläche, als betrete er ein Minenfeld. Fußabdrücke fand er keine. Die Spurensicherung konnte er nicht anfordern. Hauke würde ihn für verrückt erklären. Außerdem hatten sie die Schnüffler zu Besuch, da musste alles nach Dienstvorschrift geschehen. Sein wandernder Blick stieß auf den pompösen Grill, der in der hinteren Ecke des Gartens stand. So einen hatte Peter auch immer gewollt. Aber für sich allein lohnte sich das nicht. Bewundernd umrundete er das riesige Gerät, als er einige Zweige auf dem Boden bemerkte. Hinter dem Grill fand er ein Loch in der sorgfältig geschnittenen Hecke. Peter lugte hindurch und blickte auf den Gehweg, wo weitere Thujazweige verstreut lagen. Er hatte den Fluchtweg gefunden.

»Peter?«

»Ja, hier.«

Klaus stapfte über den Rasen. »Unser Hausmädchen hat heute Morgen hier gefegt. Sie hat …« Er verstummte, als er das Loch in der Hecke sah. »Scheiße, was ist das denn?«

»So, wie es aussieht, sind sie da rein und wieder raus«, bemerkte Peter.

»Aber wieso hat Ayra nicht angeschlagen? Ich verstehe das nicht.«

»Vielleicht kannte sie die Person?«

»Du meinst, jemand von unseren Freunden ist das gewesen? Das ist völlig ausgeschlossen.«

Peter ersparte ihnen beiden kriminalistische Erkenntnisse und Statistiken. Mit seinem Smartphone begann er ein paar Fotos zu machen. Es war mehr ein verzweifelter Versuch, beschäftigt auszusehen als tatsächliche Ermittlungsarbeit. Klaus starrte noch immer auf das klaffende Loch.

»Wir werden unsere Sicherheitsmaßnahmen verstärken müssen«, murmelte er.

Peter horchte auf. »Habt ihr Kameras installiert?«

»Ja, aber nur vorne. Bis jetzt.«

Peter nickte. »Schade.«

»Darauf kannst du einen lassen.«

»Ich sehe mir den Gehsteig an und fahre dann zur Station zurück. Falls euch noch etwas einfallen sollte, meine Nummer habt ihr ja. Und, Klaus?«

Der Mann schaute ihn erwartungsvoll an.

»Sei in Zukunft bitte etwas zurückhaltender mit dem Beschuldigen von fremden Menschen. Der Weg zur Verleumdung ist nicht weit. Und du weißt, dass das strafbar ist.«

Klaus wollte etwas erwidern, doch Peter verabschiedete sich und verließ das Haus.

Auf dem Bürgersteig fand er nichts, was sich gelohnt hätte zu Protokoll zu nehmen. Vorsichtshalber fotografierte er die abgeschnittenen Zweige und schob das Telefon zurück in die Brusttasche.

In Ayras Fall hätte er sofort auf Tierschützer getippt. Die Hündin hatte kein liebevolles Heim gehabt. Was man bei Murle und Hilde nicht behaupten konnte. Die Katzen waren Rosis ganzer Stolz. Es gab Millionen Menschen, denen es bedeutend schlechter ging als den beiden. Wenn es sich bei dem Verschwinden wirklich um Diebstähle handelte, hingen diese zusammen, das lag auf der Hand. Eine organisierte Tierfängerbande, die sich auf wertvolle Rassen oder Versuchstiere spezialisiert hatte, schloss er aus. Wer erwarb illegal ein Huhn oder gar ein Ferkel? Apropos. Ihm fiel Joachim wieder ein. Wenn er schon einmal unterwegs war, konnte er gleich dessen Schweinestall in Augenschein nehmen. Er rief auf der Wache an. Hauke meldete sich.

»Hallo«, erwiderte Peter kleinlaut.

»Der Mann mit der Tarantel im Arsch.«

Peter überging Haukes Anspielung auf seinen abrupten Abgang. »Ist Joachim noch bei euch?«

»Nee. Und bei dir?«

»So, wie es aussieht, sind die durch die Hecke eingedrungen und haben Ayra aus dem Zwinger geholt.«

»Das arme Vieh ist sicher mit fliegenden Fahnen mitgekommen. Endlich aus dem Gefängnis raus.«

»Ich fahre noch bei Joachim vorbei und schaue mir den Stall an.«

»Du willst freiwillig durch den stinkenden Mist waten? Willst du umsatteln?«

»Hauke, ich bin nicht in der Verfassung für deine Witze.«

Peter hörte, wie sein Kollege die Luft einsog.

»Okay, mach das. Ist vielleicht besser.«

»Sind sie in Hörweite?«

»Nein, sie haben sich in Philips Büro verpisst.«

»Ich halte das nicht mehr lange aus.«

»Was ist denn bloß los mit dir? Du bist doch sonst der Vernünftige von uns beiden. Die Vollhonks werden dich ja wohl nicht aus deiner yogischen Balance werfen. Das ist mein Job.«

»Ich weiß auch nicht. Diese Überheblichkeit macht mich fertig.«

»Fahr du zu den Schweinen und wir kümmern uns um unseren Besuch.«

Der Biohof lag außerhalb von Kophusen. Er fand den Bauern im Stall beim Ausmisten. Peter glaubte nicht daran, hier irgendwelche Spuren zu finden, die ihn weiterbrachten. Es diente mehr als willkommene Ausrede, um nicht so schnell zur Wache zurückkehren zu müssen.

Der Bauer berichtete ihm, dass er Susi heute Morgen beim Füttern vermisst und bisher nicht gefunden hatte. Die Ställe waren geschlossen gewesen. Es war also unwahrscheinlich, dass sie ausgebüxt war. Normalerweise entging es ihm nicht, sobald die Schweine unruhig wurden. Selbst nachts, da sein Schlafzimmerfenster zum Stall hinaus ging. Aber er war erst nach Mitternacht nach Hause gekommen, sodass der Hof bis dahin unbeaufsichtigt gewesen war.

Peter warf einen prüfenden Blick auf die Gitterstäbe. Die Türen zu den einzelnen Boxen konnte man problemlos entriegeln.

»Kannst du dir einen Grund vorstellen, warum es ausgerechnet Susi getroffen hat?«

»Sie kann eine gute Zuchtsau abgeben.«

Peter bezweifelte, dass ihre zukünftige Gebärfreudigkeit verantwortlich für ihr Verschwinden war.

»Gibt es jemanden, mit dem du gerade Streit hast?«

»Und der sich an mir rächen will?« Er schüttelte den Kopf. »Nicht, dass ich wüsste.«

»Ein Konkurrent vielleicht?«

»Hier in der Gegend gibt es nicht mehr viele. Das kann ich mir nicht vorstellen.«

»Umweltaktivisten?«

»Mein Hof ist Demeter-zertifiziert. Ich glaube kaum, dass die sich daran stören.«

Da hatte Joachim recht. Der Verdacht, Tierschützer könnten hinter dieser Sache stecken, wurde immer unwahrscheinlicher. Es sei denn, es war eine Gruppierung extremistischer Veganer, die generell gegen den Fleischkonsum waren. Aber auch das schloss Peter insgeheim aus. Das Ganze wurde zunehmend undurchsichtiger. Es erschien ihm wahllos, als wollte ihnen jemand beweisen, wie leicht es war, an die Tiere heranzukommen. Doch das konnte ja schlecht ein Motiv sein. Peter musste an den Mann denken, der den Schweinen zum Fraß vorgeworfen worden war. Glücklicherweise hatte Joachim den Leichnam noch rechtzeitig entdeckt, bevor die Schweine ihn vertilgt hatten. Hatte man Susi gestohlen, um eine Leiche auf diese Weise loszuwerden? Wie lange dauerte es, bis aus einem Ferkel eine ausgewachsene Sau wurde? Aber warum dann die ganzen anderen Tiere? Ob sich da jemand einen ganzen Bauernhof zusammenklaute? Peter verscheuchte den absurden Gedanken.

»Und was habt ihr jetzt vor?«, fragte Joachim.

»Keine Sorge, wir kümmern uns darum«, versicherte ihm Peter, wobei er selbst nicht genau wusste, wie sie das bewerkstelligen sollten.

»Ich warne euch, Peter. Hier braut sich was zusammen«, begann Joachim plötzlich. »Ihr solltet euch auf etwas gefasst machen.«

Peter starrte ihn fragend an.

»Das Dorf macht mobil. Wenn ihr die Tiere nicht bald gefunden habt, wird es mächtig Ärger geben.«

»Wie meinst du das?«

»Nur ein Wort: Bürgerwehr.«

»Wie bitte?«

Peter schoss der Gedanke an Bärbels Warnung durch den Kopf.

Joachim nickte vielsagend.

»Geht es vielleicht etwas genauer?«

»Ganz ehrlich, ich kann die Leute gut verstehen. Wenn ihr nichts unternehmt, tun sie das eben. Aber einige von ihnen haben Kontakte zu dubiosen Aktivisten.«

»Was meinst du mit dubios?«

»Die wollen auf den Zug aufspringen und sind auf Mitgliederfang. Sie versuchen schon seit einiger Zeit, Kophusen zu unterwandern.«

»Danke für den Hinweis.«

Joachim tippte sich an seine Schiebermütze. Sie verabschiedeten sich, und Peter machte sich mit einem unguten Gefühl auf den Rückweg. Er hatte verstanden. Es gab schon seit einiger Zeit Gruppierungen, die versuchten, die Landbevölkerung mit scheinbar harmlosem Engagement auf ihre politische Seite zu ziehen. Etwas war faul im Dorfe Kophusens.

8

Hauke starrte seinen Freund ungläubig an. »Das ist jetzt nicht dein Ernst. Eine Bürgerwehr? Was bilden die sich ein? Ist denn die Welt nicht schon verrückt genug?«

»Wir müssen diese Tiere finden. Und zwar so schnell wie möglich«, erklärte Peter.

»Ich verwette meinen Arsch darauf, dass Rosi dahintersteckt. Die hat immer so bescheuerte Ideen. Bürgerwehr, ich fass es nicht!« Hauke tippte sich mit dem Zeigefinger energisch gegen die Schläfe. »Nur wegen ein paar verschwundenen Viechern machen die so einen Aufriss. Aber die werden doch nicht so dumm sein, sich den rechten Rand mit ins Boot zu holen.«

»Die Rechten kommen auch von ganz allein. Die haben noch nie eine Einladung gebraucht.«

Hauke sah zu Philips geschlossener Bürotür. Ihr Chef war immer noch bei diesen beiden Clowns drinnen. Die Unterredung dauerte jetzt schon eine geschlagene Stunde.

»Was zum Teufel quatschen die so lange?«

»Ich entschuldige mich nicht bei denen«, drohte Peter.

»Wofür auch. So weit kommt das noch, dass wir uns auf unserer eigenen Polizeistation entschuldigen müssen.«

Hauke hatte sich fest vorgenommen, ruhig zu bleiben, aber es fiel ihm schwer. Um seine Wut in eine andere Bahn zu lenken, griff er zum Hörer und rief seine Schwester an.

»Bruderherz, gibt es etwas Neues?«

Scheinheiliges Biest, dachte er. Tat so, als könne sie kein Wässerchen trüben, während sie heimlich eine Armee aufstellte.

»Ja, könnte man so sagen. Weißt du etwas von einer Bürgerwehr?« Hauke hielt sich nicht lang mit Floskeln auf. Am anderen Ende herrschte Stille. Volltreffer. Hatte er es doch gewusst. »Rosi, ich warte.«

Seine Schwester räusperte sich. Er spürte, wie sie nach Worten suchte. »Wie hast du davon erfahren?«

»Schon vergessen? Ich bin Polizist.«

Sie seufzte lautstark und gab den Widerstand auf. »Ihr seid selbst schuld«, begann sie. »Wenn ihr nichts unternehmt, müssen wir das eben selbst in die Hand nehmen.«

»Ich hör wohl nicht richtig! Was wollt ihr bitte schön machen, he? Euch die Nächte im Auto um die Ohren schlagen und mit Feldstechern in die Dunkelheit starren? Das ist ja wohl ein schlechter Scherz.«

»Wir haben noch keine konkreten Aktionen geplant. Die Gruppe befindet sich ja erst im Aufbau.«

»Na, dann kannst du gleich mit dem Abbau beginnen, weil ich dir das nämlich verbiete.«

»Ach, du willst mir etwas verbieten? Mein Lieber,

wir leben im einundzwanzigsten Jahrhundert. Du kannst mir gar nichts verbieten. Wir tun nichts Ungesetzliches. Ich habe mich informiert.«

»Bei wem?«

»Bei einer höchst renommierten Organisation.«

»Und was soll das bitte schön sein? Der Bürgerwehr-Verband, oder was?«

»Ich lasse mich nicht einschüchtern, das weißt du genau.«

Es hatte wenig Sinn, sich gegen seine Schwester zu wehren. Sie war schon als Kind ein Dickkopf gewesen. Und je mehr er versuchen würde, es ihr auszureden, desto stärker würde sie sich gegen ihn stemmen. Hauke hielt für einen Moment den Atem an. Eine neue Strategie, die er gerade ausprobierte, um seine cholerischen Anfälle in den Griff zu bekommen. Er zählte bis drei, eher er die Luft langsam aus seinem Körper strömen ließ. Rosi seufzte.

»Du weißt, wenn es um meine Familie geht, werde ich zum Tier«, sagte sie in einem versöhnlichen Ton.

»Rosi, das sind Katzen.«

»Na und? Können die nicht zur Familie gehören?«

Er kapitulierte. »Meinetwegen, aber halte deine Gruppe davon ab, sich Waffen auf dem Schwarzmarkt zu besorgen. Und pass auf, wen ihr in eure Mitte aufnehmt.«

»Sehr witzig, Hauke.«

»Das war kein Witz. Wenn die nur halb so viel Leidenschaft haben wie du, dann gnade uns Gott.«

»Übertreib es nicht. Wir treffen uns, um gemeinsam zu überlegen, was wir überhaupt tun können. Ich sorge schon dafür, dass es nicht aus dem Ruder läuft.«

»Rosi, du hast keine Ahnung, worauf du dich da einlässt. Glaub mir. Wenigstens dieses eine Mal.«

»Ich muss weitermachen. Ich halte dich auf dem Laufenden.«

Kaum hatte Hauke aufgelegt, öffnete sich die Tür zu Philips Büro.

»Ich habe mit den beiden gesprochen, und sie sehen ein, dass ihr Verhalten uns gegenüber nicht angemessen war. Sie werden sich in Zukunft zurückhalten«, erklärte Philip, als ob er gemeinsam mit dem Feind um ein Lagerfeuer gesessen und eine verdammte Friedenspfeife geraucht hätte. Apropos rauchen, dachte Hauke und verschob die Idee auf später. Ihr Chef warf ihnen einen warnenden Blick zu. Hauke wusste, was das bedeutete. Sie mussten sich alle am Riemen reißen. Resigniert schwiegen sie einen Moment. Die fette Kröte war schwer verdaulich.

»Hast du etwas gefunden, Peter?«, unterbrach Philip die Stille.

Peter erstattete kurz Bericht. Bei der Erwähnung der sich formierenden Bürgerwehr hob Philip die rechte Augenbraue. Auch ihn schien diese neue Entwicklung nicht gerade zu begeistern.

»Zumindest sehen die externen Kollegen, dass es uns nicht an Arbeit mangelt. Das kommt auf die Habenseite. Allerdings können die Ereignisse unversehens umschlagen. Wir sollten schnellstmöglich die Tierdiebe ergreifen«, erklärte Philip.

»Und wie?«, fragte Hauke. »Sollen wir ganz Kophusen observieren?«

»Was haben wir bisher?«

»Dreizehn Fälle. Völlig unterschiedliche Arten, vom Haustier bis zum Nutztier«, fasste Peter zusammen. »Keinerlei Anhaltspunkte. Geografisch kann ich kein Muster erkennen. Wir sollten schauen, ob die Tierhalter eine Gemeinsamkeit haben. Vielleicht geht es gar nicht um die Tiere selbst, sondern um ihre Besitzer.«

»Gute Idee. Kümmere dich drum.«

Peter nickte. Das Glänzen in den Augen seines Kollegen beruhigte Hauke. Erleichtert lehnte er sich in seinem Stuhl zurück.

»Was ist mit dem Schädelfund? Gibt es da etwas Neues?«, fragte Philip.

Hauke schüttelte den Kopf. »Ich habe Mona eine Nachricht hinterlassen, dass sie uns Bescheid geben soll, wenn sie Ergebnisse hat.«

Die Tür zum Nebenbüro öffnete sich, und Ole kam heraus, dicht gefolgt von seiner Kollegin. Die drei Beamten sahen auf.

»Wenn ihr wollt, könnt ihr mitkommen, wir statten dem letzten Einbruchsopfer einen Besuch ab«, rief Philip.

Hauke vermied den ungläubigen Blick, den er seinem Chef am liebsten zugeworfen hätte. Von diesem Besuch war bis eben noch nicht die Rede gewesen. Aber ihm war klar, dass sie den Gästen etwas bieten mussten. Am besten etwas weniger Verrücktes als eine durchgeknallte Bürgerwehr, die sich um verschwundene Tiere sorgte. Da kam ihnen der Einbruch vom Samstag gerade recht. Obwohl ihre Aufklärungsquote bei dieser Serie nicht rühmenswert war. Aber immerhin war es ein ganz normales Verbrechen. Und alles, was normal war, war gut.

»Ja, gern«, erwiderte Maren und setzte ein zaghaftes Lächeln auf.

Hauke nahm sich seine Dienstjacke von der Garderobe und gemeinsam verließen sie die Station.

Die große Doppelhaushälfte gehörte den Jensens, einem älteren Ehepaar um die siebzig, beide pensionierte Lehrer.

Der Einbruch hatte sich mitten am Tag zugetragen, während die beiden eine Radtour unternommen hatten. Diese Einbruchserie begleitete die Beamten schon seit Längerem und bisher hatten sie nicht einmal einen Verdächtigen ermitteln können. Das Seltsame war, dass die Diebe nie etwas Wertvolles mitgehen ließen. Goldberg hegte seit einiger Zeit einen vagen Verdacht. Bisher hatte er niemandem davon erzählt. Er wollte sichergehen, dass sich seine absurde Vermutung bewahrheitete. Seine Kollegen würden ihm nicht glauben, davon war er überzeugt. Er konnte es ja selbst kaum glauben. Das Problem war, dass dieser Jemand nie Spuren hinterließ. Jedenfalls keine, die seinen Verdacht erhärteten. Dem Dieb ging es nicht um die Beute, wie es für einen Einbruch üblich war. Es ging um eine Botschaft, die sich Goldberg leider noch nicht erschloss, sosehr er sich das Hirn darüber auch zermartert hatte.

»Haben Sie inzwischen eine Liste von den gestohlenen Gegenständen erstellt?«, fragte er.

Frau Jensen nickte und reichte ihm ein kleines Stück Papier. In jenen Momenten fragte sich der Kommissar, ob die Opfer von den Einbrüchen gewusst hatten. Jeder Einzelne von ihnen schien gelassen mit dem Eindringen in seine Privatsphäre umzugehen. Gerade so, als gehöre es zum Kophusener Alltag, von Zeit zu Zeit ungebetenen Besuch zu bekommen. Er überflog die größtenteils wertlosen Gegenstände auf der Liste und reichte sie wortlos an Hauke weiter.

»Ist Ihnen noch etwas aufgefallen?«, fragte er, obwohl er wusste, dass es zwecklos war.

»Nein«, erwiderte die Frau erwartungsgemäß und schüttelte dabei den Kopf. All die anderen hatten die gleiche Antwort gegeben.

Goldberg unterdrücke einen resignierten Seufzer. Er wurde das Gefühl nicht los, dass sie alle unter einer Decke steckten.

»Das ist alles?«, fragte Hauke ungläubig, als er die Liste überflogen hatte.

»Wir sind sehr froh, dass die Diebe den Schmuck meiner Frau nicht gefunden haben«, erklärte Herr Jensen.

»Haben Sie einen Safe?«, hakte Hauke ungeduldig nach.

»Nein«, entgegnete Frau Jensen beinahe entrüstet.

Als sie gemeinsam in den Streifenwagen stiegen, konnte sich Ole ein Grinsen nicht verkneifen. Goldberg sah, wie Maren ihm mit dem Ellenbogen in die Seite boxte. Er konnte es Ole nicht verübeln. Hauke entging das wortlose Geplänkel und der Kommissar ließ es unkommentiert.

Ein Funkspruch rettete sie aus dem peinlichen Schweigen. Peter meldete ihnen einen verunfallten Pkw in der Nähe des Friedhofs. Goldberg spürte sofort, dass etwas nicht stimmte. Selbst aus dem knackenden Funkgerät klang Peters Stimme betont sachlich und in seinen Ohren übertrieben ernst. Hauke warf ihm einen Seitenblick zu. Offenbar schien es seinem Kollegen ähnlich zu gehen. Mit gerunzelter Stirn lauschte Hauke dem kurzen Bericht.

»Verstanden. Wir fahren hin«, sagte er und hängte das Gerät zurück in die Halterung.

Hauke hatte Mühe, seine Irritation nicht kundzutun. Goldberg erkannte das an der Art, wie er ein Schnauben unterdrückte. Es war ein Tick. Jedes Mal, wenn Hauke entschied, besser den Mund zu halten, entlud sich seine Reaktion in einem geräuschvollen Atemzug.

»Wow, hier jagt ja ein Einsatz den nächsten!«, ertönte es von der Rückbank.

»Ole, wir wollten solche Kommentare doch unterlassen«, mahnte Maren, um Neutralität bemüht.

»Das meine ich völlig ernst. Respekt.«

»Danke«, kommentierte Goldberg knapp.

Hauke startete den Motor und nach wenigen Mi-
nuten trafen sie an der Unfallstelle ein. Er parkte den
Streifenwagen auf dem kleinen Parkplatz neben dem
Friedhofsgelände.

Aus dem Augenwinkel sah Goldberg eine Gestalt am
Fenster im Haus gegenüber stehen. Trautchen hatte
ihren Posten bezogen. Die Frau des Friedhofsgärtners
war berüchtigt für ihre Neugier. Der Kommissar hoffte,
sie würde sich dieses Mal zurückhalten und das Ganze
aus der Ferne beobachten. Vielleicht hatte Peter deshalb so sachlich geklungen, um sich eine diesbezügliche
Bemerkung zu verkneifen.

Der VW Kombi war in einem der Gräben gelandet,
die so ziemlich an jeder Straße in Kophusen entlang-
führten. Das kam oft vor, allerdings meistens bei glatten
Straßenverhältnissen oder wenn Alkohol und andere
Drogen im Spiel waren. Goldberg interessierte sich
nicht sonderlich für Autos. Mit Ausnahme seines eigenen Saab 901i Cabrio. Mit Blick auf die vordere Schnauze, die aus dem Graben ragte, konnte er erkennen, dass
der Wagen alt war.

Hauke hatte das Fahrzeug als Erster erreicht. Ohne
es zu berühren, schaute er durch die Windschutzscheibe.
Ein Mann saß über das Lenkrad gebeugt.

»Hallo? Geht es Ihnen gut?«, rief er.

Der Kopf des Mannes hob sich, als Goldberg zu ihnen
aufschloss.

»Du?«, kam Hauke ihm entgeistert zuvor. »Wie um alles in der Welt hast du das fertiggebracht?«

Goldberg fand die Frage zwar etwas unpassend, aber er konnte die Verwunderung durchaus nachvollziehen. Der Mann hob die Achseln, als wisse er selber nicht so recht, warum er sich in dieser misslichen Lage befand.

»Kannst du aussteigen?«, fragte Hauke.

Goldberg drehte sich zu den Kollegen um. »Fasst bitte mit an.«

Während Hauke versuchte, die verbeulte Fahrertür zu öffnen, hielten die anderen beiden ihn fest. Der abschüssige Graben war rutschig und sie wollten nicht noch eine Person befreien müssen. Es dauerte einige Minuten, bis es Hauke gelang. Offenbar hatte der Wagen im Rückwärtsgang die Leitplanke erwischt.

»Vorsichtig, ja! Ganz langsam«, mahnte Hauke.

Blut lief dem Fahrer von der Stirn Richtung Nase. Goldberg forderte vorsorglich einen Rettungswagen an.

»Mann, was machst du denn für Sachen?« Hauke bekam den Arm zu fassen. »Helft mir mal.«

Ole schob sich dicht neben Hauke und gemeinsam zogen sie den Fahrer aus dem Wagen. Erst als sie den Straßenrand erreicht hatten, ließen sie ihn los.

»Da haben Sie aber Glück gehabt«, bemerkte Ole. »Was ist denn passiert?«

Goldberg bemerkte den Anflug eines verschmitzten Lächelns im Gesicht des Fahrers, bevor dieser rasch wieder ernst wurde.

»Ich wollte bloß umkehren, habe den Rückwärtsgang eingelegt und dann ging alles sehr schnell.«

»Mensch, Alfred, und das dir?« Hauke konnte es immer noch nicht fassen.

Nun war klar, warum Peter so merkwürdig geklungen hatte. Goldberg fragte sich, ob sie diesen vermeintlichen Verkehrsunfall gemeinsam ausgeheckt hatten oder ob die Idee allein auf Alfreds Mist gewachsen war. Der ehemalige Stationsleiter war ihnen in jedem Fall eine Erklärung schuldig.

9

Nachdem Alfred am Unfallort von den Sanitätern versorgt worden war, hatte er eine Fahrt zum Krankenhaus verweigert. Hauke hatte Trautchen aus dem Haus geklingelt, die mit dem Trecker ihres Mannes den alten VW aus dem Graben gezogen hatte. Ein Abschleppdienst hatte sich des Wagens angenommen und Alfred nach Hause gebracht.

Es war vierzehn Uhr, als Maren und Ole die Wache verließen, um bei Rosi zu Mittag zu essen. Sie hatten sich in Rosis kleiner Pension über dem Restaurant eingemietet. Die drei komfortablen Zimmer waren fast immer ausgebucht.

»Nutzen wir die Gelegenheit. Peter, was hast du in Erfahrung bringen können?«, fragte Goldberg, sobald die schwere Glastür hinter den beiden ins Schloss gefallen war.

Peter nahm einen Schluck aus dem Kaffeebecher und schlug die Mappe auf, die er vorsorglich in der Schublade verstaut hatte, um sie vor neugierigen Blicken zu schützen. Peters Angewohnheit, ihre Arbeit nicht nur digital zu dokumentieren, kam ihnen jetzt sehr gelegen. Streng genommen gehörten die sterblichen Überreste aus dem ehemaligen Garten von Beate Hintz nicht in ihre Zuständigkeit.

»Fangen wir mit dem Schädel an. Mona hat sich vorhin gemeldet. Mit ziemlicher Sicherheit ist der Schädel echt. Ob Fremdeinwirkung vorliegt, kann sie noch nicht sagen, die Untersuchungen laufen noch. Der Schädel weist allerdings Spuren auf, die von einem stumpfen Gegenstand herrühren könnten. Die Kollegen aus Itzehoe haben heute noch weitere Knochen gefunden. Scheint ganz so, als sei eine Leiche in dem Garten vergraben worden.«

»Ist wohl eine weitverbreitete Angelegenheit«, bemerkte Hauke grinsend, der zurückgelehnt auf seinem Schreibtischstuhl fläzte. »Mann oder Frau?«

»Mona tippt nach erster Einschätzung auf einen Mann.«

»Was hast du zu den Eigentümern des Hauses?«, fragte Goldberg.

Peter blätterte in der Mappe nach vorn. »Die jetzigen Eigentümer sind Gesa und Lars Küster. Unauffällig, wenn du mich fragst, die würde ich ausschließen. Das Ehepaar hat das Haus gerade erst gekauft und außerdem wird es auf ihr Geheiß abgerissen. Das würden sie ja nicht machen, wenn sie eine Leiche im Garten verbuddelt haben, oder?«

»Das leuchtet ein. Zumal unser Schädelmann wohl schon etwas länger tot sein dürfte«, ergänzte Hauke.

Peter nickte. »Gekauft haben sie das Haus von Beate Hintz beziehungsweise von ihrem Sohn Kai.«

»Die Alte hat da nicht …«, Hauke räusperte sich. »Ich meine natürlich, die ältere Dame hat da nicht mehr gewohnt?«, unterbrach Hauke seinen Kollegen.

Peter schüttelte den Kopf.

»Woher kennt ihr sie eigentlich?«, wollte Goldberg wissen.

Peter und Hauke kannten fast alle älteren Mitbürger in Kophusen. Zugegeben, das war kein Kunststück. Bei knapp achthundert Einwohnern.

»Ihr Mann Ernst hat sich vor ein paar Jahren das Leben genommen. Ich erinnere mich genau daran, als wir ihr die Todesnachricht überbringen mussten. Der Knabe ist mit seinem Auto in das einzige Waldstück von Kophusen gefahren und hat sich die Abgase reingezogen.«

»Hauke, bitte!«, rief Peter.

»Was denn? Stimmt doch.«

»Wie lange ist das her?«, erkundigte sich Goldberg.

»Elf Jahre, ich habe es nachgesehen«, erklärte Peter. »Danach bewohnte sie das Haus allein. Inzwischen ist sie ins Heim gezogen. Ihr Sohn Kai hat es letzten Monat an die Küsters verkauft.«

»War der Mann krank?«, fragte der Kommissar.

Beide Kollegen nickten synchron. »Lungenkrebs«, kam es wie aus einem Mund.

»Also, Ernst kann es jedenfalls nicht sein. Seine Knochen sind im Tornescher Krematorium verbrannt.«

»Hauke!«, mahnte Peter.

»Was ist denn jetzt schon wieder? Ich stelle nur die Fakten zusammen.«

»Wie lange haben die beiden dort gewohnt?«, fragte Goldberg.

»Seit die Siedlung entstanden ist. In den Siebzigern.«

»Wenn es sich bei unserem Skelettfund tatsächlich um Mord handeln sollte, dann hat wohl die alte Hintz den Kerl auf dem Gewissen«, überlegte Hauke.

»Wen soll denn die nette alte Dame umgebracht haben?«, wandte Peter bestürzt ein.

»Ihren Liebhaber?«, schlug Hauke vor.

Peter seufzte laut. »Für einen Polizeibeamten hast du eindeutig zu viel Fantasie!«

»Durch den Erkennungsdienst ist sie vermutlich nicht erfasst worden, oder?«, fragte Goldberg.

»Nee. Sie hat sich nie etwas zuschulden kommen lassen.«

»Und in welchem Heim ist sie?«

»Drüben in Süderau.«

»Statten wir ihr doch einen Besuch ab und fragen sie einfach, wer die Leiche in ihrem Garten ist.« Hauke erhob sich und schlenderte zur Pantryküche, um sich Kaffee nachzufüllen.

»Klar doch. Die arme Frau ist ja erst vierundneunzig Jahre alt. Wahrscheinlich stirbt sie vor Schreck an einem Herzanfall«, wandte Peter ein.

»Na und! Immerhin liegt in ihrem Garten ein Skelett«, rief Hauke.

»Wir sind nicht zuständig. Das ist Dietmars Sache«, erinnerte ihn Peter.

»Als ob dich das je gejuckt hätte«, meinte Hauke, als er wieder auf seinem Stuhl Platz genommen hatte.

»Jetzt schon, wo wir Besuch haben.«

»Wir werden uns nicht einmischen, hört ihr?«, ging Goldberg dazwischen. »Derzeit können wir uns keine Extras leisten. Sobald die Identität festgestellt ist, erfahren wir das über andere Kanäle. Solange die Beamten uns nicht um Amtshilfe bitten, halten wir die Füße still. Verstanden?«

Die beiden Kollegen nickten, auch wenn er ihnen ansah, wie schwer ihnen dieser Verzicht fiel. Die gegenwärtige Situation ging auch Philip zunehmend gegen den Strich. Er hatte sich immer noch nicht mit der Tatsache abfinden können, dass er sich als Kophusens Stationsleiter nicht mehr um solche Delikte zu kümmern hatte. Kophusen war eben nicht Berlin. Seine Zuständigkeiten hatten sich drastisch dezimiert. Wie lange er diese Beschneidung noch ertrug, wusste er nicht. Aber vielleicht war es ohnehin bald vorbei mit ihrer Kophusener Station. Vieles deutete jedenfalls darauf hin.

»Was Neues von unseren verschwundenen Haustieren?«, fragte Hauke.

Goldberg berichtete von seinem morgendlichen Gespräch mit Bärbel. Wie versprochen war er vor der Arbeit bei ihr im Gasthof vorbeigefahren. Aber es hatte keine neuen Erkenntnisse gebracht.

»Ich habe mit einigen Besitzern geredet, während ihr bei den Jensens wart. Nichts, was uns weiterbringen würde«, berichtete Peter.

»Erstell bitte eine Liste aller Fälle mit Datum und sämtlichen Informationen, die du kriegen kannst. Ich möchte eine Chronologie der Ereignisse.«

»Ist schon in Arbeit.«

»Bärbel hat mir erzählt, dass heute ein erstes Treffen der geplanten Bürgerwehr stattfindet«, wandte Goldberg ein.

»Was? Verfluchte Scheiße! Das hat mir mein Schwesterherz natürlich nicht gesagt«, schimpfte Hauke. »Na, warte. Die kann was erleben!«

»Wir müssen so schnell wie möglich herausfinden,

was da los ist«, sagte Goldberg, der Haukes Sorge teilte, wobei er es anders ausgedrückt hätte.

»Wir müssen diesen Mist im Keim ersticken«, urteilte Hauke. »Ich hatte mal eine Affäre mit einer Katzenliebhaberin. Als wir zur Sache kommen wollten, ging das pelzige Ding dazwischen. Und ich habe mich erdreistet, die Katze vom Bett zu schmeißen. So, und nun ratet mal, für wen sie sich entschieden hat? – Ja, ganz genau. Danach flog ich in hohem Bogen aus der Wohnung. So schnell konnte ich gar nicht gucken, da stand ich in Unterwäsche vor der Tür. Die gesamte Wohnung war ein Labyrinth von Kratzbäumen. Vor lauter Scheißkatzenspielzeug konnte man keinen Schritt machen. Ich sage euch, wenn da heute Abend auch nur eine von diesen Trullas dabei ist, dann gnade uns Gott. Diese Fanatiker laufen Amok, wenn es um ihre kackenden Lieblinge geht.«

Goldberg war froh, dass sein Mitarbeiter sich im Beisein der neuen Kollegen nicht zu solcher Ausdrucksweise hinreißen ließ. Trotzdem stimmte Goldberg ihm zu. Er musste an die Tierschützer denken, die einmal versucht hatten, in ein Berliner Labor einzubrechen und die Versuchstiere zu befreien. Es war ein heikles Thema, das auch in der Presse hohe Wellen geschlagen hatte. Tierschutz polarisierte und rief nicht selten radikale Anhänger auf den Plan. Auch wenn er das für Kophusen eher ausschloss, war diese Entwicklung bedenklich.

»Ich mache mir mehr Sorgen um eine feindliche Übernahme als um die Tierfreunde«, sagte Peter und berichtete Goldberg von Joachims Warnung. »Klaus und Edith vertreten rechte Ansichten. Da sollten wir ein Auge drauf haben.«

Goldberg nickte. »Wir werden sehr sensibel mit diesem Thema umgehen und sorgfältig ermitteln. Selbst auf die Gefahr hin, dass uns das bei unseren Besuchern in ein zweifelhaftes Licht rücken könnte. Am Ende sind wir es, die die Sache im Griff haben müssen. Du bleibst bitte dran. Diskret, so weit es möglich ist.«

Die beiden Männer nickten.

»Und was machen wir mit Alfred?«, fragte Hauke in die Stille. »Wenn seine Unfälle in Serie gehen, bringt der sich noch aus Versehen um. Seine Absicht, uns Arbeit zuzuschanzen in allen Ehren, aber das geht dann doch zu weit.«

»Stimmt. Am Telefon habe ich ihm schon gesagt, dass er das bitte unterlassen soll. Wenn rauskommt, dass der Unfall nur fingiert war, wirft das kein gutes Licht auf uns. Selbst wenn wir nichts damit zu tun haben. Das glaubt uns kein Mensch.«

»Ich kenne ihn noch nicht lange, aber es ist zu vermuten, dass das nicht sein letzter Versuch war. Einer muss mit ihm reden, damit dieser Wahnsinn aufhört.«

»Das erledige ich«, beschloss Hauke. »Es war schließlich meine Idee, ihn in die ELB-Residenz einzuschleusen. Wahrscheinlich ist ihm dieser verdeckte Einsatz zu Kopf gestiegen. Wenn er vorhat, so unsere Polizeistation vor dem Aus zu retten, dann werde ich das unterbinden. Der alte Mann ist völlig verrückt geworden.«

»Und sprich mit Karin darüber. Zur Not muss sie ihn zur Räson bringen«, empfahl Peter.

»Ist das seine Frau?«, fragte Goldberg.

»Ja.«

»Das klingt nach einem guten Plan. Hauke, mach es am besten noch heute.«

»Werde ich tun, keine Sorge. Außerdem statte ich unserer Bürgerwehr-Rädelsführerin einen Besuch ab. Bei der Gelegenheit kann ich mir den Haufen von Möchtegern-Aktivisten gleich mal anschauen und einschüchternd daneben sitzen«, erklärte Hauke.

»Da komme ich mit! Das lasse ich mir nicht entgehen.« Peter nahm sich einen Haferkeks vom Teller und biss voller Vorfreude ein großes Stück ab.

»Meinetwegen. Aber zieh deine Uniform an. Wir sind hochoffiziell unterwegs.«

Goldberg hatte kein gutes Gefühl bei diesem Vorhaben. Deeskalation war nicht gerade Haukes Stärke. Und doch wollte er den Enthusiasmus seines Kollegen nicht dämpfen. Der Kommissar unterdrückte den Impuls, es ihm zu verbieten. Hauke war schließlich Polizist. Was konnte er schon falsch machen?

Goldberg wollte lieber nicht darüber nachdenken.

10

Hauke saß am Tresen. Sein alkoholfreies Bier vor ihm war
bis zur Hälfte geleert. Er wollte nüchtern bleiben,
schließlich war das hier mehr oder weniger ein Einsatz.
Rosi hatte ihn argwöhnisch beäugt, als sie kurz aus der
Küche in den Gastraum gespäht hatte. Hauke hatte ihr
demonstrativ zugeprostet. Sie wussten beide, warum er
hier war. Seine Mutter Bärbel hatte ihm sofort gebeich-
tet. Sie war aufgeregt, weil sie bei dem ersten Treffen der
Bürgerwehr als Schriftführerin fungieren sollte. Wenn
Rosi etwas anpackte, dann machte sie keine Kompromisse.
Das hatte sie mehr als einmal bewiesen.

   Im Gastraum herrschte nicht viel Betrieb. Die Touris-
mus-Saison neigte sich dem Ende entgegen. Nur verein-
zelt saßen noch einige Gäste von auswärts an den Tischen
und aßen zu Abend. *Bei Rosi* hatte sich zu einem viel

beachteten Restaurant gemausert und wurde in vielen Reiseführern empfohlen. Seine Schwester überlegte bereits, das Lokal umzubenennen. Übernommen hatte sie die ranzige Gastwirtschaft mitsamt Pension vor einigen Jahren und seither viel Arbeit und Leidenschaft in den Schuppen gesteckt. Es zahlte sich aus. Inzwischen fuhr Madame einen Mini Cabrio. Hauke vermutete schon länger, dass sie mehr Geld verdiente als er in seinem Dienst an der Gemeinschaft. Wenn sie die Station dichtmachten, würde er hier einsteigen. Er hatte ihr zwar noch nichts von seinen Plänen erzählt, aber die beiden Frauen konnten Hilfe gebrauchen. Schließlich würde seine Mutter nicht ewig hinter dem Tresen stehen können. Wie alt war sie noch gleich? Er betrachtete sie, während sie lachend mit dem Mann rechts von ihm sprach. Moment mal. Hauke musterte den Knaben. Flirteten die etwa? Der Kerl kam ihm bekannt vor. War das nicht der Alte, der ständig auf der Bank neben der Kirche saß? Wenn er recht überlegte, saß der Knabe oft hier. Eigentlich immer. Hauke runzelte die Stirn. Wie konnte ihm das bisher entgangen sein? Womöglich lief da schon etwas zwischen den beiden. Er verzog das Gesicht zu einer Grimasse. Das stellte er sich besser nicht vor. Hauke wollte die frivole Unterhaltung gerade unterbinden, als Alfred sich neben ihn setzte und bei seiner schäkernden Mutter ein Alsterwasser bestellte. Hauke drehte angewidert den Kopf.

»Na, wie läuft es?«, fragte Alfred, ein bisschen außer Atem.

Sein ehemaliger Chef schien ebenso aufgekratzt wie der ganze Rest der Bürgerwehr-Bande. Es kam Hauke vor, als hätte ganz Kophusen ein kollektives Gefühl der

Euphorie ergriffen. Er schnaubte vielsagend und trank einen großen Schluck von seinem Bier. »Könnte besser sein«, erwiderte er.

»Du könntest ruhig etwas mehr Dankbarkeit zeigen. Immerhin habe ich mich für euch in Gefahr begeben und meinen geliebten Kombi geopfert.«

Alfred schien für seine Kamikaze-Aktion auch noch Applaus zu erwarten. Hauke schüttelte den Kopf.

»Es hat dich niemand darum gebeten.«

»Hauke, das ist erst der Anfang. Ich habe schon einen Plan ausgearbeitet. Ihr dürft gespannt sein. Ich liefere euch den Fall des Jahrhunderts. Damit kommt ihr ganz groß raus.« Die Begeisterung sprang ihm förmlich aus dem Gesicht.

Na toll, dachte Hauke und seufzte. Das war nicht gerade die Art von Gespräch, die er gerne führte. Normalerweise war er nicht so zimperlich, aber Alfred tat ihm leid. Es rührte ihn, mit wie viel Leidenschaft er sich immer noch für ihre Station einsetzte. Aber mal ehrlich, fingierte Unfälle? Das war unter der Würde eines ehemaligen Stationsleiters. Fehlte nur noch, dass der Mann sich selbst verletzte. Schließlich war er herzkrank. Dass Alfred nichts mit seinem Pensionärsdasein anzufangen wusste, war nicht ihr Problem. Der Mann brauchte ein Hobby. Warum konnte er nicht einfach Briefmarken sammeln oder seinetwegen auch stricken? Anstatt zu Hause zu sitzen und sich zu überlegen, wie er seinen gesamtlen Fuhrpark zu Schrott fuhr. Er musste diesem Treiben ein Ende setzen.

»Darüber wollte ich mit dir reden«, sagte er zögernd.

Bärbel servierte das frisch gezapfte Alsterwasser. »Zum Wohl.«

»Danke.« Alfred prostete ihnen beiden zu. »Auf die Kophusener Polizei.«

Zähneknirschend erhob Hauke sein Glas. Das würde nicht einfach werden.

»Alfred, das geht so nicht.«

»Was?« Sein Ex-Chef sah ihn erstaunt an. »Haben die mir das etwa nicht abgekauft?« Er schien zu überlegen. »Vielleicht sollte ich mich das nächste Mal schwerer verletzen.«

»Nein, zum Teufel! Du bist nicht Colt Sievers. Oder hast du heimlich einen Kurs belegt? Wie werde ich Stuntman in fünf Tagen?«

»Was meinst du?«

»Du musst damit aufhören. Du bringst dich selbst und andere in Gefahr. Was kommt als Nächstes? Steckst du dich selbst in Brand?« Hauke biss sich auf die Zunge. Er wollte ihn nicht auf neue Ideen bringen, er wollte ihn davon abhalten. »Es ist wirklich nett gemeint, aber wir schaffen das schon allein. Ich habe keine Lust, deine sterblichen Überreste demnächst von einer Mauer oder aus einem Graben zu kratzen. Das ist die Sache nicht wert.«

Alfred wollte zu einer Antwort ansetzen, aber Hauke fuhr ihm über den Mund.

»Hör zu, wir kriegen das hin, auch ohne deine Stunteinlagen. Statistisch gesehen gibt es überproportional viele Verbrechen in Kophusen. So verrückt das auch klingen mag. Wir haben genug zu tun. Die können unsere Station nicht einfach schließen.«

Jetzt war Alfred es, der ihn mitleidig ansah. Hauke kannte diesen Blick.

»Was ist? Hast du etwas herausgefunden?«

Sein Ex-Chef nahm einen großen Schluck, bevor er sprach. »Die haben euch auf dem Kieker, mein Freund.«

»Wer?«

Alfred rückte näher heran. »Du weißt, ich habe einen alten Kollegen, der es weit gebracht hat. Den habe ich angerufen und …«, er zögerte kurz, »in seinen Augen habt ihr keine Chance.«

Hauke starrte ihn an. »Was?«

»Es müsste schon etwas Außergewöhnliches passieren, um die Station noch zu retten.«

»Was soll das heißen, außergewöhnlich?«

»Ein Fall von überregionalem Aufsehen zum Beispiel.«

»Und was war mit der mumifizierten Leiche im Feuerwehrhaus? Es stand in sämtlichen Zeitungen.«

»Ja, aber das ist lange her. Darüber spricht kein Mensch mehr.«

»Ach, und was war mit dem Medikamentenskandal? Heimliche Experimente an alten und wehrlosen Menschen, war das nicht von überregionalem Interesse?«

»Hauke, beruhige dich. Wir kriegen das hin. Ihr müsst meine Hilfe nur annehmen. Der Unfall heute war ein Versuchsballon. Vertrau mir.«

»Um was geht es bei dieser Untersuchung wirklich? Wer steckt dahinter? Du weißt doch etwas.«

Alfred leerte sein Glas und bestellte bei Bärbel Nachschub. Hauke sah ihm an, dass er den Grund kannte, warum die DIVE bei ihnen aufgeschlagen war.

»Sag es mir.«

»Das kann ich nicht. Ich habe es versprochen.«

»Mensch, Alfred. Es geht um unsere Existenz.«

Sie warteten, bis Bärbel das Getränk gebracht hatte und sich wieder ihrem Verehrer zuwandte. Darum musste er sich ein anderes Mal kümmern.

»Also?«

Alfred atmete hörbar aus. »Es geht um Philip«, flüsterte er.

»Was? Wieso?«

»Jemand hat offiziell Beschwerde eingelegt. Jemand mit Freunden ganz oben.«

»Rolf?«

Alfred nickte. »Er und noch jemand anderes.«

»Ich wusste, dass dieser Scheißkerl seine Finger im Spiel hat!« Hauke schnaubte. »Was soll das? Was können die gegen Philip tun? Ihn strafversetzen?«

»Wenn ich es richtig verstanden habe, geht es um mehr.«

»Die wollen ihn rausschmeißen?« Hauke brauchte einen Augenblick, um diese Neuigkeit zu verdauen. »Das können die nicht tun. Er ist Beamter, Staatsdiener.«

Alfred schwieg.

Hauke kniff die Augen zusammen. »Was haben die vor?«

»Unser Kollege aus Krempe hat einen sehr einflussreichen Freund in der richtigen Position. Es liegt ein Antrag auf Überprüfung der Polizeidiensttauglichkeit vor. Der DIVE-Besuch ist nur der Anfang. Du weißt, dass unsere Station schon lange auf der internen Abschussliste steht. Eure Fallzahlen haben das bisher verhindert, aber jetzt wollen sie zwei Fliegen mit einer Klappe schlagen.«

»Verfluchte Scheiße! Die wollen Philip kaltstellen?«

»Es geht um seine geistige Gesundheit.«

»Der Mann ist geistig gesünder als du und ich zusammen.«

»Das weiß ich, aber so ein Antrag wird sehr ernst genommen. Die berufen sich auf seine Vorgeschichte …«

Hauke unterbrach ihn unwirsch. »Herrgott noch mal! Das Kind ist vor seinen Augen verbrannt. Da darf man ja wohl mal die Fassung verlieren.«

»Nicht so laut!«, beschwichtigte Alfred. »Wir sind uns doch einig. Und wenn wir es richtig anstellen, machen wir denen einen Strich durch die Rechnung. Wir konstruieren bestimmte Umstände, die zeigen, dass Philip durchaus dienstfähig ist.« Alfred lächelte.

Hauke überhörte den letzten Satz. Er war stinksauer. So ein verdammter Mist! Die wollten also nicht nur ihre Wache dichtmachen, sondern auch noch seinen Freund und Chef loswerden. Rolf konnte sich auf eine Abreibung gefasst machen.

»Wir müssen ihm davon erzählen. Es wird nicht lange dauern, bis er eine Einladung zur ärztlichen Untersuchung erhält. Ich glaube kaum, dass Jens ihm ein aktuelles Gutachten über seinen psychischen Gesundheitszustand ausstellen darf.«

»Wer ist Jens?«, fragte Alfred.

»Sein früherer Seelenklempner und seitdem sein bester Freund.«

»Nein, wohl kaum.«

»Und die Tatsache, dass er gerade seinen gesamten Jahresurlaub in Lübeck bei seiner bekloppten Ex verbracht hat, spricht nicht gerade für ihn.«

»Jedenfalls werden sie diese Angelegenheit genau untersuchen.«

»Scheiße, das ist doch Quatsch. Der Mann ist gesund. Das werden die Ärzte ja wohl feststellen.«

»Nicht, wenn sie für ihr Gutachten gekauft werden.«

»Du meinst …«

»Ich weiß es nicht. Ich kann mir nicht vorstellen, dass die den gesamten medizinischen Dienst kaufen, nur um einen mittleren Beamten aus Kophusen zu suspendieren. Aber wenn doch, werden wir vorbereitet sein.« Alfred machte eine vielsagende Pause.

Hauke schwante nichts Gutes. »Auch wenn ich diese Frage bereuen werde: Was ist dein Plan?«

»Wir werden eure Besucher auf unsere Seite ziehen, mit gezielten Aktionen und Einsätzen.«

»Das ist doch totaler Blödsinn! Glaubst du nicht, dass die beiden das auffällig finden, wenn immer ein und derselbe Typ in irgendwelche dubiosen Aktionen verwickelt ist? Und das ist dann ausgerechnet Kophusens ehemaliger Stationsleiter.«

»Daran habe ich natürlich auch gedacht. Deshalb brauchen wir Statisten.«

»O Gott, bitte nicht!«

»Hauke, hör mir doch erst mal zu.«

»Ich glaube nicht, dass ich diesen Schwachsinn hören will.«

»Das ist kein Schwachsinn! Das ist ein ausgeklügelter Plan. Nicht zuletzt, um deinen Arsch zu retten.« Alfred wurde lauter.

»Na schön. Das heißt aber nicht, dass ich bei deinem absurden Plan dabei sein werde.«

»Es ist alles absolut narrensicher!«

Etwas später musste Hauke zugeben, dass der Plan tatsächlich raffiniert war. Aber natürlich völlig indiskutabel. Hauke hatte so getan, als wäre er einverstanden. Er musste Zeit gewinnen, um sich mit Philip und Peter besprechen zu können. Die beiden würden wissen, was zu tun war. Alfred wollte bereits heute mit den Vorbereitungen beginnen. Zur Not musste Philip ihn zur Vernunft bringen. Obwohl der Plan wirklich nahezu genial war, wie Hauke fand. Doch wenn das rauskäme, wären sie alle suspendiert. Und das zu Recht! Bevor er sich weiter aufregen konnte, betraten nacheinander die zukünftigen Mitglieder der selbst ernannten Bürgerwehr die Bühne.

»Wünsch mir Glück«, flüsterte Alfred und erhob sich.

Hauke nickte und begutachtete die Neuankömmlinge. Die Gruppe bestand aus zehn Leuten. Rosi hatte beschlossen, die Versammlung im Gastraum abzuhalten. Vermutlich hoffte sie auf weitere potenzielle Mitglieder für ihre kleine Rebellion. Hauke kannte alle bis auf eine junge Frau, die mit ihrem Äußeren sehr nah an seine Vorstellung einer militanten Ökoterroristin herankam. Ihre langen blonden Haare hingen in Form von zwei geflochtenen Zöpfen über ihre Schultern. Sie trug eine Brille mit transparentem Gestell, die fast ihr gesamtes Gesicht einnahm. Der lange Rock war zu seiner Überraschung nicht wild gemustert und gebatikt, sondern schlicht grün. Das gepunktete Shirt hing schlaff darüber. Bestimmt ist die Veganerin, dachte Hauke. Er hasste diese Ultra-Ökos. Sollten sie sich ruhig nur von Früchten ernähren, die vom Baum gefallen waren. Ihn ließen diese Parolen kalt. Er mochte Tiere. Gebraten, gekocht oder gegrillt war ihm egal. Hauke würde sich seinen Appetit dadurch nicht verderben lassen und bestellte bei Bärbel genussvoll eines der glücklichen Hühner mit Rosis selbst gemachtem Kartoffelsalat.

Als seine Schwester aus der Küche trat, warf sie ihm einen warnenden Blick zu. Danach ließ sie sich neben der Ökotante nieder. Rosi hatte inzwischen eine junge Nachwuchsköchin zur Unterstützung eingestellt. Bärbel gab seine Bestellung an sie weiter, bevor Kenan das Zepter übernahm, der gerade seine Schicht begann. Hauke war mit ihm zusammen zur Schule gegangen. Ein Motorradunfall hatte ihn in den Rollstuhl gezwungen. Da Rosi früher einmal in ihn verknallt gewesen war, hatte sie ihn eingestellt. Der Bereich hinter dem Tresen war extra für ihn erhöht und die Regale waren nach unten gesetzt worden, damit er alles erreichen konnte. Hauke war stolz auf seine Schwester. Sie hatte ein Herz aus Gold.

»Moin«, begrüßte Kenan ihn, als er die Rampe hinauf zum Barbereich rollte. »Noch eins?«

»Ja, aber alkoholfrei.«

»Noch im Dienst?«

»Jepp.«

Hauke stellte sein leeres Glas neben dem Spülbecken ab und drehte sich zur anderen Seite, die neue Bürgerwehr fest im Blick. Sie saßen an dem großen Tisch am Fenster neben der Garderobe.

»Willst du sie festnehmen?« Kenan lachte.

»Nein, nur im Auge behalten.«

»Hast du schon gehört, wie sie sich nennen? – Tierschützenhilfe e.V.«

»Wie passend.«

In dem Moment entdeckte Hauke seinen Kollegen Peter in der Tür zum Gastraum. Dicht gefolgt von zwei Männern, die Hauke nur zu gut kannte. Sie nickten sich wortlos zu und Peter setzte sich neben ihn. Die Dienstmütze legte er demonstrativ auf dem Tresen ab.

»Und, habe ich was verpasst?«, fragte Peter neugierig.

»Die fangen gerade erst an. Unsere Tierschützenhilfe e.V.«

»Gefällt mir! Kenan, machst du mir bitte eine Rhabarbersaftschorle?«

»Klar, geht gleich los«, erwiderte Kenan.

Bärbel hatte einen Stapel Papierblätter vor sich aufgetürmt. Kerzengerade und mit gezücktem Kugelschreiber blickte sie fragend in die Runde. Rosi, die offenbar die Leitung übernommen hatte, begann die einzelnen Mitglieder vorzustellen. Da es nicht sonderlich voll war, konnten sie alles von ihrem Logenplatz aus hören. Die Ökotante hieß Lena. Als einziges Mitglied war sie nicht direkt betroffen. Sie wohnte in Hamburg und war bei einer Tierschutzorganisation in der Presseabteilung tätig. Die beiden Frauen schienen sich zu kennen. Lena sollte die neue Bürgerwehr mit ihrem Knowhow unterstützen. Die beiden Beamten warfen sich einen unheilvollen Blick zu. Das mussten sie unbedingt verhindern. Was machte die überhaupt hier, fragte sich Hauke. Es ging hier schließlich nicht um eine Ölkatastrophe oder um Massentierhaltung. Es waren einfach nur verschwundene Haustiere, die vermutlich irgendwo zusammenhockten und sich über ihre hysterisch gewordenen Herrchen und Frauchen lustig machten. Die restlichen Mitglieder stammten aus dem Ort. Ein bunt zusammengewürfelter Haufen, der auf den ersten Blick so gar nichts gemein hatte. Besorgniserregend fand Hauke die Anwesenheit von Lolek und Bolek, wie er die beiden Brüder nannte, die sich an ihnen vorbeigeschoben und zu der Gruppe gesellt hatten. In seinen Augen waren das zwei geistig unterbelichtete Flachpfeifen, die sich gern und oft Ärger einhandelten. Eigentlich passte der Spitzname nicht zu ihnen. Hauke hatte die Zeichentrickserie als Kind geliebt, und die beiden Figuren hatten rein gar nichts mit den stämmigen Männern gemein. Es war ihm spontan in den Sinn gekommen und es war dabei geblieben. Die Brüder Carstensen, so hießen sie wirklich, nahmen es mit dem Gesetz nicht sonderlich genau und außerdem ließ ihre Einstellung gegenüber einigen Mitmenschen ein gewisses Maß an Toleranz vermissen. Der Blick, den sie Kenan beim

Reinkommen zugeworfen hatten, sprach Bände. Da sie seines Wissens beide kein Haustier besaßen, ahnte Hauke, dass die Aussicht auf einen zünftigen Krawall sie hierher gelockt hatte.

Die übrigen Teilnehmer folgten Rosis Redeschwall mit besorgten Mienen. Hauke hatte gehofft, ihre uniformierte Anwesenheit würde ein gewisses Maß an Vorsicht auslösen, doch weit gefehlt. Sie alle wussten, dass Hauke Rosis Bruder war, sodass seine und Peters Präsenz nicht ins Gewicht fiel.

Kenan stellte ihm sein zweites Bier vor die Nase.

»Sind Lolek und Bolek oft hier?«, fragte Hauke leise.

Kenan grinste. »Ganz selten mal.«

»Auf die beiden müssen wir aufpassen«, flüsterte Peter.

Hauke nickte und nahm einen großen Schluck. Es dauerte nicht lange und die Gemüter waren erhitzt. Nachdem fast jedes Mitglied seine bedauernswerte Geschichte um den Verlust des Haustieres zum Besten gegeben hatte, begannen sie mit einer Art Brainstorming. Die Vorschläge reichten von nächtlichen Observationen bis hin zum Patrouilleneinsatz. Dieser Einfall war erwartungsgemäß von Lolek gekommen und stieß auf geteilte Zustimmung. Hauke sträubten sich die Haare. Als Xaver Jessen, ein ortsansässiger Schäfer, vorschlug, Drohnen über Kophusen kreisen zu lassen, reichte es ihm. Hauke erhob sich von seinem Barhocker und schritt gemächlich auf den Tisch zu. Es sollte bedrohlich wirken. Sie bemerkten ihn erst, als er sich am Kopfende aufgebaut hatte.

»Hauke, hast du etwa auch einen konstruktiven Vorschlag?«, fragte Rosi drohend.

»In der Tat. Ihr solltet diese Arbeit mir und meinen Kollegen überlassen. Wir sind für solche Einsätze ausgebildet. Ich will mich nicht auch noch um euch kümmern müssen, weil ihr ganz Kophusen in Unruhe versetzt. Ihr habt die Privatsphäre eurer Mitbürger zu respektieren. Man kann nicht einfach ein paar Dutzend Drohnen über ihre Köpfe hinwegfliegen lassen und ganz Kophusen überwachen. Haben wir uns verstanden!«

»Und wer kümmert sich dann darum, dass nicht noch mehr von meinen Schafen verschwinden?«, protestierte Xaver.

Hauke wollte etwas erwidern, aber Lena unterbrach ihn.

»Und Sie sind …«, fragte sie, während sie aufstand und ihm die Hand reichte.

»Polizeiobermeister Hauke Thomsen.«

»Mein Bruder«, fügte Rosi schnell hinzu.

»Und mein Sohn«, ergänzte Bärbel nicht ohne einen gewissen Stolz.

»Angenehm, Herr Thomsen. Lena Krause.«

»Sehr erfreut«, log Hauke.

»Ich finde es toll, dass Sie sich so für Ihre Bürgerinnen und Bürger engagieren. Ich würde es allerdings bevorzugen, wenn Sie das gleiche Engagement für die Tiere dieser Gemeinde an den Tag legen würden.«

Ihr Lächeln war übertrieben freundlich, und Hauke hätte ihr am liebsten die Meinung gegeigt, aber er riss sich zusammen.

»Wir tun alles, was in unserer Macht steht, um diese Tiere zu finden. Nur leider ist das nicht unsere einzige Aufgabe.«

Ganz zu schweigen von den internen Ermittlungen und der Intrige gegen den Chef, fügte er im Stillen hinzu.

»Das verstehe ich natürlich. Doch solange Sie Ihre wertvolle Zeit darauf verwenden, Radarfallen aufzustellen und besorgten Bürgern und Bürgerinnen Rechtsbelehrungen vorzutragen, sind die Erfolgsaussichten sehr gering. Ich will Ihnen natürlich nicht vorschreiben, wie Sie Ihre Arbeit zu machen haben. Nur ein kleiner Vorschlag meinerseits. Anstatt die Strafanzeigen gegen Unbekannt unbeachtet in die Schublade zu stecken, sollten Sie Ihre wertvolle Zeit vielleicht nutzen, um auf Streife zu gehen. Gehört das nicht auch zu den Aufgaben der Schutzpolizei?«

Hauke atmete tief durch die Nase ein und hielt für einen Moment die Luft an. Er zählte bis fünf. Sie fixierten sich gegenseitig. Die plötzliche Stille im Gastraum bemerkte Hauke erst jetzt. Aus den Augenwinkeln nahm er die Blicke der Anwesenden wahr. Das konnte er nicht einfach auf sich sitzen lassen. Immerhin war er Polizist. Diese Ökotante hatte kein Recht, ihn derartig vorzuführen.

»Sie werden lachen, wir haben schon eine Spur, der wir nachgehen.«

Etwas Besseres war ihm auf die Schnelle nicht eingefallen. Aber diese Frau reizte ihn. Er konnte es nicht leiden, wenn man seine Kompetenz infrage stellte.

»Ach, wirklich?«

»Ja, wirklich. Das ist nämlich unsere Arbeit. Und da sind wir ziemlich gut drin, auch wenn Sie das nicht glauben. « Er ließ den Blick in die Runde schweifen, wobei seine Augen bei den Carstensen-Brüdern stoppten. »Haltet euch zurück. Ich sag das nur einmal.«

Die Warnung ließ Lolek und Bolek kalt. Lena Krause lächelte ihn an und setzte sich schweigend.

Hauke ahnte, dass ihnen diese Gurkentruppe noch eine Menge Ärger einbringen würde. Vor allen Dingen, wenn Alfred seinen Plan zur Rettung der Station in die Tat umsetzte.

11

»Das ist jetzt nicht wahr.« Obwohl Peter entrüstet war, sprach er in gedämpftem Ton. »Das kann doch nicht sein Ernst sein!«

»Schalte mal einen Gang runter. Noch ist ja nichts passiert«, versuchte Hauke die Wogen zu glätten.

Peter starrte sprachlos auf die Zigarette in der Hand seines Kollegen. Sie standen vor der Wache, um den Ohren der Eindringlinge zu entgehen. Alfred musste völlig den Verstand verloren haben. Peter nahm einen Schluck aus dem Kaffeebecher. Sein Verlangen nach einem Haferkeks wuchs.

»Ich wollte zuerst mit dir reden. Du weißt ja sonst auch immer alles besser«, erklärte Hauke. »Also, was machen wir? Sagen wir es Philip?«

»Natürlich sagen wir es ihm. Und wir werden mit Alfred sprechen und ihm diese verrückte Idee ausreden.«

»Eigentlich ist sie genial.«

Peter warf ihm einen erbosten Blick zu. »Hauke, ich warne dich. Wir werden Philip einweihen und gemeinsam entscheiden, was wir tun.«

»Ja. Reg dich ab, ich will dasselbe wie du.«

Peter nickte und hoffte insgeheim, dass sein Kollege sich an ihre Abmachung halten würde. Sobald sie einen ruhigen Moment erwischten, mussten sie mit Philip reden. Bis dahin würden sie versuchen, ihren ehemaligen Chef davon abzuhalten, seinen waghalsigen Plan in die Tat umzusetzen.

Der gestrige Auftritt der Brüder Carstensen hatte ihn zutiefst beunruhigt. Joachim hatte recht gehabt. Die Bürgerwehr bestand aus sehr unterschiedlichen Menschen, die nicht alle dieselben Interessen verfolgten. So eine Gemengelage war unmöglich zu steuern.

»Lass uns lieber reingehen, sonst schöpfen die beiden Großstädter noch Verdacht«, sagte Peter.

»Hättest wohl nicht gedacht, dass dir meine Nikotinsucht noch mal gelegen kommen würde, was?«

Peter schüttelte den Kopf und wollte gerade die Eingangstür zur Polizeistation öffnen, als ein alter Polo vor ihnen anhielt. Eine junge Frau stieg aus und sprach sie an.

»Entschuldigen Sie, hier ist doch die Polizeiwache, oder?«

Peter sah, wie Hauke seinen Mund öffnete. Um ihnen eine mögliche Peinlichkeit zu ersparen, ging Peter gleich dazwischen.

»Ja, wie können wir Ihnen helfen?«

Er warf Hauke einen kurzen Seitenblick zu, der beleidigt seine Zigarette am Treppengeländer ausdrückte.

»Ich bin mir nicht sicher, ob ich das überhaupt melden sollte oder ob ich nicht doch überreagiere«, erklärte sie.

»Das werden wir sehen. Kommen Sie und erzählen uns, was passiert ist.«

Sie zögerte.

»Keine Angst, wir beißen nicht«, sagte Hauke und machte eine einladende Geste. »Wie wäre es mit einem Kaffee?«

Peter biss sich auf die Zunge und fragte sich, wann sein Kollege diesen Flirt-Reflex endlich ablegen würde. »Bitte«, sagte er und trat hinter den ockerfarbenen Tresen, der noch aus den Siebzigerjahren stammte.

»Milch? Zucker?«, flötete Hauke, der bereits auf dem Weg in die Küche war.

»Beides«, erwiderte die Frau und legte ihre Handtasche auf dem Tresen ab.

In dem Moment öffnete sich die Bürotür und Ole kam heraus.

»Guten Tag«, sagte er und blieb dabei im Türrahmen stehen.

Die Frau erwiderte die Begrüßung und wandte sich wieder Peter zu.

»Also, was können wir für Sie tun?«, fragte er.

Ihre Finger nestelten an dem Riemen ihre Handtasche herum. Sie schien ängstlich, und Peter schenkte ihr ein betont freundliches Lächeln, bevor Hauke sie mit seiner Charme-Offensive noch mehr verschreckte.

»Ich wurde bedroht.« Sie machte eine Pause, in der sie unsicher umherblickte.

Hauke reichte ihr einen Kaffeebecher. »Ich hoffe, er ist süß genug.«

Peter unterdrücke ein Augenrollen. Dieser Mann war unverbesserlich. Konnte er sich nicht wenigstens in Oles Beisein zusammenreißen? Als hätte Hauke seine Gedanken gelesen, räusperte er sich und trat einen großen Schritt zurück. Offenbar hatte er Ole jetzt erst in der Tür bemerkt. Sein Gesicht verzog sich zu einer halbwegs professionellen Miene.

»Was ist passiert?«, wiederholte Peter behutsam.

»Es war am Sonntag. Ich wohne noch nicht lange in Kophusen. Jedenfalls war ich mit meinem Hund spazieren. Auf der Landstraße. Also diese kleine, die neben der Bushaltestelle abgeht.«

Da Kophusen nur über eine Haltestelle verfügte, war Peter klar, wo sie entlanggelaufen war.

»Es war sehr neblig. Und Sammy, also mein Hund, lief an der langen Leine und hat plötzlich etwas gewittert. Ich habe ihn gerufen, aber er hört noch nicht so gut. Im dichten Nebel habe ich nicht gesehen, wo er hinlief. Also bin ich seinem Bellen gefolgt. Da war dieser Bauwagen und dahinter ein Haus.«

Sie machte eine Pause und trank einen Schluck Kaffee. Peter betrachtete sie. Was auch immer sie am Sonntag erlebt hatte, es hatte ihr große Angst eingejagt.

»Was geschah dann?«, fragte Peter sanft.

Sie atmete tief ein. »Sammy war völlig verrückt. Ich konnte ihn nicht davon abbringen, also bin ich ihm gefolgt, bis zu dem Haus. Sammy schnüffelte wie wild. Ich wollte ihn wegziehen, aber er lief zur Hinterseite des Hauses. Glauben Sie mir, ich wollte das Grundstück nicht betreten, aber ich musste meinen Hund einfangen. Außerdem dachte ich, vielleicht braucht ja jemand Hilfe. Also bin ich ihm nach. Sammy stand auf der Terrasse und bellte das Fenster an. Ich bin hin und da habe ich es gesehen.« Sie stockte.

»Was haben Sie gesehen?«, erkundigte sich Peter.

»In dem Wohnzimmer lag ein Haufen toter Tiere. Es war ein schrecklicher Anblick. Und Käfige. In einem waren zwei Katzen zu erkennen.«

Peter fühlte den Stich in seiner Brust. Im Geiste sah er Murle und Hilde. Sein Herz schien sich zu verkrampfen. Bemüht, seine Emotionen zu zügeln, konzentrierte er sich auf sein Gegenüber.

»Waren sie auch tot?«, fragte er vorsichtig.

»Das weiß ich nicht. Ich habe ein paar Fotos mit meinem Handy gemacht, als ich ein Geräusch hinter mir hörte. Plötzlich stand da jemand.«

Bei der Erinnerung verzog sich ihr Gesicht zu einer Grimasse, die Peter nicht recht deuten konnte. Sie trank noch einen großen Schluck.

»Wer stand da?«, fragte Hauke, der sich zu Peter gesellt hatte.

»Ein Mann.«

»Wissen Sie, wer das war?«, erkundigte sich Peter.

Sie schüttelte den Kopf. »Ich denke, es war der Besitzer des Hauses. Jedenfalls war er ziemlich sauer. Ich habe ihm versucht zu erklären, was passiert war. Und plötzlich wollte er mein Handy haben. Aus Angst habe ich es ihm gegeben. Er hat es genommen und einfach auf dem Boden zertreten. Und dann wollte er Sammy haben.«

»Ihren Hund? Warum?«, fragte Hauke.

»Ich glaube, er wollte ihm etwas antun. Dann hat er mir gedroht, dass er Sammy töten wird, wenn ich jemandem hiervon erzähle.«

»Er hat was?«, entfuhr es Peter.

»Ich war genauso entsetzt wie Sie. Deshalb habe ich Sammy genommen und bin weggerannt.«

»Und damit kommen Sie erst jetzt zu uns?«, fragte Hauke.

»Ich hatte Angst, dass er seine Drohung wahr macht.«

»Kommen Sie«, sagte Peter und führte sie hinter den Tresen an seinen Schreibtisch. »Ich nehme Ihre Anzeige auf.«

»Können Sie den Mann beschreiben?«, wollte Hauke wissen.

»Er war vielleicht ein Meter achtzig groß, hatte blonde kurze Haare.«

»Wie alt war der Mann?«, erkundigte sich Peter.

»Das kann ich nicht sagen. Irgendetwas zwischen fünfzig und sechzig, schätze ich. Es ging alles so schnell. Aber er hatte ein Gewehr.«

»Ein Gewehr?«, fragte Peter.

»Ja, es sah aus, als wäre er Jäger oder so.«

Als sie Platz genommen hatte, bot Peter ihr einen Haferkeks an, den sie dankend ablehnte. Zuerst nahm er ihre Personalien auf und dann beschrieb sie ihm die Stelle, an der das Haus stand. Soweit er das beurteilen konnte, musste das der Hof von Hagen Reth sein. Einem pensionierten Tierarzt. Obwohl er sich kaum vorstellen konnte, dass der Mann Tiere in seinem Haus in Käfige sperrte. Schon gar nicht gestohlene Tiere. Der würde sicher nicht durch Kophusen streifen und den Haustieren anderer Leute auflauern. Er war bekannt, gerade bei Tierhaltern. Peter konnte sich nicht erinnern, Hagen Reth jemals mit den Jägern gesehen zu haben. Es musste eine logische Erklärung dafür geben. Aber warum sollte er die Frau bedroht haben? Peter erinnerte sich an die letzte Begegnung mit ihm. Reth war ein einsamer Mann geworden, nachdem seine Frau ihn verlassen hatte. Auch wenn dieses Verhalten nicht zu ihm passte, hatten sie endlich eine Spur, der sie nachgehen konnten. Katharina Ludwig machte einen glaubwürdigen Eindruck. Außerdem fiel Peter kein Grund ein, warum sie sich eine solche Geschichte ausdenken sollte. Aber vielleicht war es auch jemand anderer gewesen, den sie dort gesehen hatte. Auf dem Hof lebten zwei weitere Personen. Allerdings schieden die aus. Alma Droste war eine Frau und ihr Sohn Ben war zu jung. Zudem hatte der junge Mann eine Autismus-Spektrums-Störung. Peter konnte sich bei keinem von beiden vorstellen, dass sie Tiere einfingen und in Käfige sperrten. Geschweige denn sie töteten.

Peter versicherte ihr, dass sie alles richtig gemacht habe. Die Wahrscheinlichkeit, dass diese Person wusste, wer sie war und wo sie wohnte, war eher gering. Und doch versprach Peter ihr, ein Auge auf sie und ihr kleines Häuschen zu haben. Sichtlich erleichtert verließ die junge Frau die Station und fuhr davon.

»Ich habe es ja nicht glauben wollen. Hätte wetten können, ihr denkt euch diese verrückten Fälle aus. Aber das eben ist der lebende Beweis«, meinte Ole fast anerkennend. Gemeinsam mit Maren hatte er alles mit angehört.

Die Bemerkung konnte Peter ihm ausnahmsweise nicht übel nehmen.

»Da haben wir unsere Spur«, sagte Hauke stolz. »Wenn Philip da ist, fahren wir hin.«

Peter nickte.

»Da sind wir dabei«, kommentierte Ole. »Oder, Maren?«

»Und ob!«

Peter versuchte, sich nicht ablenken zu lassen. Es passierten gerade so viele Dinge gleichzeitig. Zum einen mussten sie dringend Alfred von seinem abstrusen Plan abbringen. Dazu kam der Knochenfund im Haus von Beate Hintz. Und zu allem Überfluss musste Philip erfahren, dass ihm bald eine Untersuchung auf Dienstuntauglichkeit bevorstand. Wenn sie ihm ein negatives Attest ausstellten, war es mit ihrer schönen Station aus und vorbei. Da konnte Hagen Reth noch so viele Tiere stehlen und töten oder in Käfige sperren. Das war nichts, was die anderen Kollegen nicht übernehmen konnten.

»Kennt ihr den Eigentümer des Hofes?«, fragte Maren.

»Ja, ein pensionierter Tierarzt. Kauziger Typ. Würde mich nicht wundern, wenn der aus den armen Dingern eine Suppe kocht.«

»Hauke!«, entfuhr es Peter entsetzt. »Sag mal!«

»Was denn, war doch nur ein Spaß. Wann seid ihr alle eigentlich so ernst geworden?«

»Ein ziemlich geschmackloser«, bemerkte Maren.

»Ich fand ihn gut«, murmelte Ole und grinste.

Nicht noch so einen von der Sorte, dachte Peter. Vor seinem inneren Auge tauchte der alte Reth auf. Hauke hatte nicht ganz unrecht, gab er im Stillen zu. Hagen hatte den Hof damals von Almas Schwiegereltern gekauft. Er überlegte, wie lange das jetzt her sein musste. Man munkelte, dass die beiden eine Affäre gehabt hatten und er ihr als Liebesbeweis das Haus gekauft hatte. Das Geräusch der Glastür riss ihn aus seinen Gedanken.

»Guten Morgen«, begrüßte Philip sie. »Entschuldigt die Verspätung, mein Wagen hat gestreikt.«

Ein Stich durchfuhr Peter. Er mochte diesen hageren, stillen und feinsinnigen Mann. Es würde ihn schwer treffen, wenn man ihn tatsächlich suspendieren würde. Vermutlich würde Philip Kophusen verlassen. Und was wurde dann aus Magda und ihm? Das konnten sie nicht zulassen. Philip musste bleiben. Sie alle mussten bleiben. Das hier war sein Zuhause, seine Familie. Peter entschied, alles dafür zu tun, damit es so blieb, wie es war. Sein Yogi Sohanraj würde ihm jetzt wahrscheinlich etwas von Loslassen und Veränderungen erzählen, aber in diesem Fall war er nicht dazu bereit. Mit dem Tod seiner Frau Marion hatte er schon einmal das Wichtigste in seinem Leben verloren. Gegen den Krebs hatte er nichts ausrichten können. Aber gegen das hier schon. Diesen Kampf würde er gewinnen. Koste es, was es wolle.

12

Der Streifenwagen bog rechts auf die schmale Straße ab. Goldberg kannte den Weg von seinen zahlreichen Spaziergängen. Hauke fuhr wie immer zu schnell, doch der Kommissar hielt sich mit einer Bemerkung zurück. Die angespannte Stimmung heizte er besser nicht weiter an. Wenig später hielten sie in der Zufahrt eines verwahrlosten Bauernhofes. Das reetgedeckte Wohngebäude stand seitlich und grenzte direkt an den ehemaligen Stall. Goldberg hatte gelernt, dass man es hier im Norden auch als Tenne bezeichnete. Geradeaus befand sich ein weiteres Gebäude, das quer zu ihnen stand. Ein riesiger Schuppen, der früher sicher auch Tiere beherbergt hatte. Goldberg entdeckte den Bauwagen auf der anderen Straßenseite, von dem seine Kollegen berichtet hatten. Peter hatte Hagen Reth angerufen und ihn gebeten, zum Haus zu kommen.

Der Tierarzt erwartete sie bereits. Entgegen der Erzählungen wirkte er freundlich und überraschend attraktiv. Goldberg hatte sich einen alten verbitterten Mann vorgestellt, doch er entsprach so gar nicht dem Bild, das sich der Kommissar gemacht hatte.

»Habt ihr gleich Verstärkung mitgebracht?«, begrüßte er sie und lachte.

»Guten Morgen.« Sie schüttelten sich die Hand. »Goldberg. Philip Goldberg. Hauke Thomsen werden Sie sicher kennen.« Die beiden Männer nickten sich zu. »Und das sind zwei Kollegen, die bei uns zu Gast sind.«

Goldberg blieb bewusst vage, wenn er Maren und Ole anderen vorstellte. Er wollte keine Gerüchte aufkommen lassen. Noch war ihre Zukunft nicht besiegelt.

»Peter sagte, ihr wollt euch auf dem Hof umschauen?«

»Ja, wenn Sie nichts dagegen haben?«

»Nein, wieso sollte ich. Ist etwas passiert?«

Peter hatte dem Mann nicht erklärt, worum es bei ihrem Besuch ging. Das hatte er freundlicherweise Goldberg überlassen.

»Heute Morgen ist eine Anzeige gegen Unbekannt eingegangen. Offenbar gab es jemanden, der sich hier bei Ihnen herumgetrieben hat. Eine Zeugin behauptet, dass diese Person sie und ihren Hund bedroht hat.«

»Bedroht?«, wiederholte Hagen Reth erstaunt. »Hier? Wer soll das gewesen sein?«

Goldberg überging die Frage. »Das Haus hinter dem Bauwagen, gehört das auch zu Ihnen?«

Der Tierarzt nickte.

»Wir würden uns gerne drinnen mal umsehen, wenn Sie einverstanden sind.«

»Gibt es einen Grund dafür? Ich meine, ohne ein Durchsungsdingsda dürfen Sie das doch gar nicht, oder?«

»Da haben Sie vollkommen recht, Herr Reth. Und, um ehrlich zu sein, würde ich für diese Angelegenheit auch kein Durchsungsdingsda bekommen. Ich bitte Sie darum. Die Person, die bedroht wurde, glaubt, in diesem Haus Tierkadaver sowie zwei Katzen in einem Käfig gesehen zu haben. Angesichts der aktuellen Ereignisse im Dorf würden wir das gerne überprüfen. Sie sind Tierarzt gewesen, wenn ich richtig informiert bin. Sie werden verstehen, dass uns das hellhörig macht.«

»Sie sprechen von den vermissten Tieren?«

Goldberg nickte. Hagen Reth runzelte die Stirn. Seine Augen waren wachsam. Das war dem Kommissar sofort aufgefallen. Er schien ein kluger Mann zu sein. Die aufrechte Körperhaltung wirkte nicht aufgesetzt, offenbar hielt er sich fit. Ein wacher Geist in einem wachen Körper. Seine grauen Haare ließen ihn älter wirken, aber nicht minder attraktiv. Seine beiden Kollegen mussten ihn entweder länger nicht gesehen haben oder hatten ihn vollkommen falsch eingeschätzt, was seltsam war. Zumindest Peter verfügte über eine ausgezeichnete Menschenkenntnis. Oder aber es war etwas passiert, das diesen Mann positiv verändert haben musste. Katharina Ludwigs Beschreibung nach konnte es durchaus Reth gewesen sein, der sie bedroht hatte. Wenn ja, war der Mann, der da vor ihnen stand, ein guter Lügner.

»Tote Tiere«, murmelte Reth kopfschüttelnd und zog ein Schlüsselbund aus der Hosentasche. »Kommen Sie, ich zeige Ihnen, dass ich kein Sammler von Tierkadavern bin.«

Zielstrebig übernahm der Veterinär die Führung. Reths Schritte waren fest, wie bei jemandem, der nichts zu verbergen hatte. Oder aber der wusste, dass die Kadaver längst fortgeschafft worden waren. So oder so, Goldberg glaubte, dass Reth sich so leicht nichts vormachen ließ. Gemeinsam überquerten sie die schmale Straße. Vorbei an dem Bauwagen ging Reth geradewegs auf den Eingang des Backstein-Bungalows zu. Goldberg schätzte die Größe auf rund achtzig Quadratmeter. Er schien moderner als der Rest des Bauernhofes zu sein. Vermutlich war er nachträglich gebaut worden. Reth schloss die Tür auf.

»Immer rein in die gute Stube«, sagte er munter und ließ ihnen den Vortritt.

Im engen Flur schlug Goldberg ein auffällig frischer Duft entgegen, was ihn angesichts des leer stehenden Hauses irritierte. Geradeaus gelangten sie in das Wohnzimmer, das auf die Terrasse führte. Die Glasfront erstreckte sich über die gesamte Breite des Raumes. Es war hell und wäre unter anderen Umständen sicher einladend gewesen. Das Zimmer war leer.

»Hier wohnt niemand?«, fragte Goldberg Reth, der ihnen gefolgt war.

»Nein«, erwiderte er.

»Wie lange ist das Haus schon unbewohnt?«

Reth stieß die Luft aus. »Seit über zehn Jahren.«

»Du hast den Bungalow damals von Drostes gekauft, stimmt's?«, erkundigte sich Hauke.

»Ja, kurz nach Freddys Verschwinden. Ich habe die ganze Immobilie damals von seinen Eltern übernommen. Sie wollten nicht, dass er die auch noch durchbringt. Die beiden haben hier im Bungalow gewohnt. Bis zu ihrem Tod.«

»Alma und Ben wohnen immer noch im Haupthaus?«, fragte Hauke.

Er nickte.

»Sie sind sehr freundlich zu dieser Frau und ihrem Sohn, Herr Reth«, bemerkte Goldberg. Peter hatte noch auf der Station mit ihnen sein umfangreiches Wissen geteilt und sie über die Besitzverhältnisse aufgeklärt.

»Ich bin ein Freund der Familie. Wir hatten immer engen Kontakt. Hier in Kophusen hält man zusammen. Ich wohne nur zwei Häuser weiter. Freddy, Almas Mann, ist damals einfach abgehauen. Hat sie und ihren Sohn sitzen gelassen. Obwohl das eher ein Segen für die Familie war, wenn Sie mich fragen. Freddy trank und hat sie mitunter sogar geschlagen. Eine unschöne Geschichte.«

»Frau Droste und ihr Sohn sind Ihre Mieter?«, hakte Goldberg nach.

»Nein, sie haben ein lebenslanges Wohnrecht. Das war für mich eine Selbstverständlichkeit. Der Hof warf finanziell schon lange nichts mehr ab. Durch Freddys Eskapaden waren sämtliche Rücklagen aufgebraucht. Für mich war es eine gute Anlagemöglichkeit und die Drostes konnten wieder ruhig schlafen.«

»Ist Frau Droste auch zu sprechen?«, fragte Goldberg.

»Nein, momentan ist sie in der Reha. Sie hat eine neue Hüfte bekommen.«

»Und Frau Drostes Sohn? Ist er zu Hause?«, fragte Goldberg.

Reth schüttelte den Kopf. »Nein, der ist spazieren gegangen. Was soll das eigentlich? Warum wollt ihr das alles wissen? Wie ihr seht, gibt es hier keinen einzigen Käfig und keine Tierkadaver. Diese Person hat sich offenbar geirrt.«

»Können Sie sich vorstellen, wer sie bedroht haben könnte?«, wollte Goldberg wissen.

Wieder stieß der Mann Luft aus. »Ich habe nicht die geringste Ahnung. Vielleicht hat sich jemand einen schlechten Scherz erlaubt. Unser Grundstück ist nicht eingezäunt, da kann prinzipiell jeder rauf und runter spazieren.«

Goldberg nickte. Der große Mann verheimlichte ihnen etwas, so viel stand fest. »Darf ich den Rest des Hauses sehen?«

»Bitte.«

Nacheinander öffnete der Kommissar sämtliche Türen und warf einen Blick in die übrigen Räume. Allesamt leer. Mit Ausnahme der Küche. Die Einbauschränke waren dunkelbraun. Massive Eiche. Das Beige der Bodenfliesen passte zu der in die Jahre gekommenen Einrichtung. Goldberg schaute in einige Schränke und fand das gleiche Geschirr, das seine eigene Großmutter benutzt hatte. In Blau und Rostbraun. Alles war unauffällig bis auf die Tatsache, dass es auch in der Küche nach Putzmitteln roch. Jemand musste sie erst vor Kurzem gründlich gesäubert haben. Die Frage war nur, warum? Wenn sie doch seit über zehn Jahren nicht mehr genutzt wurde.

Im Flur wartete Hauke zusammen mit Reth, der die Ruhe selbst zu sein schien. Die beiden Gastkollegen hatten sich bereits ins Freie begeben.

»Wollen Sie das Haus nicht vermieten?«, fragte Goldberg beiläufig im Rausgehen.

»Ich habe es ein paarmal versucht, aber niemand Geeigneten gefunden. Außerdem will ich keinen Ärger mit neuen Mietern haben.«

»Verstehe.«

Goldberg hatte nichts anderes erwartet. Er hätte sich gern noch die übrigen Teile des Hofes angeschaut, aber er wollte Reths Geduld nicht überstrapazieren. Je näher sie seinem Geheimnis kommen würden, umso unzugänglicher würde er werden. Irgendetwas stimmte hier nicht. Goldberg hatte zwar noch keine Idee, was es sein mochte, aber es hatte etwas mit den verschwundenen Haustieren zu tun. Auch wenn er ihre Zeugin nicht persönlich kennengelernt hatte, hatte er an ihrer Glaubwürdigkeit keinen Zweifel. Warum sollte sie sich eine derart abstruse Geschichte ausdenken? Ihrer Beschreibung nach konnte der Unbekannte durchaus Hagen Reth sein. Aber würde ein pensionierter Tierarzt so etwas tun? Goldberg war nicht entgangen, dass er Haukes Frage nach Almas Sohn ausgewichen war. Vielleicht war auch er es gewesen, der Frau Ludwig erschreckt hatte.

»Der hat sich mächtig verändert«, bemerkte Hauke. Er lenkte den Wagen rückwärts vom Grundstück an Reth vorbei, der ihnen zum Abschied zuwinkte.

»Inwiefern?«, hakte Goldberg nach.

»Ich kenne ihn seit Ewigkeiten. Er hat die örtliche Tierarztpraxis geleitet, bevor er sie an Holthusen abgegeben hat. Zu den Tieren war er immer nett, aber als Mensch war er eher eine Vollkatastrophe. Das wurde schlimmer, als seine Frau abgehauen ist. Seitdem hat er sich nur noch vergraben und nicht mehr am Dorfleben teilgenommen.«

»Er sagte, er wohne hier in der Nähe?«

»Ja, da kommen wir gleich vorbei.«

»Was ist mit Alma?«

»Ich habe sie nur ein paarmal gesehen. Machte immer einen ganz patenten Eindruck. Obwohl sie mit diesem Trunkenbold verheiratet war.« Im Schritttempo fuhr Hauke die Straße entlang, bis er vor einem weißen Einfamilienhaus stehen blieb. »Das ist es.«

Es war ein respektables Grundstück mit einem schlichten, aber geschmackvollen Haus. Groß genug für eine Familie. Der Vorgarten war für Goldbergs Geschmack übertrieben ordentlich, fast pedantisch. Er mochte es lieber natürlich und wild.

»Ist gut in Schuss«, kommentierte Hauke, dem der Anblick sichtlich gefiel.

In seinen eigenen vier Wänden war er ein Musterbeispiel an Sauberkeit und Ordnung. Bei ihm konnte man vom Boden essen.

»Kam der euch nicht auch komisch vor?«, fragte Maren von der Rückbank.

Der Kommissar teilte ihre Einschätzung, wollte sich aber vorerst nicht äußern. Vertrauen war etwas, was man sich in seinen Augen verdienen musste. Und bisher hatten die beiden nicht gerade viel für eine vertrauensvolle Zusammenarbeit getan. Immerhin schien Maren sich allmählich für den Fall zu interessieren, den sie und Ole bis jetzt nur belächelt hatten.

»Also, ich fand ihn nett«, meinte Ole. »Der Mann hätte uns nicht reinlassen müssen. Meiner Ansicht nach hat der nichts zu verbergen.«

Von der frisch geputzten Küche verriet Goldberg nichts. Das würde er mit seinen Beamten allein besprechen.

»Ja, schon, aber irgendwie hat er sich seltsam verhalten«, widersprach Maren, während Hauke anfuhr.

Im Außenspiegel tauchte Hagen Reth auf. Goldberg betrachtete ihn, während er die Straße entlang auf sie zukam. Er hatte es nicht eilig. Im Gegenteil.

Zurück auf der Wache gingen sie die Eigentumsverhältnisse genauer durch. Peter war fleißig gewesen und hatte seine Dossiers vervollständigt. Hagen Reth hatte den Hof und den dazugehörigen Bungalow im April 2010 gekauft. Laut Grundbuch hatte er für Alma Droste und ihren Sohn Ben ein lebenslanges Wohnrecht im Haupthaus eintragen lassen. Das Gleiche für die alten Drostes im Bungalow. Nachdem diese die Milchwirtschaft aus Altersgründen an ihren Sohn abgegeben hatten, war der Hof in finanzielle Schwierigkeiten geraten. Freddy Droste hatte sämtliche Rücklagen aufgebraucht. Bis er eines Nachts verschwunden war. Kurz danach hatten seine Eltern an Reth verkauft. Ein Jahr später war Freddys Mutter verstorben, kurz darauf der Vater.

»Und Almas Mann ist nie wieder aufgetaucht?«, fragte Goldberg.

Peter winkte ab. »Er war ein starker Alkoholiker. Vermutlich ist er inzwischen tot.«

»Wie alt sind Alma und ihr Sohn?«, fragte Goldberg.

»Alma ist sechsundsechzig und Ben siebenunddreißig«, berichtete Peter.

»Mit siebenunddreißig wohnt er immer noch bei seiner Mutter?«

Hauke machte eine kreisende Handbewegung in Kopfnähe. Goldberg sah in fragend an.

»Der ist plemplem.«

»Hauke! Mann, kannst du dich nicht ein Mal politisch korrekt ausdrücken?«, rief Peter.

»Entschuldigen Sie bitte, Herr Brandt, ich meinte natürlich, der junge Mann ist ein wenig zurückgeblieben.«

Peter schlug sich mit der Hand gegen die Stirn.

»Was? Sagt man das jetzt auch nicht mehr?«

»Was ist mit ihm?«, wollte Goldberg wissen.

»Der Junge hat eine Autismus-Spektrum-Störung. Verbunden mit einer leichten geistigen Behinderung.

Körperlich ist er nicht eingeschränkt. Er ist gern draußen in der Natur und stromert oft durch den Ort. In Kophusen ist er recht bekannt. Hast du ihn noch nie gesehen?«

»Ist das der, der immer Overall und Gummistiefel trägt?«, fragte Goldberg.

Der junge Mann war ihm bereits aufgefallen. Er hatte ihn immer als harmlos eingestuft, weswegen er sich nicht weiter für ihn interessiert hatte.

»Ja, genau das ist er«, erwiderte Peter.

»Das heißt, er geht keiner geregelten Arbeit nach?«, fragte Goldberg.

»Meines Wissens nicht.«

»Ist er auf Hilfe angewiesen?«

»Na ja, wie man's nimmt. Er lebt einfach in seiner eigenen Welt. Hat so gut wie keine Kontakte. Außer zu seiner Mutter. Mit den Großeltern war er ziemlich eng. Als die gestorben waren, hat man ihn lange Zeit nicht gesehen.«

»Könnte er die Tiere entführt haben?«

»Das kann ich mir nicht vorstellen. Benni liebt Tiere. Er sammelt jedes totgefahrene von der Straße auf und vergräbt sie sorgfältig«, meinte Peter.

»Wir sollten mit ihm sprechen«, schlug Goldberg vor.

»Viel Erfolg!«, kommentierte Hauke.

Goldberg sah ihn fragend an.

»Das kannst du knicken. Der spricht mit niemandem, wenn er nicht will. Ist ein sehr schweigsamer junger Mann, der Benni.« Er warf Peter einen fragenden Blick zu. »War das angemessen genug?«

Statt zu antworten, ließ Peter einen lauten Seufzer ertönen. Goldberg ignorierte ihr Scharmützel. Er kannte Hauke gut genug, um zu wissen, dass hinter der rauen Fassade ein weiches Herz schlug, das er verbergen wollte. Sein Kollege hatte das mehr als einmal unter Beweis gestellt. Trotzdem hatte Peter natürlich recht. Haukes Ausdrucksweise war unangemessen. Wie so oft. Er warf den beiden Gastkollegen einen kurzen Blick zu. Ole schien nicht sonderlich interessiert. Im Gegensatz zu Maren, die ihre Unterhaltung aufmerksam verfolgt hatte. Es war zwingend notwendig, dass sie mit Ben sprachen. Die Geschehnisse konnten Ausdruck krankhafter Tierliebe sein. Vielleicht hatte Ben diese Tiere aufgelesen und versteckt. In seiner eigenen Welt ergab das möglicherweise Sinn. Reth konnte sie durch Zufall entdeckt und wieder freigelassen haben, sofern sie noch am Leben waren. Die Kadaver konnte er entsorgt und hinterher sauber gemacht haben. Möglich, dass er den Jungen schützen wollte. Jetzt, wo seine Mutter auf Kur war. Das würde jedenfalls erklären, warum Goldberg das Gefühl nicht loswurde, der Tierarzt verheimliche ihnen etwas. Wenn sie Glück hatten, war es mit dem Spuk nun vorbei. Plötzlich kam ihm eine Idee. Er würde Bruno einladen, mit ihm einen Spaziergang zu unternehmen. Ein Rechtsmediziner war genau das, was er jetzt brauchte.

13

Er hörte, wie der Wagen endlich vom Hof fuhr und das Motorgeräusch langsam verebbte. Die Nervosität hatte seinen gesamten Körper erfasst. Zitternd starrte er auf die Umrisse der Schaufel, die im dämmrigen Licht kaum zu erkennen war. Sein Großvater hatte ihm den Trick beigebracht. Wenn er aufgeregt war, suchte er sich einen fixen Punkt und atmete tief ein und aus, bis er sich wieder beruhigt hatte. Er ließ die Schaufel nicht aus den Augen. Im Dunkeln war es schwerer, sich darauf zu konzentrieren. Die Umrisse drohten immer wieder zu verschwimmen, obwohl er genau wusste, dass sie dort an einem eisernen Haken hing. Es dauerte lange, bis es ihm gelang, seine Panik zu kontrollieren. Es funktionierte immer. Sein Großvater war ein kluger Mann gewesen. Er unterdrückte eine Träne, die ihm fast über die Wange gelaufen wäre.

Weinen war etwas für Schwächlinge. Einmal hatte er sich beim Rollschuhlaufen verletzt. Seine Mutter hatte ihn trösten wollen, doch sein Vater hatte ihn am Arm gepackt und ihm fest in die Augen gesehen. Ein Indianer kennt keinen Schmerz, hatte er geschrien und ihn danach eine nichtsnutzige Memme genannt. Damals hatte er nicht kapiert, was sein Vater damit gemeint hatte, doch jetzt wusste er es und er hasste ihn dafür. Er hatte ihn nie gemocht.

Das Zittern seiner Hände hatte aufgehört. Seine Gedanken wurden wieder klar. Diese Frau hatte tatsächlich gepetzt. Wie sein Freund es vorhergesehen hatte. Ab jetzt musste er noch vorsichtiger sein. Niemand durfte von seiner eigentlichen Aufgabe erfahren. Auch sein Freund nicht. Routiniert bewegte er sich durch den ehemaligen Stall. Trotz der Dunkelheit wusste er genau, wo er langzugehen hatte, um den alten Gerätschaften auszuweichen. Gleichwohl war er vorsichtig. Es konnte immer etwas Unerwartetes passieren. Das wusste er aus Erfahrung. Die Wutausbrüche seines Vaters waren meistens unvorhersehbar gewesen, wie aus dem Nichts kamen sie und trafen ihn und seine Mutter mit voller Wucht. Anfangs hatten sie ihn verängstigt. Doch ganz allmählich hatte er gelernt, immer in Bereitschaft zu sein, sich und seine Mutter jederzeit zu schützen.

Sanft streichelte er über das kalte Blech der Motorhaube. Den Wagen seiner Mutter liebte er. Selbst in diesem spärlichen Licht leuchtete seine knallrote Farbe. Früher waren sie immer zusammen zum Einkaufen gefahren. Mit offenem Verdeck. Inzwischen fuhr sie nicht mehr.

Es waren jetzt neun Tage und vier Stunden, in denen er sich auf seine Aufgabe intensiv vorbereitete. Ganz am

Anfang hatte es ihn traurig gemacht. Seine Mutter hatte es ihm immer wieder erklären müssen, bis er es verstanden hatte. Dann waren die Schmerzen gekommen. Er wollte nicht, dass sie Schmerzen hatte. Am liebsten hätte er sie ihr abgenommen, aber so fest er es sich auch wünschte, es war nicht möglich. Sie blieben und wurden von Tag zu Tag schlimmer. Wenn sie glaubte, allein zu sein, sah er sie weinen. Dann spürte er diesen Stich, so als ob sich das lange Küchenmesser, mit dem seine Mutter das Brot schnitt, durch seinen Brustkorb schob. Sie hatte schon lange nicht mehr geweint. Schnell war ihm klar geworden, dass er früher oder später etwas unternehmen musste, um ihr zu helfen.

Der kleine Raum hatte ihnen damals als Zufluchtsort gedient. Ihr Schutzraum, so nannte er ihn. Dort hatten sie sich verschanzt, wenn sein Vater wieder einmal betrunken und wütend gewesen war. Seine Mutter hatte versucht, ihre Angst vor ihm zu verbergen. Es war sein Vorschlag gewesen, sich vor seinem Vater zu verstecken. Er wusste, dass er gegen ihn verlieren würde. Die beste Strategie war, ihm aus dem Weg zu gehen. Der Bauernhof war groß, es gab unzählige Verstecke. Doch seine Mutter wollte nicht auf den Dachboden. Sie befürchtete, dass die Bretter morsch waren und jederzeit brechen konnten. Also hatte er sich auf die Suche begeben. Den Schutzraum hatte er hier auf der Tenne gefunden. Seinen heiligen Ort. Natürlich kannte sein Vater den Verschlag neben der Tür zum Haupthaus. Aber er war in all den Jahren nie auf die Idee gekommen, dass sie sich dort versteckt hielten. Vielleicht lag es am Alkohol. All die Jahre hatte der Schutzraum seinen Zweck erfüllt.

Der große Dielenschrank stand links und rechts auf zwei Hunden, die es ihm ermöglichten, den Schrank zu bewegen. Er mochte die rollenden Dinger. Es war unheimlich praktisch. Vorsichtig löste er die Bremsen an den Rädern und schob den Schrank mit aller Kraft beiseite. Bevor er die Tür zum Schutzraum öffnete, horchte er noch einmal in die Stille. Er trat ein und schloss leise die Tür hinter sich.

Der Raum bestand aus einfachen Brettern. Sein Großvater hatte ihn einst gebaut. Für die Heizungsanlage, die inzwischen außer Betrieb genommen worden war. Direkt neben der Tür stand ein kleines Tischchen, auf dem eine Kerze und Streichhölzer lagen. Es war ein Ritual. Als Allererstes zündete er sie an. Er mochte es, wenn die Flamme den Raum in ein diffuses Licht tauchte. Dann zog er seine Schuhe aus und stellte sie akkurat unter das Tischchen. Er hatte sich mit der Einrichtung viel Mühe gegeben. Am besten fand er den Teppich, mit dem er den Schutzraum ausgelegt hatte. Seine Füße vergruben sich tief in die bunten Wollfasern. Stolz betrachtete er sein Werk. Es war fast fertig.

Den Sessel hatte er aus dem Haus der Großeltern genommen. Oft hatte einer von beiden mit ihm darin gekuschelt und ihm aus einem Buch vorgelesen. Die Stehlampe hatte er dazugestellt. Auf dem dreibeinigen Tischchen neben dem Sessel lag das Buch, aus dem er gerade vorlas. Sie mochte es, es war ihr Lieblingsbuch. Es handelte von einer Mäusefamilie, die in einer Höhle lebte. Die dazugehörige Kassette lag in dem alten Recorder, der auf dem schmalen Regal stand. Manchmal schaltete er ihn ein und ließ die Geschichte abspielen. Er hatte sie mit Bedacht ausgewählt. Schließlich sollten auch Bonny und Clyde etwas von ihr haben. Still lagen sie am Fuß des Sessels. Die Fressnäpfe hatte er links neben die Tür gestellt. Die Schale mit Milch füllte er jeden Morgen auf. Heute Nacht würde er ihnen weitere Gesellschaft besorgen. Er hatte sich bereits für zwei neue Familienmitglieder entschieden. Sie würden die letzten werden.

Er stieg über die Fellknäuel und knipste die Lampe an. Jetzt konnte man die Bilder erkennen, die er aufgehängt hatte. Gerahmte Fotos von sich und seiner Mutter. In den alten Kisten auf dem Dachboden hatte er sie gefunden und die schönsten ausgewählt. Besonders das eine liebte er, das, auf dem sie ihn mit dem Schlitten durch den Schnee zog. Alles war weiß. Sie lachte auf dem Bild. Er mochte ihr Lachen.

Auf der anderen Seite hatte er die Kommode aus dem Flur platziert. Das war schwer gewesen. Ohne den rollenden Hund hätte er sie nie hier herüberschaffen können. Darauf lag alles, was er brauchte. Es war wieder Zeit für die Spritze. Das Bett hatte seiner Großmutter gehört. Sein Opa hatte es gekauft, als sie nicht mehr laufen konnte. Zu seinem Glück war es auf Rollen, sodass er es über den Hof schieben konnte. Natürlich nachts, damit es keiner sah. Die ersten Nächte hatte er selbst darin geschlafen, um zu testen, ob es auch gut genug für sie war. Es besaß sogar eine Fernbedienung, mit der man es vorne und hinten auf und ab bewegen konnte. Das machte Spaß. Auf dem Nachtschränkchen neben dem Bett stand noch eine Kerze, die er ebenfalls anzündete. Er liebte es, wenn ihr Gesicht vom Kerzenlicht beleuchtet wurde. Dann sah sie noch schöner aus. Daneben stand das Glas Wasser mit dem Krug. Irgendwo hatte er gelesen, dass der Mensch ohne Wasser sterben würde. Er benetzte ihre Lippen und flößte ihr mehrmals am Tag so viel er konnte ein. Sie wehrte sich nie.

Er nahm die Spritze von der Anrichte. Konzentriert stach er das spitze Ende in den weichen Deckel des braunen Fläschchens und zog sie auf. Bis zur drei. Mehr durfte er nicht. Da war er sehr genau. Sie musste durchhalten, bis er mit seiner Arbeit beginnen konnte. Drei Tage, länger brauchte er nicht.

14

Auf dem Weg zu Jan Holthusen, dem Tierarzt, dachte Hauke an Alfred und an das, was sein ehemaliger Chef ihm erzählt hatte. Sie mussten endlich mit Philip sprechen und ihn vor der drohenden Untersuchung seiner Dienstfähigkeit warnen. Ihre neuen Anhängsel hatten sich allerdings nicht davon abbringen lassen, ihn und Philip zu begleiten. Wohl oder übel musste das Gespräch warten. Haukes Groll auf Rolf wuchs unaufhörlich an. Am liebsten wäre er zu ihm auf die Kremper Polizeistation gefahren und hätte ihm ordentlich die Meinung gegeigt. Aber das würde ihre Situation nur noch verschlimmern. Sie waren nie Freunde gewesen, doch mit dieser Aktion, war er eindeutig zu weit gegangen. Nur weil sie ihre Kompetenzen ab und zu etwas großzügig auslegten, griff man nicht gleich zu solch drastischen Maßnahmen. Man schwärzte keine

Kollegen an. Egal, wie sehr man sie hasste. Außerdem hatten sie nichts Illegales getan. Mal abgesehen von der Aktion auf dem Friedhof oder dem Einstieg in Daniel Breitners Haus. Wenn er es recht überlegte, kam da schon einiges zusammmen, aber zu ihrer Verteidigung konnte man anführen, dass sie es immer im Dienst der Sache getan hatten. Sicher, manches lag nicht in ihrem Ermessen und oft genug ermittelten sie auf eigene Faust, aber bisher hatten sie immer recht behalten. Im Übrigen hatten sie nie jemandem Schaden zugefügt. Im Gegenteil. Sie hatten die Fälle, für die sie nicht zuständig waren, gelöst, und genau das schien das Problem zu sein. Kein Wunder, dass Rolf es auf Philip abgesehen hatte. Konkurrenzdenken war auch bei der Polizei sehr verbreitet. Und ihr Chef hatte ein verdammt gutes Gespür. Wenn etwas faul war, roch er das drei Meilen gegen den Wind. Das konnte Rolf nicht von sich behaupten.

»Hauke, geh bitte vom Gas. Hier ist es.«

Fast wäre er an der Praxis vorbeigefahren. Er trat auf die Bremse und parkte den Wagen direkt vor der Tür. Philip klingelte. Kurz darauf erschien eine junge Frau und bat sie hinein.

»Der Doktor kommt gleich. Er hat noch einen Patienten.«

»Danke«, sagte Philip mit einem Lächeln, das die Tierarzthelferin strahlen ließ.

Hauke war jedes Mal aufs Neue fasziniert, welche Wirkung sein Chef auf Menschen haben konnte. Und das scheinbar mühelos. Oft reichte ein Lächeln, ein bloßes Nicken oder ein ganz bestimmter Blick, und die Leute schienen Wachs in seinen Händen zu sein. Hauke bewunderte das, besonders bei Frauen. Er hatte inzwischen aufgegeben, Philip zu kopieren. Es war zwecklos. Nie würde er so einnehmend sein wie er.

Schweigend warteten sie, bis sich eine der beiden Türen öffnete und Holthusen in Begleitung eines Mannes herauskam, der einen unhandlichen Käfig trug, in dem ein bunter Papagei saß.

»Wie besprochen, zwei Tropfen täglich. Und morgen sehen wir uns wieder«, sagte Holthusen.

»Ist gut.«

Der Tierarzt sah auf. »Polizei?«, fragte er irritiert.

»Sie haben keine Beweise«, tönte es plötzlich aus dem Käfig. »Keine Beweise.«

»Entschuldigen Sie bitte«, erklärte der Mann. »Meine Frau und ich sehen am liebsten Krimis.«

Hauke musste grinsen. »Schlauer Vogel.«

Der Mann nickte. »Sind Sie wegen der verschwundenen Haustiere hier?« Es war eine rhetorische Frage, denn er wartete keine Antwort ab, sondern sprach sofort weiter. »Ich habe gehört, jemand schlachtet sie als Opfergabe. Das soll ein Ritual sein. Man schneidet ihnen den Bauch auf und lässt sie ausbluten. Haben Sie denn schon eine Spur, wer diese armen Tiere auf so grausame Weise quält?«

»Lass gut sein, die Polizei wird die Sache aufklären. Und glaub nicht alles, was man sich erzählt«, antwortete Holthusen und klopfte ihm freundschaftlich auf die Schulter.

»Ihr kriegt mich nie«, krächzte der Papagei, während der Mann sich mitsamt dem Käfig durch ihre Gruppe zwängte und die Praxis verließ.

»Moin«, begrüßte der Tierarzt sie und verkniff sich eine Bemerkung. »Schräger Vogel. Beide.« Jan Holthusen lachte, wobei sein massiger Bauch wackelte.

Für Haukes Geschmack lachte der Mann zu viel. Aber er war in Ordnung. Mal abgesehen davon, dass er verbotenerweise auch der Arzt von Hilde Deterding war. Nach Abschluss seines Humanmedizinstudiums hatte Holthusen festgestellt, dass er lieber Tiere behandelte als Menschen, und hatte kurzum umgesattelt. Hilde hatte einen Narren an ihm gefressen, warum wusste niemand so genau. Die Vorstellung, wie Holthusen seine Hände aus dem Inneren einer Kuh zog und danach der Alten den Puls fühlte, ekelte ihn immer wieder aufs Neue. Rasch schüttelte er den Gedanken ab und versuchte, sich auf das Gespräch zu konzentrieren.

»Die beiden Kollegen hier sind vorübergehend zu Gast bei uns«, erklärte Philip. »Dürfen wir reinkommen?«

»Ja, klar.« Jan schob die Tür auf und die vier Beamten betraten das Behandlungszimmer. »Es geht um die verschwunden Tiere, stimmt's?«

»Dr. Holthusen, was wissen Sie darüber?«, fragte Philip.

»Zugegeben nicht viel. Nur, dass ein paar meiner Patienten verschwunden sind. Einige Tierhalter haben mich in den letzten Tagen besorgt angerufen und gebeten, Augen und Ohren für sie offen zu halten.«

»Kommt es häufiger vor, dass Tiere vermisst werden?«

»Na klar.« Sein kehliges Lachen erklang. Der voluminöse Bauch wackelte. »Hunde und Katzen gehen gern mal ein paar Tage auf Swutsch. Apropos, wie sieht es mit Hilde und Murle aus?«

»Rosi hat dir also auch Bescheid gegeben?«, erkundigte sich Hauke.

»Sie hat mich gefragt, ob ich ein Foto der beiden aufhängen kann. Bei der Menge habe ich kaum noch Platz an meiner Vermisstenwand.«

»Ist Ihnen in letzter Zeit etwas aufgefallen, das uns weiterhelfen könnte?«, hakte Philip nach.

Jan überlegte kurz. »Ich komme ja viel rum. Momentan sind es auffällig viele. Sogar Nutztiere, was normalerweise selten ist.«

»Haben Sie eine Erklärung dafür?«

Er schüttelte den Kopf.

»Hatten Sie in letzter Zeit fremden oder ungewöhnlichen Besuch?«

»Nein.«

»Haben Sie eine Idee, was jemand mit diesen Tieren vorhaben könnte?«

»Ich habe schon überlegt, ob Tierfänger unterwegs sind. Die verkaufen sie weiter. Aber normalerweise konzentrieren die sich auf Haustiere. Zumeist Hunde oder Katzen. Dass die ein Ferkel oder ein Schaf stehlen, ist mir bisher noch nicht untergekommen.«

»Verstehe. Danke, Dr. Holthusen. Sie wissen ja, wie Sie uns erreichen können, falls Ihnen noch etwas einfallen sollte.«

Beim Rausgehen warf Hauke einen Blick auf die Vermisstenwand, wie Jan sie nannte. Sie war tatsächlich gespickt voll. Als er das Foto von Hilde und Murle erblickte, erwischte es ihn eiskalt. Er musste daran denken, wie sie sie damals in der alten Dücker Mühle gefunden und unter lebensbedrohlichen Umständen zu Rosi gebracht hatten. Hauke versuchte, den Kloß in seinem Hals herunterzuschlucken, als ausgerechnet in diesem Moment sein Telefon klingelte. Er musste sich kräftig räuspern, bevor er Peters Anruf annehmen konnte.

»Hauke, ihr müsst sofort zur Kirche kommen. Unsere Bürgerwehr hat einen Flashmob organisiert.«

Verfluchte Scheiße, dachte er. Alfred lässt nichts an-
brennen.

Der kleine Marktplatz von Kophusen grenzte direkt an
die Kirche. An seinen peinlichen Auftritt, den er hier hin-
gelegt hatte, wollte Hauke lieber nicht erinnert werden.
Die Demütigung saß noch immer tief. Besonders weil
sie Elsa nicht gefunden hatten. Die angedrohte Social-
Media-Kampagne war bislang nicht im Netz veröffent-
licht worden. Zum Glück. Er hoffte noch immer, dass
sein Foto niemals den Weg in die Öffentlichkeit finden
würde. Um das zu überprüfen, folgten sie gleich mehreren Hashtags über die Accounts, die Peter und er angelegt hatten. Bisher war alles ruhig geblieben. Er atmete
tief ein und folgte seinen Kollegen.
    Alfred hatte gründliche Arbeit geleistet. Der Mob be-
stand nicht nur aus den paar Leutchen, die am Vorabend
bei Rosi anwesend waren. Rund dreißig Menschen unterschiedlichen Alters hatten sich hier versammelt. Hauke
hatte keine Ahnung, wie er sie alle so schnell mobilisiert
hatte. Einige von ihnen trugen Transparente. Hauke erblickte Lena Krause. Um ihren Hals hing ein hölzernes
Schild mit der Aufschrift: Tiere sind keine Sachen. In der
Hand hielt sie wie viele andere eine Trillerpfeife, mit der
sie einen Höllenlärm verursachten. Einige hatten sich
zu einem Sprechchor zusammengeschlossen. Allerdings
verstand Hauke kein Wort von dem, was sie inbrünstig
riefen. Als er seine Schwester und seine Mutter in der
Menge erblickte, konnte er seine Wut nur schwer im
Zaum halten. Dass ausgerechnet seine eigene Familie an
diesem Aufruhr teilnahm, ärgerte ihn maßlos. Er fühlte
sich verraten. Ebenso gut hätten sie ihn von hinten mit
einem Dolch erstechen können. Bekanntermaßen konnte

man sich seine Verwandtschaft nicht aussuchen. Wenn sie wüssten, dass man ihre Bürgerwehr nur benutzte, um ganz andere Ziele zu verfolgen, würden sie ihr Stelldichein sofort abbrechen. Auch wenn es einem guten Zweck diente. Wer ließ sich schon gern instrumentalisieren?

Alfred hatte sich am Rand postiert. Neben ihm Lolek und Bolek. Sein ehemaliger Chef blickte stolz auf die Menge, als hätte er sie eigenhändig geschaffen. Sie nickten sich wortlos zu, und Hauke bemühte sich, die Operation nicht durch einen seiner cholerischen Anfälle zu gefährden. Schließlich sollte Philip jetzt seine Führungsqualitäten unter Beweis stellen.

Wie aufs Stichwort erreichte sein Chef gerade die Menschenansammlung und hob beschwichtigend die Hände. Als niemand reagierte, forderte er die Gruppe auf, sich zu beruhigen. Auch das schlug fehl. Hauke schaute zu Maren und Ole, die gespannt das Geschehen verfolgten. Philip musste jetzt unbedingt etwas Kluges einfallen, sonst war ihr Erscheinen hier völlig umsonst. Alfreds Plan sah keine Lösung des Problems vor. Alles hing von Philip ab. Und das war es auch, was Hauke an dem Plan gestört hatte.

Sein Chef schien kurz zu überlegen. Plötzlich drehte er sich um und ging zum Auto zurück. Was hatte er jetzt vor? Philip nahm das Funkgerät und stellte es auf Lautsprecher um.

»Verehrte Bürgerinnen und Bürger. Wir haben Ihren Protest zur Kenntnis genommen. Auch wir sorgen uns um die Tiere in Kophusen und haben die Ermittlungen aufgenommen. Seien Sie versichert, wir werden alles daransetzen, um Ihnen Ihre Schützlinge wohlbehalten zurückzubringen.«

»Wenn Sie dann noch leben!«, schrie ein Mann, den Hauke so schnell allerdings nicht ausmachen konnte.

Stattdessen fiel sein Blick auf das Ehepaar Fischer, das seinen Hund Ayra vermisste. Die Wut in ihren Gesichtern jagte ihm einen kurzen Schauer über den Rücken. Wenn dieser Zorn sich Bahn brechen sollte, dann gute Nacht.

»Ihre Sorge ist natürlich berechtigt und ich teile sie. Ich darf Ihnen keine Einzelheiten nennen, aber wir haben inzwischen einige Anhaltspunkte und eine sehr konkrete Spur, der wir unverzüglich nachgehen. Ich bitte Sie jetzt höflich, diese Versammlung in den nächsten zehn Minuten aufzulösen. Sie haben erreicht, was Sie erreichen wollten. Wir nehmen Ihre Verzweiflung sehr ernst.«

Durch die Menge ging ein Raunen. Hauke beobachtete, wie Alfred das Gespräch unter den Leute suchte. Hoffentlich konnte er sie dazu bewegen, nach Hause zu gehen. Sonst würden sie einschreiten müssen. Und Hauke hatte keine Lust, gegen seine eigene Mutter und seine Schwester vorzugehen. Das würden sie ihm bis an sein Lebensende nicht verzeihen.

»Was für eine Spur haben Sie?«

Lena Krause trat hervor. Ausgerechnet. Sie war die Person mit der meisten Erfahrung, wenn es um Widerstand gegen die Staatsgewalt ging. Sicher hatte sie sich schon des Öfteren an irgendwelche Gleise gekettet.

Philip hängte das Funkgerät zurück und ging auf die Frau zu. Hauke folgte ihm.

»Warum möchten Sie das wissen?« Philips Tonfall war freundlich.

»Geben Sie es zu, Sie haben gar keine. Sie sagen das nur, um uns zu beschwichtigen.«

»Ich weiß, worauf Sie hinauswollen. Und trotzdem werde ich keinesfalls interne Ermittlungsergebnisse mit Ihnen teilen. Wer garantiert mir, dass Sie nicht selbst zur Tat schreiten?«

»Dann wird wenigstens etwas unternommen.«

Die Menge applaudierte.

»Glauben Sie mir, ich weiß, wie sich das anfühlt, ein geliebtes Wesen zu verlieren.« Philip wandte sich jetzt an alle. »Wie machtlos man sich fühlt, wenn man keinen Schuldigen hat. Ich bin auf Ihrer Seite. Ich weiß, dass die Trauer über den Verlust übermächtig sein kann. Egal, ob Mensch oder Tier.«

Hauke war sich sicher, dass die meisten unter ihnen Philips Vergangenheit vom Hörensagen kannten. Auch wenn er nur Peter und ihn persönlich eingeweiht hatte. Irgendetwas sickerte ja immer durch. Furchtlos drängte sich Philip in die Mitte der Anwesenden.

»Vermutlich kennen einige von Ihnen meinen Lebenslauf. Deshalb bitte ich Sie jetzt, mir und meinen Beamten zu vertrauen. So, wie wir es mit Ihnen tun. Wir vertrauen darauf, dass Ihr Protest sachlich und friedlich bleiben wird. Selbst wenn manche unter Ihnen anderes im Sinn haben sollten.«

Hauke warf Lolek und Bolek einen Blick zu, die immer noch abseits auf der Lauer lagen. Instinktiv fühlte er nach seiner Waffe.

»Wir sind eine Gemeinde, eine Gemeinschaft. Und dieses hohe Gut setze ich nicht aufs Spiel. Deshalb heißt es jetzt Vertrauen gegen Vertrauen. Sind wir uns einig?«

»Wer sagt uns, dass wir euch trauen können?«, rief Lolek und verschränkte demonstrativ die Arme vor der Brust.

Der ältere der Carstensen-Brüder grinste. Kurz kam Hauke der Gedanke, dass möglicherweise die beiden hinter den verschwundenen Tieren steckten. Hatte ihre Gruppierung vielleicht okkulte Züge? Oder wollten sie einen Aufruhr anzetteln, um Aufmerksamkeit für ihre politische Mission zu erhalten? Über ausreichend kriminelle Energie verfügten sie jedenfalls. Möglicherweise waren sie auf Wählerfang, um sich die Gunst der Bevölkerung zu sichern. Einige Gruppierungen schleusten sich in den Alltag der Menschen ein, um sie scheinbar beiläufig mit ihrer Meinung zu infiltrieren.

»Wie ist Ihr Name?«, fragte Philip und steuerte direkt die beiden Männer an.

Damit hatten sie offenbar nicht gerechnet. Hauke sah, wie sie versuchten, sich ihr Erstaunen nicht anmerken zu lassen.

»Warum?«, fragte Lolek dumpf.

»Sie kennen meinen Namen, ist es da nicht fair, dass ich auch den Ihren kenne?«

Lolek stieß die Luft aus. »Sie sollen die Täter finden, die diese Tiere brutal abschlachten. Wer weiß, was als Nächstes passiert. Wir möchten alle wieder ruhig schlafen können.«

Als ein zustimmendes Raunen durch die Menge ging, wurde Hauke bang zumute. Es war so einfach. Man musste sich nur auf den kleinsten gemeinsamen Nenner konzentrieren. Und schon wurde man zu Brüdern im Geiste.

»Das werden wir, mein Herr. Weil wir hier sind, um Sie und alle Einwohner Kophusens zu beschützen. Das ist unser Job und den nehmen wir verdammt ernst.« Philip ließ von ihm ab und drehte sich zur Menge um. »Wir werden jetzt an unsere Arbeit zurückkehren und ich vertraue darauf, dass Sie sich an die Regeln halten und diese Versammlung friedlich auflösen. Ich würde nur ungern Verstärkung anfordern müssen.«

»Geben wir ihnen eine letzte Chance«, rief Alfred. »Kommt, wir haben unseren Standpunkt deutlich gemacht. Kümmern wir uns um die Aushänge und die Organisation der Nachtwache.«

»Gehen wir zu mir und beratschlagen«, hörte Hauke seine Schwester rufen. »Ich gebe eine Runde aus.«

Das schien zu funktionieren. Die meisten senkten ihre Transparente. Nur die Carstensens schienen nicht überzeugt, aber klug genug, um es für heute dabei bewenden zu lassen. Erleichtert atmete Hauke aus.

»Bleib hier, bis sie abgezogen sind«, flüsterte Philip ihm zu.

»Und was hast du so Wichtiges vor?«

»Ich werfe noch einen kurzen Blick in die Kirche.«

»Willst du für die Viecher beten?«

»Vielleicht.«

Goldberg schob die schwere Tür auf und betrat das Gebäude. Die Kirche war für einen Ort wie Kophusen viel zu groß. Bei seinen seltenen Gottesdienstbesuchen war sie immer nur halb voll gewesen. Doch durch den *Jedermann* hatten viele ihre Kirche wiederentdeckt und bei der Aufführung für ein volles Haus gesorgt. Auch wenn Goldberg bezweifelte, dass damit auch die Frömmigkeit zurückgekehrt war.

Pastor Milan Krämer saß in der ersten Reihe. Er schien nichts von dem kleinen Tumult direkt vor seiner Tür mitbekommen zu haben oder es interessierte ihn nicht. Als der Geistliche Goldberg bemerkte, drehte er sich um.

»Philip, was machst du denn hier?«

»Darf ich um göttlichen Beistand bitten?«

»Selbstverständlich.«

Der Kommissar setzte sich neben ihn.

»Möchtest du lieber allein sein?«, fragte Milan.

»Nein, leiste mir ruhig ein wenig Gesellschaft.«

»Wie du willst.«

Schweigend saßen sie nebeneinander, den Blick auf den Altar gerichtet. Goldberg hatte nicht überlegt, wie er beginnen sollte. Natürlich konnte er ihn direkt auf den Fund in seiner Wohnung ansprechen, aber war das klug? Milan hatte während der Proben des Kophusener *Jedermanns* vor einigen Jahren einen schweren allergischen Schock erlitten. Im Zuge dessen hatte Goldberg sich in der Wohnung des Geistlichen umgesehen und etwas Erstaunliches entdeckt, das ihm seither nicht mehr aus dem Kopf gegangen war. Bisher hatte er mit niemandem darüber geredet. Nicht einmal mit Magda.

»Ich glaube, ich weiß, warum du hier bist«, eröffnete Milan plötzlich das Gespräch.

Goldberg sah ihn fragend an.

»Du ahnst es schon lange, oder?«

Kurz überlegte der Kommissar, was er antworten sollte. Er war sich nicht sicher, ob sie tatsächlich über dieselbe Sache sprachen. Milan schien das zu merken.

»Ich tausche ja nur etwas aus. Ich nehme ein paar Dinge und lasse im Gegenzug etwas da. Etwas, das sie an Gott denken lässt.«

Darum ging es ihm also, dachte Goldberg. Die ganze Zeit hatte er sich gefragt, was der Sinn und Zweck dieses Tuns sein sollte.

»Es hat nicht funktioniert. Niemand kam daraufhin zum Gottesdienst. Nicht ein Einziger.«

Der Pastor seufzte. »Musst du mich jetzt verhaften?«

»Ja.«

»Kophusen ist eine gute Gemeinde, weißt du? Die beste, die ich je hatte.«

»Wonach hast du sie ausgewählt?«

»Ich kriege viel mit. Auch von Menschen, die nicht zu mir kommen. Ausgewählt habe ich die, die vom rechten Weg abgekommen sind. Kleinigkeiten, wenn du so willst. Es sollte ein Stups sein. Ein Zeichen.«

»Von Gott?«

Er nickte. »Ja, gewissermaßen. Das klingt verrückt, oder?«

»Ein wenig.«

»Du bist der Erste, dem ich davon erzähle. Und nun, wo ich es laut ausspreche, klingt es auch in meinen Ohren verrückt. Ich hab den Verstand verloren. Zählt das als mildernde Umstände?«

»Ich fürchte nicht.«

»Gibt es eine Chance, dass das hier unter uns bleibt?«

»Wie viele waren es insgesamt?«

»Elf.«

»Dann sind nicht alle zur Anzeige gebracht worden.«

»Mehr hielt mein Nervenkostüm nicht aus. Es war jedes Mal sehr aufregend.«

»Ich mache dir einen Vorschlag«, sagte Goldberg und hielt die Augen starr geradeaus gerichtet. »Ich gebe uns eine Woche, in der wir beide darüber nachdenken. Und du tust, was immer du für richtig hältst.«

»Ich werde nicht abhauen.«

»Das weiß ich.«

»Einverstanden.«

»Wir sehen uns, Pastor.« Mit diesen Worten stand Goldberg auf und schritt den langen Gang zwischen den leeren Bänken entlang. Wieder ein Fall gelöst. Aber ob er diesen aktenkundig machen würde, wusste er noch nicht. Mit Gott legte man sich auch indirekt besser nicht an.

15

Pünktlich zum Feierabend hatte es aufgehört zu regnen, und Goldberg holte Bruno bei sich zu Hause ab. Sein Gast hatte sich über die Einladung zu einem gemeinsamen Spaziergang sehr gefreut. Ihre Freundschaft war während der letzten Jahre eingeschlafen. Selbst seit Goldberg nach Kophusen gezogen war und es nicht weit nach Kiel war, wo Bruno lebte, hatten sie es nicht geschafft, sich zu treffen. Wenn er ehrlich war, lag es nicht daran, dass sie beide zu viel zu tun gehabt hatten. Es lag an der Tatsache, dass Bruno mit ihm und Judith gleichermaßen eng befreundet gewesen war und somit aus Philips früherem Leben stammte. Der Einschnitt war mit Muriels Tod gewesen. Sie hatten nie darüber gesprochen, aber Goldberg glaubte, dass auch Bruno sich dessen bewusst war. Die Art, wie sie das Vergangene in ihren Gesprächen zu umschiffen versuchten, war eindeutig. Jetzt, wo er mit Judith abgeschlossen hatte, schien es leichter und fast wie früher zu sein. Für beide.

Zuerst spazierten sie am Deich entlang. Bruno schwatzte gern drauflos. Im Gegensatz zu Goldberg. Sein Freund genoss die Auszeit in Kophusen sichtlich. Die Ruhe tat ihm gut. Er verbrachte die Tage damit, Zeitung zu lesen, zu kochen und zu schlafen. Sein Beruf als Chefarzt der Rechtsmedizin forderte ihn. Und auch wenn er es nicht gerne zugab, der Stress setzte ihm zunehmend zu.

»Wo wollen wir eigentlich hin?«, fragte Bruno, obwohl Goldberg sich sicher war, dass er seinen Plan von Anfang an durchschaut hatte.

»Wenn ich dir sage, dass ich dir die schönsten Ecken von Kophusen zeigen will, wirst du mir bestimmt nicht glauben.«

»Kein einziges Wort.«

»Ich möchte deine Expertise einholen.«

»Hast du eine Leiche versteckt?«

»Nicht direkt. Ich würde gerne wissen, ob du eine findest.«

»Du scheinst mich mit einem Leichenspürhund zu verwechseln.«

»Dafür müsste ich dich anleinen.«

»Komm schon, was hast du vor?«

Goldberg umriss ihren neuen Fall in groben Zügen. »Und nun kam eine mögliche Zeugin auf die Wache, die angab, in einem Haus Tierkadaver und einen Käfig mit Katzen gesehen zu haben. Als wir heute Morgen vor Ort waren, war das Haus leer und frisch geputzt. So sauber ist es noch nicht einmal bei Hauke.«

»Du meinst, jemand hat die Tiere weggebracht und alle Spuren beseitigt?«

Goldberg nickte.

»Philip, es ist eine Sache, wenn ihr mir ständig Proben zur Untersuchung schickt, die nicht einmal ansatzweise in mein Ressort fallen. Aber ich kann keine Spuren ohne Ausrüstung sichern. Geschweige denn mit bloßem Augen erkennen.«

»Das weiß ich. Es ist nicht nur das Haus. Auf dem ganzen Hof stimmt etwas nicht. Das spüre ich.«

»Dein Bauchgefühl? Hast du nicht schon genug Ärger am Hals?«

»Ich brauche deine geschulten Sinne.«

»Meinetwegen.«

Auf Höhe der Abzweigung verließen sie die Landstraße und bogen in den schmalen Zufahrtsweg ein. Es dauerte nicht lange, bis das Anwesen hinter einer Kurve in Sichtweite kam.

»Bei dem Bauwagen ist es.«

»Was sagst du, wenn uns jemand bemerkt?«

»Uns wird schon etwas einfallen.«

»Uns?«

Goldberg ignorierte seine Frage. »Gleich kommen wir an dem Haus vorbei, in dem Hagen Reth wohnt.«

Bruno nickte. Schweigend spazierten sie weiter. Das Laub der Bäume, die die Straße säumten, war größtenteils bunt eingefärbt. Kaum waren sie an dem Haus vorbei, erblickten sie von Weitem Hagen Reth und Ben, die vor dem Bauwagen standen und sich angeregt unterhielten.

»Der ehemalige Tierarzt und Frau Drostes Sohn, der mit ihr im Haupthaus auf dem Hof wohnt«, klärte Philip Bruno auf. »Solange sie in ihr Gespräch vertieft sind, haben wir freie Bahn.«

Noch waren sie unentdeckt geblieben. Goldberg

zog seinen Freund am Ärmel seines Parkas auf die andere Seite des Weges ins Gebüsch. Sie kämpften sich durch das Buschwerk.

»Unter einem Spaziergang verstehe ich etwas anderes«, flüsterte Bruno.

»In Kophusen musst du auf alles gefasst sein.«

Auf der anderen Seite der Hecke kamen sie fast bis zum Eingang des Haupthauses. Hinter dem alten Getreidesilo am Ende der Weide gingen sie unbemerkt in Deckung. Die heimliche Besichtigung des Bungalows konnten sie getrost vergessen. Doch ein Gutes hatte die Sache. So würden sie sich unbemerkt den Rest des Grundstückes anschauen können.

Goldbergs Blick fiel auf die in Folie gewickelten Heuballen. Sie waren groß genug, um unbemerkt bis zum Haus zu gelangen. Reth und Ben standen rechts von ihnen. Goldberg hätte zwar lieber gehört, worüber sich die Männer unterhielten, doch dann wären sie entdeckt worden. Der Kommissar pirschte sich von einem Ballen zum nächsten, dicht gefolgt von dem Rechtsmediziner. Eigentlich sollte er besser Brunos Ratschlag befolgen. Diese Aktion war keine gute Idee. Vor allem nicht jetzt, wo sie Besuch von der DIVE hatten. Andererseits hatte er sich noch nie einschüchtern lassen. An der Längsseite des Hauptgebäudes vorbei schlichen sie zum Eingang der Tenne, der zum hinteren Teil des Hofes zeigte. Goldberg war in Berlin aufgewachsen und wunderte sich immer wieder, wie groß die Stallungen hier in der Gegend waren. Seine Berührungen mit dem Landleben beschränkten sich auf Bilderbücher aus seiner Kindheit und einen Schulausflug im Alter von acht Jahren.

»Wo willst du hin?«, flüsterte Bruno hinter ihm.

»Ich möchte einen Blick in die Gebäude werfen. Wenn die Frau recht hatte, muss jemand die Tiere weggeschafft und woanders versteckt haben.«

»Nur eine Tür weiter?«

»Lass uns nachsehen.«

Goldberg warf einen Blick zurück. Der junge Mann blickte starr zu Boden, während Reth auf ihn einzureden schien. Zu gern hätte Goldberg gehört, was der ehemalige Tierarzt so Wichtiges mitzuteilen hatte. Der Nachdruck, mit dem er sprach, ließ auf eine Predigt schließen. Versuchte er dem jungen Droste gerade beizubringen, dass man Tiere nicht in Käfige sperrte?

Leise drückte Goldberg die Klinke des roten Tors herunter. Das Tageslicht, das durch die Ritzen drang, reichte gerade aus, um sich auf der Tenne umschauen zu können. Als ihre Augen sich an die Dunkelheit gewöhnt hatten, erkannte Goldberg ein Auto.

»Kleine Spritztour gefällig?«, scherzte Bruno.

»Ein anderes Mal.«

Eilig schlichen sie durch das Gebäude. Nirgends war ein Käfig zu sehen, geschweige denn ein totes Tier. Bruno stand auf der gegenüberliegenden Seite der Tenne, die mehr an eine Halle erinnerte.

»Hier ist die Tür zum Haupthaus«, flüsterte Bruno, der sichtlich Gefallen an ihrer unorthodoxen Expedition fand.

»Schnell, bevor Ben zurückkommt.«

Goldberg zwängte sich zwischen dem Auto und einem wuchtigen Bauernschrank vorbei. Die Treppe rechts von ihm führte auf den Dachboden, der seine beste Zeit hinter sich zu haben schien. In der Decke fehlten zahlreiche Bohlen. Er folgte Bruno durch die verdreckte Holztür, die früher einmal weiß gewesen sein musste. Durch den winzigen Zwischenraum, der den Wohnbereich von der Tenne trennte, gelangten sie in einen großen Flur, von dem wiederum einige Türen abgingen. Das breite Fenster neben der Eingangstür war von Spinnweben überzogen. Ebenso wie der Rest des Raumes. Hier hatte seit Ewigkeiten niemand mehr geputzt. Fast gleichzeitig fiel ihnen der süßliche Geruch auf. Die beiden Männer warfen sich einen wissenden Blick zu. Während Bruno versuchte, die Quelle des Geruchs auszumachen, sah Goldberg sich um. Neben dem dunklen Buffetschrank fiel ihm eine Ritze im Holzboden auf, die notdürftig vom Teppich verdeckt wurde.

Der Gestank kam eindeutig von unten. Unter dem Teppich kam eine Klappe zum Vorschein, da hörten sie Schritte.

»Das müssen wir vertagen«, wisperte der Kommissar.

Bruno schlug den Teppich zurück. Hastig retteten sie sich in das Dunkel des Stalls zurück. Sie hörten, wie die Haustür ins Schloss fiel. Goldberg war enttäuscht. Er war davon überzeugt, dass sie in dem Keller auf die toten Tiere gestoßen wären. Sobald man einmal den süßlichen Geruch nach Verwesung erlebt hatte, vergaß man ihn nicht. Egal ob Mensch oder Tier. Der Tod roch immer gleich.

16

Peter freute sich auf den Rest seines ayurvedischen Spinats, der im Kühlschrank auf ihn wartete. Er musste nur noch den Reis dazu kochen. Nach diesem aufregenden Tag würde er sich dazu ein Bier gönnen. Vielleicht auch zwei. Sie hatten keine Gelegenheit gehabt, mit Philip zu reden. Die beiden Wachhunde waren nicht von ihrer Seite gewichen. Mehrmals hatte er vergeblich versucht, Alfred anzurufen. Wahrscheinlich brütete er schon über der nächsten Aktion. Peter fragte sich, woher der Mann die Energie nahm. Völlig erschöpft stieg er aus dem Wagen.

»Peter, da bist du ja endlich.«

Erschrocken sah er auf. Greta Jansen kam auf ihn zu. Ihre Augen rot, als hätte sie stundenlang geweint.

»O Gott, was ist denn mit dir los?«, entfuhr es ihm besorgter, als er es beabsichtigt hatte.

Bevor er sich wehren konnte, war sie ihm um den Hals gefallen.

»Drück mich bitte mal ganz fest«, bat sie mit tränenerstickter Stimme.

Normalerweise hielt Peter seine Nachbarin tunlichst auf Abstand. Nach unzähligen Annäherungsversuchen ihrerseits und einem unsäglichen Abendessen hatte sie endlich verstanden, dass er nicht an einer Liaison mit ihr interessiert war. Ihr gemeinsamer Auftritt beim Kophusener *Jedermann* hatte ihr Verhältnis zwar wieder einigermaßen entspannt, dennoch fühlte sich Peter sicherer, wenn sie keinen privaten Kontakt pflegten. Bisher hatte sie das akzeptiert, weshalb ihr Besuch ihn erstaunte. Er spürte ihren zitternden Körper und drückte sie unversehens an sich. Zu seiner Verwunderung fühlte es sich gut an. Ihre übergriffigen Annäherungsversuche hatten ihm immer ein wenig Angst gemacht. Mit ihr in der Rolle der halbnackten Buhlschaft hatte er sich auf der Bühne anfangs sehr unwohl gefühlt. Doch als Jedermann hatte er dem schlecht aus dem Wege gehen können.

Er brachte es nicht übers Herz, sie in diesem Zustand nach Hause zu schicken. »Komm mit rein und erzähl mir, was passiert ist«, schlug er vor.

Greta löste sich von ihm und putzte sich die Nase mit dem Taschentuch, das sie in ihren Händen hielt. Sie nickte und wich ihm nicht von der Seite. In der Küche öffnete er eine Flasche Haselnussschnaps und goss zwei Gläser ein. Dankbar kippte sie den erlesenen Tropfen in einem Zug hinunter und schob das leere Glas zu ihm über den Küchentresen. Er schenkte nach.

»Möchtest du etwas essen?«, fragte Peter.

»Das ist sehr nett von dir. Ich will dir aber nicht zur Last fallen.« Ihre Stimme war noch immer brüchig.

»Das tust du nicht«, hörte er sich sagen.

Peter setzte den Reis auf und schaltete den Ofen auf die niedrigste Temperatur. Dann ließen sie sich mit zwei Flaschen Bier auf dem Sofa im Wohnzimmer nieder.

»Also, was ist geschehen?«, fragte er.

Greta trocknete sich die Tränen mit dem inzwischen völlig durchnässten Taschentuch. Das konnte Peter nicht mit ansehen. Er reichte ihr eine Packung Papiertücher vom Tisch.

»Danke.«

Geduldig wartete er, bis sie bereit war zu sprechen.

»Bei mir ist jemand eingebrochen.«

»Was?«

In einer spontanen Reaktion wollte Peter aufspringen, doch sie hielt ihn zurück.

»Nicht in mein Haus direkt. Die Voliere wurde aufgebrochen. Tiffi und Butsche fehlen.«

Peter hatte keine Ahnung, welche von den unzähligen Wellensittichen Tiffi und Butsche hießen. Doch ihm war klar, dass Greta ihre Vögel abgöttisch liebte.

»Jemand hat die Voliere aufgebrochen, die beiden gestohlen und den Käfig mit einem Draht wieder zugebunden.« Ein neuer Schwall Tränen ergoss sich über ihr Gesicht.

Bei weinenden Frauen fühlte Peter sich völlig hilflos.

»Hast du jemanden gesehen?«, rettete er sich in die Rolle des Polizisten.

»Nein. Als ich vorhin vom Einkaufen kam, war es passiert. Ich habe die Voliere gut verschlossen und abgedeckt. Zur Sicherheit habe ich das Licht angelassen. Die kommen doch nicht zweimal am selben Tag, oder?«

»Das ist eher unwahrscheinlich. Wenn sie es auf alle abgesehen hätten, hätten sie sie gleich mitgenommen.«

»Peter, kann ich heute Nacht hierbleiben? Ich möchte nicht allein sein. Und in meinem Haus habe ich Angst. Keine Sorge, ich nehme mit dem Sofa vorlieb. Ich möchte nur nicht allein sein.«

»Natürlich. Aber nichts da, ich überlasse dir mein Bett und schlafe heute Nacht auf dem Sofa«, hörte er sich sagen.

»Das ist furchtbar nett von dir.«

»Kein Problem. Hast du eine Ahnung, wer das gewesen sein könnte?«

»Nein.«

»Jemand, der sich über das laute Gezwitscher der Vögel beschwert hat?«

»Meine direkten Nachbarn sind fast nie zu Hause. Da hat nie jemand gemeckert. Ich habe gehört, in Kophusen verschwinden neuerdings laufend Haustiere. Kann es nicht damit zusammenhängen?«

»Das könnte durchaus sein.«

»Habt ihr schon eine Spur?«

»Nein«, log er.

Peter wollte sie nicht weiter beunruhigen. Streng genommen hatten sie ja bisher nur eine Zeugenaussage und einige Spekulationen. Dass die beiden Sittiche zu dieser Serie gehörten, war nicht zwingend. Greta war in Kophusen bekannt. Ihre direkte Art kam nicht überall an. Gut möglich, dass ihr jemand mal einen Dämpfer versetzen wollte.

Das Geräusch von überkochendem Wasser drang zu ihnen.

»Ich bin gleich wieder da«, sagte er und hechtete in die Küche.

Vierzig Minuten später saßen sie am Küchentresen, ließen sich den Spinat mit Reis schmecken, tranken ein weiteres Bier und danach noch einen Schnaps zur Verdauung. Greta schien sich beruhigt zu haben, was sicherlich auch auf den Alkohol zurückzuführen war.

Nach dem Essen wechselten sie wieder aufs Sofa. Das dritte Bier lockerte ihre Zungen und beim vierten waren sie bei ihren verstorbenen Partnern angelangt. Greta hatte ihren Eduard vor über zehn Jahren zu Grabe tragen müssen. Bei Marion waren es auch schon neun. Sie teilten das anfängliche Gefühl völliger Verlorenheit. Die nicht enden wollende Trauer und die zaghaften Schritte zurück ins Leben. Er erzählte ihr, wie sehr Hauke und Rosi ihm damals geholfen hatten. Die Familie seines Kollegen war ihm näher gewesen als seine eigene. Zwar hatten seine Schwester Elke und ihr Mann sich rührend um ihn gekümmert, aber so richtig gutgetan hatten ihm die vielen Abende, in denen er mit Hauke bei Rosi zusammengesessen hatte. Hauke hatte ihn ganz normal behandelt, ihm zugehört und ihn nicht wie alle anderen mit Samthandschuhen angefasst. Gerade das hatte ihm geholfen. Greta hingegen hatte die meiste Zeit allein verbracht. Kurz nach Eduards Tod hatte er sie nur selten gesehen. Das mochte allerdings auch daran gelegen haben, dass er selbst oft nicht zu Hause gewesen war. Es war Marions letztes Lebensjahr gewesen, das sie größtenteils im Krankenhaus und zuletzt im Hospiz verbracht hatte. Er war so oft wie möglich bei ihr gewesen.

»Weißt du, was das Schlimmste für mich war?«

Peter schüttelte den Kopf.

»Das leere Haus. Es kam mir wie ein Gefängnis vor. Ich spielte mit dem Gedanken, es zu verkaufen. Gott sei Dank haben mich meine Kinder davon abgehalten. Jetzt bin ich froh darüber. Aber damals waren die Erinnerungen sehr schmerzhaft.«

»Das ging mir auch so. Jeder kleine Gegenstand schrie mir förmlich entgegen: Du bist allein! Sie kommt nicht zurück! Nie mehr!« Seine Stimme hatte sich dabei in die Höhe geschraubt.

Greta musste plötzlich lachen. »Ja, genau so.« Wie ein Geist sprach sie: »Er ist für immer fort und hat dich mutterseelenallein zurückgelassen. Du wirst einsam sterben.«

Vielleicht lag es am Alkohol, vielleicht löste sich auch nur die Anspannung der letzten Stunden. Ihr Gesicht hatte sich zu einer lustigen Grimasse verzogen. Peter konnte nicht anders, er fiel in ihr Lachen ein. Es war befreiend. So ausgelassen hatte er sich schon lange nicht mehr erlebt. Und das bei einem Thema, das eigentlich alles andere als lustig war.

»Und erinnerst du dich noch, wie ich in diesem Bau-arbeiteraufzug auf dem Friedhof aufgekreuzt bin, als würde ich das gesamte Gelände umgraben wollen?«

»Ja, mit einem riesigen Bollerwagen voller Garten-ausrüstung.«

»Wenn ich jetzt darüber nachdenke, muss das ganz schön idiotisch ausgesehen haben.«

»Das hat es. Du warst ausgestattet wie ein Sondereinsatzkommando für Gartennotfälle.«

»Und ich kam mir schrecklich wichtig vor.«

Peter goss ihnen einen weiteren Schnaps ein und öffnete noch zwei Flaschen Bier. Sie prosteten sich zu.

»Hast mich ordentlich angebaggert damals«, bemerkte Peter.

»Ja, ich weiß.« Sie senkte verschämt den Kopf. »Das tut

mir leid. Ich habe mich ziemlich lächerlich gemacht. Dich so einer Situation auszusetzen.«

»Allerdings. Danach war ich fix und fertig.«

»Du warst völlig überfordert! Du Armer.« Ein erneuter Lachanfall schüttelte ihren Oberkörper.

Peter ertappte sich bei dem Gedanken, dass sie hübsch aussah, wenn sie lachte. »Ich war nicht nur überfordert, ich war perplex. Du hast so getan, als sei das alles völlig normal für dich. Das hat mich am allermeisten irritiert.«

»Ich sehe heute noch deinen verzweifelten Blick zur Tür.«

»So dringend wollte ich noch nie aus einem Haus raus. Glaub mir.«

»Ach, das ist schön«, rief sie und wischte sich die Freudentränen aus dem Gesicht. »Schön, dass wir jetzt darüber lachen können.«

»Ja, das stimmt.«

Plötzlich rutschte sie näher an ihn heran und schmiegte sich an seine Schulter. »Danke, Peter.«

Er spürte ihr weiches braunes Haar an seiner Wange. »Keine Ursache. Gern geschehen.«

Bevor sich Greta von ihm lösen konnte, hielt Peter sie fest. Es war ein spontaner Impuls, dem er nachgab, ohne sich Gedanken über die möglichen Folgen zu machen. Er küsste sie. Greta zog überrascht den Kopf weg.

»Was machst du da?«, fragte sie leise.

»Ich küsse dich.«

Sie lächelte. »Das spüre ich. Bei mir ist es schon eine ganze Weile her.«

»Bei mir auch.«

»Vielleicht sollten wir besser vernünftig …«

Ohne sie ausreden zu lassen, zog er sie an sich und küsste sie erneut. Sie ließ es geschehen. Peter hörte auf zu denken. Er folgte seinem Körper. Auch nach über zehn Jahren wusste dieser genau, was zu tun war. Es war wie Fahrradfahren. Man verlernte es nicht. Man musste ihm vertrauen. Und genau das tat Peter jetzt.

17

Den Wagen hatte er vor dem Haus abgestellt. Er benutzte ihn nie, denn er besaß gar keinen Führerschein.
Aber die große Ladefläche war perfekt für seine Zwecke.
Es war das Auto seines Vaters gewesen. Eine alte Rost-
laube, so hatte seine Mutter den Pick-up genannt. Sie
hatte ihn immer verkaufen wollen, aber sein Vater hatte
das nicht zugelassen. Nachdem er weg war, hatten sie
den Wagen behalten und über die Jahre hatte er ihn
gepflegt und gehegt wie ein Familienmitglied. Er war
es seinem Vater schuldig. Nach allem, was seine Mutter
getan hatte, wie er glaubte, wollte er ihm auf diese Art
die letzte Ehre erweisen. Die Toten respektierte man,
auch wenn man sie zu Lebzeiten gehasst hatte.

   Die Schubkarre lag neben dem Körper auf der Ladefläche. Beides hatte er vorsorglich in dicke Decken
gehüllt. Falls ihm doch jemand über den Weg lief, wollte
er nicht, dass man sie sah. Er hätte nicht gewusst, wie er

das erklären sollte. Zuerst schaltete er die praktische Lampe an seinem Helm an. Auf diese Weise hatte er beide Hände frei und konnte ungehindert arbeiten. Dann entriegelte er die vordere Klappe. Alle Scharniere hatte er geölt, um unnötigen Lärm zu vermeiden. Das Licht fiel auf die beiden Bündel. Vorsichtig zog er die Schubkarre an sich heran, packte sie aus und setzte sie auf den Boden. Das war der leichte Teil. Die Frau war deutlich schwerer. Er hatte nicht gewusst, dass menschliche Körper so schwer sein konnten. Schon beim Hinüberziehen musste er einiges an Kraft aufwenden. Die Schubkarre positionierte er unterhalb ihres Körpers. Mit einem dumpfen Geräusch plumpste sie hinein. Zum Glück war sie nicht sehr groß. Er hielt einen Moment inne und lauschte in die Stille. Außer dem lauen Wind, der durch das Laub strich, konnte er nichts hören. Es war eine sternenklare Nacht. Perfekt für die letzte Übung.

Behutsam schob er sie das kurze Stück entlang der Straße. Er hatte extra die alten Lederhandschuhe seines Großvaters übergezogen. Damit rutschte er nicht so leicht von den Griffen ab. Für die Auffahrt benötigte er viel Schwung, um den Anstieg zu bewerkstelligen. Er unterdrückte das Ächzen. Niemand durfte ihn hören. Es war gar nicht so leicht. Bei der Garage machte er eine Pause. Sein Atem ging schnell. Er fixierte den Rosenbusch vor sich, um sich zu beruhigen. Als es ihm gelungen war, hob er die Karre an und schlich am Carport vorbei zum hinteren Teil des Hauses. Eine gute Sache hatte der Ortswechsel. Hier hatte er alles griffbereit. Um nicht entdeckt zu werden, hatte er seinem Freund vorsorglich etwas in den abendlichen Tee getan.

Die Tür war verschlossen, doch er wusste, dass der Schlüssel unter dem kleinen Gargoyle verborgen war.

Als Kind hatte er vor dieser grimmig aussehenden Kreatur aus Stein immer Angst gehabt. Er hatte sich vorgestellt, wie sie nachts lebendig wurde und ihn mit ihren riesigen Zähnen packte und zermalmte. Auch heute noch hatte er Respekt vor ihr. Manchmal träumte er sogar von ihr, doch die Angst hatte sich über die Jahre gelegt. Er war größer geworden und die Figur automatisch kleiner. Liebevoll tätschelte er ihren Kopf. Sie war wie ein Wächter einer heiligen Stätte. Sie beschützte ihn und alles, was in diesem Raum geschah. Seine dunkelsten Geheimnisse. Sogar einen Namen hatte er ihr gegeben. Fuchur, nach dem weißen Drachen, der durch die Lüfte flog.

Leise öffnete er die Tür und lenkte die Schubkarre vorsichtig in das Innere. Er liebte diesen Raum. Es war sauber und ordentlich. Jedes noch so winzige Werkzeug hatte seinen festen Platz. Das war wichtig für seine Arbeit. Im Chaos ließ seine Konzentration nach und damit verlor er an Präzision. Wenn man nicht penibel darauf achtete, alles einzuhalten, dann passte hinterher nichts zusammen. Und der ganze Aufwand wäre umsonst gewesen. Das war das Erste, das er gelernt hatte. Er hatte genau zugesehen und alles in seinem Kopf abgespeichert. Sorgfalt war das A und O dieser Arbeit. Das hatte er sich eingeprägt und daran hielt er sich. Es hatte lange gedauert, bis er sich das erste Mal getraut hatte. Inzwischen hatte er seine Handgriffe perfektioniert. In den letzten Tagen hatte er geübt wie ein Besessener. Bis auf die wenigen Fehlversuche, die er heute Nacht sicherheitshalber aus dem Keller geschafft hatte, konnte sich das Ergebnis sehen lassen. Er wusste, dass es nicht perfekt war und die einzelnen Schritte normalerweise viel mehr Zeit brauchten. Aber genau das war es, was ihm fehlte: Zeit. Für seine finale Mission würde er sich jedoch alle Zeit der Welt nehmen, um das Höchstmaß an Perfektion zu erreichen. Das musste perfekt werden.

Lautlos stellte er die Schubkarre ab und schloss die Tür. Danach schaltete er das Licht ein. Rasch ließ er seinen Blick durch den Raum schweifen. Alles war, wie er es gestern zurück lassen hatte. Das Kribbeln erfasste seinen gesamten Körper. Er spürte, wie sich die kleinen Härchen auf seinen Armen aufstellten. Er war nervös. Aber das gehörte dazu. Es zeigte die Demut vor dem Leben. Er hoffte, dass die Zeit ausreichen würde. Ein Körper dieser Größe war neu für ihn. Er hatte nur diesen einen zur Verfügung. Noch einmal wollte er sich das nicht zumuten. Es war schwierig gewesen und außerdem plagten ihn Schuldgefühle. Doch dafür war jetzt keine Zeit.

Den Boden legte er mit der Plane aus, die auf einer breiten Rolle an der Wand lehnte. Er schnitt ein großes Stück ab. Danach fixierte er die Enden mit doppelseitigem Klebeband, sodass sie nicht wegrutschten. Im Anschluss würde er sie einfach einrollen und mitnehmen. Vorsichtig hob er die Schubkarre an. Der Körper glitt heraus und landete unsanft auf die Plane. Er schlug die Decke zur Seite. Das Blut war das einzig Eklige daran. Im Graben an der Landstraße hatte er bereits einen Schnitt gesetzt. So hoffte er, dass das meiste Blut in der Erde versickert war. Eine halbe Stunde hatte er gewartet, bis er sie auf die Ladefläche gehoben hatte. Immerhin war sie etwas leichter geworden. Er rollte sie von der Decke und begann sie zu entkleiden. Ihre Sachen warf er in die Schubkarre.

Als sie nackt vor ihm lag, betrachtete er sie. Ihre weiße

Haut hatte an einigen Stellen bereits Flecken. Den Blick auf ihre Scham mied er. Ebenso den auf ihre Brüste. An ihrer rechten Schulter entdeckte er ein Tattoo. Es war ein rotes Herz, das in zwei Teile gebrochen war. Der Anblick machte ihn traurig. Bestimmt war sie unglücklich verliebt gewesen. Genau wie seine Mutter war sie von einem Mann betrogen worden. Für ihn schloss sich der Kreis. Es fühlte sich in diesem Moment richtiger denn je an.

Routiniert nahm er ein paar frische Handtücher aus der Wäschebox, die rechts von der breiten Arbeitsplatte stand. Behutsam hob er den toten Oberkörper leicht an und stopfte die Frotteetücher seitlich unter ihren Körper. Das Messer steckte in seiner Bauchtasche. Es hatte eine feine Klinge. Klein, aber ungeheuer effektiv. Mit einem Lappen wischte er entlang des Schnittes, den er im Graben gesetzt hatte. Er lief vom Kinn bis zum Brustbein. Am Ende setzte er die Klinge erneut an. Es war so leicht. Viel einfacher, als er es je für möglich gehalten hatte. Langsam schnitt er zwischen ihren kleinen Brüsten entlang, bis hinunter zu der Stelle, wo ihre Scham begann. Zum Schluss setzte er das Messer am anderen Ende des Einschnitts an und fuhr ihr durch die Mitte ihres Gesichts und über den Schädel. Ihrer kurzen Haare hatte er sich bereits am Wegesrand entledigt. Es war eine saubere Linie. Sein Lehrmeister wäre stolz auf ihn. Wenn er ihn doch jetzt nur sehen könnte! So präzise und konzentriert. Er hatte viel gelernt. Er war bereit.

18

Der dunkelblaue Kleinwagen war kopfüber in dem Graben gelandet. Die ältere Frau, die den Wagen aus Richtung Grönland kommend gesteuert hatte, schien das Stoppschild übersehen zu haben und hatte dem Feuerwehrfahrzeug gerade noch ausweichen können. Das Löschfahrzeug war aus Richtung Elskop gekommen und stand quer auf der Fahrbahn. Maren und Ole hatten sich freundlicherweise des sich nähernden Verkehrs angenommen, während Hauke und Philip sich um die Formalitäten kümmerten. Die Frau hatte sich aus ihrem Fahrzeug befreien können und weigerte sich, mit dem Rettungswagen, den die Beamten vorsichtshalber gerufen hatten, ins Krankenhaus zu fahren. Hauke verabschiedete die Einsatzkräfte und der Wagen entfernte sich unverrichteter Dinge. Seinem Kopfschütteln begegnete sie mit einem Grinsen. Was hatte Alfred sich bloß dabei gedacht? Wie kam er auf die hirnrissige Idee, seine Schwester einzuspannen und sie in den Graben fahren zu lassen? Der Mann am Steuer des Löschfahrzeugs war ebenfalls kein Unbekannter. Hauke konnte es noch immer nicht fassen, dass Manfred, der Wehrführer der Kophusener Feuerwehr, sich nicht zu schade für so einen waghalsigen Einsatz war. Ihre Sorge um die Polizeistation in allen Ehren, aber diese Art der Arbeitsbeschaffungsmaßnahme war unverantwortlich. Obwohl er zugeben musste, dass Alfred in der Auswahl seiner Protagonisten einen feinen Humor bewies. Die Schwester des ehemaligen Stationsleiters war Kranken-pflegerin. Und trotzdem ärgerte es ihn. Wenn er Alfred in die Finger bekam, würde er diesem behämmerten Theater ein Ende setzen. Über Funk hatte er einen Ab-schleppwagen angefordert, der jeden Moment ein-treffen musste. Er sah zu Philip hinüber, der sich mit Manfred unterhielt. Das war die Gelegenheit. Ihre beiden Gastkollegen waren mit der Absicherung der Unfallstelle beschäftigt, das musste er ausnutzen.

»Manfred, kannst du uns mal kurz alleine lassen?«

Der Wehrführer nickte und gesellte sich zu seiner Unfallpartnerin.

»Wer ist die Frau?«, fragte sein Chef misstrauisch.

Hauke stöhnte. »Alfreds Schwester.«

»Wie bitte? Ich dachte, du hättest mit ihm gespro-chen und ihm gesagt, dass dieser Unsinn aufhören muss. Bevor noch jemand ernsthaft zu Schaden kommt.«

»Ich muss mit dir reden. In Ruhe, ohne die zwei Clowns.« Hauke deutete auf Maren und Ole.

»Was ist los?«

»Alfred hat herausgefunden, dass sie deine Dienst-tauglichkeit überprüfen werden.«

Er hatte seinen Chef selten sprachlos erlebt. Entgeistert starrte Philip ihn an.

»Ich weiß, das ist jetzt ein Schock, aber wir müssen so tun, als wüssten wir nichts davon. Alfred hat die Bürgerwehr infiltriert, damit wir zum Einsatz kommen und du unter Beweis stellen kannst, dass du sehr wohl diensttauglich bist und den wütenden Mob bestens im Griff hast.«

»Seit wann wisst ihr davon?«

»Das ist doch jetzt egal.«

Wortlos neigte Philip den Kopf und hob eine Augenbraue hoch.

Hauke seufzte. »Seit Dienstagabend. Aber diese beiden Kasper scharwenzeln ja ständig um uns herum. Die sind wie Fliegen auf rohem Fleisch.«

»Hast du deswegen gestern Abend versucht, mich anzurufen?«

Hauke nickte. Philip war offenbar nicht sauer, eher fassungslos. Das konnte man ihm nicht verdenken. Schließlich ging es hier um seine berufliche Zukunft. Philip sagte noch immer nichts. Er schien zu überlegen.

»Wir schaffen das«, sagte Hauke. »Auch ohne Alfreds Kamikaze-Einsätze. Ich rede mit ihm, dass das hier aufhört. Und dann bringst du diese Untersuchung hinter dich. Und alles wird gut. Du bist topfit. Das werden die feststellen.«

»Wenn sie mich wirklich loswerden wollen, finden sie einen Grund.«

»Alfred sagt, dass da noch jemand anderes seine Finger im Spiel hat.«

»Ich kann mir auch denken, wer.«

»Was? Wer denn?«

»Später. Ich muss erst nachdenken.«

Philip wandte sich dem heranfahrenden Abschleppdienst zu und winkte ihn heran. Es dauerte eine Stunde, bis sie wieder im Streifenwagen saßen und auf dem Weg zu Wache waren.

»Hätte ehrlich nicht für möglich gehalten, dass bei euch so viel los ist«, kommentierte Ole.

Nicht nur du, dachte Hauke. Nicht nur du.

Philip schien in seine Gedanken versunken. Zwecklos, ihn in diesem Zustand anzusprechen. Die Nachricht hatte ihn schwer getroffen. Offenbar war da mehr im Busch, als sie bisher angenommen hatten. Wenn sein Chef in Berlin genauso ermittelt hatte wie hier, wunderte ihn nicht, dass man ihn auf dem Kieker hatte. Im Grunde war es dann nur eine Frage der Zeit gewesen, bis sie ihn an den Eiern hatten. Doch was hatte Philip vor, um dieses Schmierentheater zu beenden? Den Amtsarzt bestechen und die Untersuchungsergebnisse fälschen? Das passte nicht zu Philip. Oder hatte ihr Chef etwa mehr auf dem Kerbholz, als er zugab? Vielleicht steckte hinter seiner Versetzung nach Kophusen doch mehr als eine Auszeit auf dem Land. Hauke brannte darauf, all das zu erfahren, was Philip ihnen mitzuteilen hatte. Aber dazu mussten sie diese zwei Idioten loswerden.

»Ihr habt diese Woche ungewöhnlich viele Autounfälle. Laut eurer Statistik passierte das nicht so häufig«, bemerkte Maren, die Klugscheißerin vom Dienst.

»Das kommt immer in Wellen«, gab Hauke so beiläufig wie möglich zurück.

»Zwei in drei Tagen?«

Die Frau hatte mehr auf dem Kasten als der tumbe Kollege neben ihr. Hauke warf Philip einen kurzen

Seitenblick zu, doch der starrte aus dem Fenster und beteiligte sich nicht an dem Gespräch. Na toll!

»Die Kreuzung ist berühmt-berüchtigt. Einmal hat es sogar ein Hochzeitspaar auf dem Weg zur Trauung erwischt. Die waren vielleicht angepisst, kann ich euch sagen.« Er lachte.

Das war nicht gelogen. Die beiden hatten Schwein gehabt, aber die Trauung musste verschoben werden.

»Oje, die Armen!«, stieg Maren auf Haukes Ablenkungsmanöver ein.

»Vielleicht ein Wink des Schicksals«, scherzte Ole.

»Ja, wahrscheinlich war er ein mieser Betrüger und sie kam noch rechtzeitig dahinter«, erwiderte Maren schnippisch.

Ole schien bei ihr einen wunden Punkt erwischt zu haben. Im Rückspiegel sah Hauke, wie sie ihrem Kollegen einen wütenden Blick zuwarf. Kurz kam ihm der Gedanke, dass zwischen den beiden mehr lief. Hatten sie ihren Ausflug aufs Land für ein erotisches Abenteuer genutzt, von dem Maren enttäuscht war? Er verkniff sich ein Grinsen.

Zurück auf der Wache saß Peter wie üblich an seinem Schreibtisch und telefonierte. Der Kollege lauschte konzentriert in den Hörer und knabberte dabei aufgeregt an einem Haferkeks herum. Philip hüllte sich noch immer in Schweigen. Da sein Büro von den beiden Turteltauben blockiert wurde, konnte er sich nicht zurückziehen. Hauke sah, wie sein Chef den Impuls unterdrückte, sich auf den Besuchertresen zu setzen, und stattdessen in die Küche ging. Mit einem Glas Leitungswasser kam er zurück und hockte sich auf den Stuhl Peter gegenüber.

Hauke hängte seine Jacke über die Lehne und wartete geduldig, bis der Kollege sein Telefonat beendet hatte.

»Das war Mona von der Rechtsmedizin in Kiel«, erklärte er, ohne sich mit einer Begrüßung aufzuhalten. »Sie hat die Überreste der Leiche untersucht. Ihr werdet es nicht glauben.«

Er machte eine Pause. Hauke hasste das. Eine Marotte, die sich Peter irgendwo abgeguckt hatte. Er unterdrückte einen genervten Seufzer und wartete.

»Sie haben fast das gesamte Skelett gefunden. Mona sagt, dass es sich mit an Sicherheit grenzender Wahrscheinlichkeit um einen Mann handelt. Sie schätzt, dass er zum Zeitpunkt des Todes zwischen fünfzig und sechzig Jahre alt gewesen ist. Aber das ist noch nicht alles.«

Wieder so eine Scheißpause. »Nun komm schon, spuck es aus!«

Peter lächelte. »Der Mann ist ziemlich sicher gewaltsam zu Tode gekommen. Die Spuren am Kopf deuten auf einen heftigen Schlag hin. Dumpfer Gegenstand. Wie im Lehrbuch.«

»Wissen wir, wer es ist?«, fragte Philip, der endlich aus seiner Starre erwachte.

»Noch nicht. Aber die Kollegen kümmern sich um einen Gebissvergleich. Seine Zähne sind gut erhalten.«

»Mord«, murmelte Ole, »Kophusen schläft wohl nie.«

Peter ignorierte den Kommentar. »Der Todeszeitpunkt lässt sich natürlich nicht genau bestimmen. Mona sagt, dass die vollständige Skelettierung im Erdreich nach ca. drei bis vier Jahren abgeschlossen ist. Inklusive der Fingernägel, Sehnen und Haare. Wann auch die Knochen aufgelöst sind, hängt von vielen Faktoren ab, wie Bodenbeschaffenheit, Temperatur etc. Mona schätzt jedoch, dass es länger her sein könnte, weil die Knochen so weit verstreut waren. Aber das ist Spekulation. Wenn wir davon ausgehen, dass die Person vor mindestens vier Jahren dort im Garten verscharrt worden ist, dann muss das passiert sein, als Beate Hintz noch dort gewohnt hat. Ernst kann es nicht sein. Die Asche des Mannes ist auf dem Kophusener Friedhof bestattet worden. Außerdem kommt das vom Alter nicht hin. Ernst war über siebzig, als er sich das Leben nahm. Jetzt führt kein Weg daran vorbei, die arme Beate zu befragen.«

»Seid mir nicht böse, Jungs, aber das ist Sache der Kripo«, sagte Maren.

»Ja, klar«, entgegnete Peter hastig. »Da mischen wir uns natürlich nicht ein. Wir doch nicht.«

»Hier passiert so etwas nicht oft, da wird es ja wohl erlaubt sein, darüber zu sprechen«, ergänzte Hauke, seine Wut unterdrückend.

»Lass gut sein, Maren, die Kollegen werden bestimmt nichts unternehmen, wozu sie nicht befugt sind. Sie wissen doch, dass sie sich damit nur Ärger einhandeln würden«, schlug Ole sich auf ihre Seite.

Maren schaute skeptisch, und Hauke hoffte, dass sie ihnen das abnahm. Offiziell würden sie selbstverständlich nicht in das Seniorenheim fahren, in dem die Alte lebte. Es sei denn, die Kripo-Kollegen baten sie um Amtshilfe, was sie allerdings nicht tun würden. Er warf Peter einen Blick zu. Es war offensichtlich, dass der bereits eine Idee hatte, wie sie es anstellen könnten. Der Mann kannte Gott und die Welt. Wenn sie selbst nicht in Aktion treten durften, gab es vielleicht jemand anderen, der Beate unauffällig auf den Zahn fühlen konnte. Falls sie überhaupt noch ansprechbar sein sollte und nicht schon dement oder was man sonst im Alter werden konnte.

»Maren hat vollkommen recht. Ich werde jetzt unseren Bericht schreiben«, unterbrach Philip seine Gedanken. »Und du, Hauke, baust mit unseren beiden Kollegen die Blitzanlage auf.«

Hauke schaltete sofort und nickte. Das war clever. Auf diese Weise waren die Schnüffler beschäftigt und kriegten nicht mit, was auf der Station tatsächlich vor sich ging. Im Übrigen war er schrecklich ungeschickt beim Aufbau dieser hoch komplizierten Technik. Er würde sein schauspielerisches Talent nutzen, um sich so dämlich wie möglich anzustellen. Das würde der längste Aufbau einer Blitzanlage in der Geschichte der Polizei werden.

19

Kaum war Hauke mit den beiden Nervensägen verschwunden, hatte Philip sich auf den Tresen geschwun-
gen. Peter hatte ihm ausführlich Bericht erstattet, doch
wie erwartet, erntete er nur Schweigen. Trotz der erns-
ten Lage schien sein Chef erstaunlich ruhig zu bleiben,
als ginge es gar nicht um ihn, sondern um einen bedau-
ernswerten befreundeten Kollegen. Auch nach der
langen Zeit, die sie inzwischen zusammen gearbeitet
hatten, blieb Philip ihm ein Rätsel. Diese Schweigsam-
keit irritierte ihn, auch wenn er wusste, dass es ihn alles
andere als kalt ließ. Manchmal wünschte sich Peter, dass
sein Vorgesetzter zugänglicher wäre. Das würde für alle
Beteiligten leichter sein.

»Wie gehen wir damit um?«, fragte er in die Stille
hinein.

»Ich muss darüber nachdenken«, erwiderte Philip, in
einem Tonfall, der unmissverständlich das Ende dieses
Themas markierte.

Peter nickte ergeben. Es war zwecklos.

»Ich habe gestern einen Ausflug gemacht«, sagte Philip stattdessen, als hätte er nicht gerade erfahren, dass seine berufliche Zukunft auf dem Spiel stand.

»Wohin denn?«, fragte Peter.

»Ich war mit Bruno auf dem Hof der Drostes.«

»Und?« Seine Neugier siegte über die Bedenken, die dieser riskante Streifzug in ihm auslösten.

»Wir haben Reth gesehen, der heftig auf Ben einredete. Es sah fast wie eine Standpauke aus.«

»Worum ging es?«

»Das weiß ich leider nicht. Die beiden standen auf der Straße. Bruno und ich haben es allerdings durch die Tenne ins Haupthaus geschafft. Im Fußboden haben wir eine Klappe entdeckt. Vermutlich ein Kriechkeller. Weiter sind wir nicht gekommen, weil Ben auftauchte. Aber der Flur roch eindeutig nach Verwesung. Ich denke, dass jemand die Kadaver vom Haus in den Keller geschafft hat, nachdem unsere Spaziergängerin sie entdeckt hatte.«

»Aber was will jemand mit faulenden Tierkadavern?«

»Vielleicht eine Art Opfergabe?«

»Meinst du, das war Reth?«

»Oder Ben. Oder beide gemeinsam.«

»Stell dir vor, sie hätten euch erwischt! Das hätte mächtig Ärger gegeben. Vor allem jetzt, wo uns diese beiden Nervensägen ständig auf die Finger gucken und nur darauf warten, dass wir einen Fehler machen.«

»Ich weiß.«

»Und jetzt?«

»Ich will mit diesem Ben sprechen. Und zwar allein. Wenn Hauke mit den beiden vor mir zurück ist, sag ihnen, ich sei kurz weg, um etwas zu essen zu holen. Du versuchst inzwischen herauszufinden, wo Bens Mutter auf Kur ist.«

»Mach ich. Aber sei vorsichtig.«

Goldberg stieg in den Saab. Normalerweise entlockte ihm sein geliebter Wagen immer ein kleines Lächeln, doch momentan war ihm nicht danach zumute. Er hatte immer geahnt, dass ihm sein unorthodoxer Ermittlungsstil irgendwann zum Verhängnis werden würde. In Berlin war er damit ständig bei Vorgesetzten angeeckt. Und garantiert gab es Dutzende Weggefährten, die ihm nur zu gern einen Denkzettel verpassen wollten. Er hatte gehofft, mit dem Umzug nach Kophusen auch dieses Kapitel abschließen zu können. Doch offensichtlich war da jemand sehr nachtragend. Und das ausgerechnet jetzt, wo er sich den Weg aus seinem Schuldgefühl gekämpft hatte. Konnte das Leben wirklich so gemein sein? Er schüttelte sein Selbstmitleid ab und versuchte, klar zu denken.

Es gab nur zwei Möglichkeiten. Entweder hatte Rolf seine Beziehungen spielen lassen und diese Untersuchung ins Rollen gebracht. Wie auch immer er das angestellt haben mochte, war im Grunde egal. In diesem Szenario würde alles gut ausgehen, denn die ärztliche Untersuchung würde eindeutig ergeben, dass er diensttauglich war. Jetzt mehr denn je. Schließlich hatte er Judith endgültig den Rücken gekehrt. Seinen Besuch in der Klinik würde man ihm positiv auslegen.

Das zweite Szenario war nicht nur das weitaus schlimmere, sondern auch die deutlich wahrscheinlichere Variante. Alfred hatte von einem zweiten Kollegen gesprochen. Offenbar war Rolf bei seinem Rachefeldzug auf einen alten Bekannten Goldbergs gestoßen. Der Kommissar wusste, dass Axel die Karriereleiter intern hinaufgeklettert war und einige einflussreiche Freunde innerhalb der Polizei hatte. Es würde ihn nicht wundern, wenn sich sein Einfluss auch in die zuständige Amtsärzteschaft erstreckte. Axel würde nicht lange zögern, wenn ihm die Möglichkeit geboten würde, sich seiner zu entledigen. Sie hatten sich noch nie leiden können. Sein ehemaliger Kollege hatte schon damals versucht, ihm Steine in den Weg nach Kophusen zu legen. Sicher steckte er auch hinter der DIVE-Maßnahme. Je länger er darüber nachdachte, desto logischer erschien ihm dieses Szenario. Selbst mit einem guten Kontakt in den oberen Reihen hätte Rolf niemals so einen Wirbel um Kophusen und ihn auslösen können. Auch wenn ihre Station auf der Abschussliste stand. Ihre Statistiken waren gut. Nein, es ging um ihn. Nur so ergab die Sache Sinn. Goldberg beschloss, sich eine Strategie zurechtzulegen. Heute Abend würde er einige Telefonate erledigen. Ein paar nützliche Kontakte hatte er schließlich auch.

Als er die Auffahrt des Hofs erreichte, schüttelte er seine Überlegungen ab. Eines nach dem anderen, dachte er. Er wollte gerade klopfen, da öffnete sich die mächtige Holztür. Vor ihm stand Ben. Sein grauer Overall war fleckig. Irritiert blickte Goldberg auf die Hausschuhe, die er trug. Es waren riesige Puschen mit einem Katzenkopf. Das Gesicht des jungen Mannes sah zerknittert aus, als hätte er soeben eine schlaflose Nacht beendet. Dabei war es bereits zehn Uhr. Bens blaue Augen schauten regungslos zu ihm auf. Goldberg musste zugeben, dass ihm dieser Mann unheimlich war. Sein leerer Blick und das ausdruckslose Gesicht machten es dem Kommissar schwer, ihn einzuschätzen.

»Guten Morgen, mein Name ist Goldberg. Philip Goldberg. Sie sind Ben Droste, richtig?«

Der Mann nickte kaum merklich und verzog keine Miene. Der Zustand seiner Haare bestärkte den Kommissar in dem Glauben, dass Ben erst vor wenigen Augenblicken aufgestanden war.

»Darf ich reinkommen?«

Sein Gegenüber schüttelte zaghaft den Kopf. Der Ausdruck des Mannes zeigte eine eigentümliche Mischung aus Unsicherheit und Aggressivität.

»Ist Ihre Mutter zu Hause? Kann ich sie sprechen?«

Obwohl Goldberg wusste, dass sie auf Kur war, wollte er Bens Reaktion testen. Bei der Erwähnung seiner Mutter flackerte dessen Blick kurz auf. Er kniff die blauen Augen zusammen.

»Sie ist nicht da.«

»Verstehe. Ist sie noch in der Rehaklinik?«

Ben nickte. Die Erwähnung seiner Mutter schien ihn immerhin aus der Reserve zu locken. Goldberg bezweifelte stark, dass der Mann ohne Hilfe zurechtkam. Reth hatte ja angedeutet, dass er sich um ihn kümmerte. Vielleicht hatte er sogar einen Betreuer.

»Haben Sie eine Telefonnummer von ihr? Kann ich Ihre Mutter irgendwie erreichen?«

Wieder schüttelte der Mann den Kopf. Es war aussichtslos. Auf diesem Weg würde er nicht weiterkommen. Und da er Ben nicht einfach beiseiteschieben und in das Haus eindringen konnte, gab er sein Vorhaben auf.

»Ich komme wieder, wenn es Ihnen besser passt. Danke«, sagte er knapp und stieg in den Wagen.

Im Rückspiegel sah er, wie Ben Droste ihm nachsah.

Goldberg beschloss, Hilfe zu holen. Am Haus von Hagen Reth hielt er an und klingelte. Der Tierarzt öffnete ihm im Morgenmantel.

»Oh, Herr Goldberg.« Reth schien überrascht. »Entschuldigen Sie meinen Aufzug. Ich habe wegen heftiger Kopfschmerzen schlecht geschlafen und bin gerade erst aufgestanden.«

»Das tut mir leid«, sagte Goldberg, während er seiner linken Augenbraue verbot, sich eigenmächtig zu heben.

Er hatte nicht damit gerechnet, dass sich ihm hier ein ganz ähnlicher Anblick bot. Hatten er und Ben einen feuchtfröhlichen Männerabend gehabt? Oder waren sie auf einer gemeinsamen Unternehmung gewesen?

»Wie kann ich helfen?«, fragte Reth, während er sich den Kopf rieb.

»Ich würde gern mit Ben Droste sprechen, nur leider redet er nicht mit mir. Ich dachte, Sie könnten mir vielleicht behilflich sein?«

»Was wollen Sie von ihm?«

»Uns liegt immer noch eine Anzeige wegen Tierquälerei vor. Und da Ben Droste im Nebenhaus wohnt, wo sich der Sachverhalt zugetragen haben soll, liegt es nah, dass er etwas gesehen oder gehört hat.«

»Aber sie haben doch keine Tiere gefunden.«

»Das stimmt. Das bedeutet aber nicht, dass sie nicht existieren. Jemand könnte sie inzwischen weggeschafft haben.«

»Sie glauben doch nicht, dass Ben etwas damit zu tun hat? Hören Sie, der Junge ist Autist, außerdem kann er keiner Fliege etwas zuleide tun.«

Goldberg respektierte die schützende Hand, die Reth über Ben auszubreiten versuchte, doch sie würde nichts nützen. Der Kommissar hatte recherchiert. Eine

Autismus-Spektrum-Störung umfasste, wie der Name bereits sagte, ein breites Spektrum. Und nur weil sein Geist in Mitleidenschaft gezogen war, bedeutete das nicht automatisch, dass er harmlos war. Goldberg glaubte vielmehr, dass Ben bei der Wahrnehmung seiner Umwelt einer eigenen inneren Logik folgte. Und das konnte unter Umständen alles andere als harmlos sein.

»Herr Reth, ich wäre Ihnen dankbar, wenn Sie mir helfen würden, Ben zu verstehen. Je eher wir ihn von der Liste der Verdächtigen streichen können, desto besser wäre es auch für ihn.«

Reth überlegte kurz. »Na gut, warten Sie, ich ziehe mich schnell an.«

Statt den Kommissar hereinzubitten, schloss er die Tür vor seiner Nase. Es war keine Gedankenlosigkeit, sondern Absicht. Goldberg konnte ihm ansehen, dass ihm der Besuch ungelegen kam und er verhindern wollte, dass der Kommissar einen Blick in das Innere des Hauses werfen würde.

Es dauerte nicht lange und Reth erschien wieder.

»Verzeihen Sie, dass ich Sie draußen warten ließ. Ich habe nicht aufgeräumt.«

Eine fadenscheinige Ausrede, dachte Goldberg. Die Tatsache, dass er sich überhaupt bei ihm entschuldigte, war jedoch interessant.

»Gehen wir zu Fuß? Sie können Ihren Wagen gern hier stehen lassen.«

Goldberg nickte. »Wie stark ist Bens autistische Störung ausgeprägt?«, fragte er, während sich die beiden Männer auf den Weg machten.

»Bei Benni ist es erst spät entdeckt worden. In der Schule galt er als lernbehindert und kam auf die Förderschule. Damals waren die Ärzte noch nicht so weit, eine Autismus-Spektrum-Störung zu erkennen.«

»Hat er eine Betreuung?«

»Ich weiß, worauf Sie hinauswollen, Herr Goldberg. Sie müssen sich keine Sorgen machen. Ben kann trotz seiner leichten Einschränkungen sehr gut auf sich selbst aufpassen. Seine Mutter kümmert sich aufopferungsvoll um ihn. Und während sie auf Kur ist, habe ich ein Auge auf ihn. Mit Fremden steht er allerdings auf Kriegsfuß.«

»Wo ist sie denn auf Kur?«

»Das müsste ich erst nachschauen. Namen und Orte sind schwierig für mich zu behalten. Das war schon immer so. Außerdem wird man nicht jünger. Sie wissen ja, wie das ist.« Er lachte.

»Stehen Sie sich nah?«

»Alma und ich kennen uns schon sehr lange. Mit ihren Schwiegereltern war ich gut befreundet. Wir haben viel zusammen unternommen, da blieb der Kontakt zu Alma und Benni nicht aus.«

»Haben Sie deswegen das Haus gekauft?«

»Ja. Der Hof war nicht mehr rentabel. Und nach dem Verschwinden ihres Mannes habe ich ihnen unter die Arme gegriffen. Ich konnte nicht mit ansehen, dass sie und Benni hätten ausziehen müssen. Der Junge ist mir sehr ans Herz gewachsen. Und ich glaube, eine Ortsveränderung hätte ihm nicht gutgetan.«

»Das ist sehr fürsorglich von Ihnen.«

»Ich bin geschieden und habe keine Kinder. Wenn Sie so wollen, sind die beiden meine Ersatzfamilie.«

»Lieben Sie sie?«

Reth lachte laut auf. »Wie kommen Sie denn darauf?«

»Liegt das nicht auf der Hand?«

»Ich weiß, man erzählt sich so einiges, aber glauben Sie den Gerüchten kein Wort. Ein alleinstehender Mann und eine alleinstehende Frau sind allen suspekt.«

»Verstehe«, erwiderte Goldberg und schob ein leises Lachen nach, so als wüsste er genau, was Hagen meinte.

»Wissen Sie, ich liebe Kophusen. Das ist meine Heimat. Ich bin eine Landpomeranze. So hat man das früher genannt. Ich mag die Menschen und das Land. Aber in so einem kleinen Ort wird viel geredet. Als ich jung war, war das noch weitaus schlimmer. Heute mischt sich alles ein wenig mehr und wird anonymer. Selbst Kophusen wächst. So dicht an Hamburg bleibt das nicht aus. Ich finde das gut.« Er machte eine kurze Pause. »Benni ist ein harmloser junger Mann. Ich weiß, einigen im Dorf macht er Angst, weil er kaum mit jemandem spricht. Aber glauben Sie mir, er ist völlig ungefährlich. Er könnte nie irgendjemandem etwas antun. Ich habe ihn einmal mit auf die Jagd genommen. Und wissen Sie, was er gemacht hat? Er hat mir jeden Schuss ruiniert. Mit Absicht. Er ist ein absoluter Tierfreund. Ben würde einem wehrlosen Tier nie ohne Grund Leid zufügen.«

»Sie sind Jäger?«

»Ja. Einer muss sich ja um die Balance der Natur kümmern.«

Goldberg ließ diese Bemerkung unkommentiert. Umso mehr kam Reth ins Plaudern. Den Rest des Weges schwärmte er von Ben, als sei er ein Heiliger. Der Kommissar ließ ihn gewähren. Es rührte ihn, wie der Mann versuchte, seinen Schützling aus der Schusslinie zu bringen. Spätestens jetzt war Goldberg klar, dass Reth von den Käfigen wusste oder an dieser Aktion sogar selbst beteiligt gewesen war. Welchen Grund sollte seine

Lobeshymne sonst haben? Die beiden Männer hatten definitiv etwas zu verbergen.

Als Reth die Tür zum Haupthaus öffnete, stand Ben vor ihnen in der Diele. Der junge Mann übte eine Art Sogwirkung auf Goldberg aus. Er hatte es selten erlebt, dass der Anblick eines Menschen derart widersprüchliche Gefühle in ihm auslöste. Im ersten Moment verspürte Goldberg den Impuls, ihn in den Arm zu nehmen. Im nächsten war er kurz davor, seine Dienstwaffe zu ziehen.

Der Verwesungsgeruch von gestern Abend war nur noch schwach wahrnehmbar. Stattdessen roch es nach einem penetranten Raumduft. Ein Blick in den Keller erübrigte sich. Da war garantiert nichts mehr zu finden.

»Benni, das ist Herr Goldberg von der Polizei. Du kennst ihn«, erklärte Reth.

Ben verzog keine Miene.

»Er möchte wissen, ob du jemanden gesehen hast, der in den letzten Tagen hier herumgeschlichen ist.«

Ben schüttelte den Kopf. »Nein, hier war niemand.«

»Herr Droste …«

»Sagen Sie Ben. Alles andere verwirrt ihn nur unnötig«, unterbrach Hagen Reth ihn.

Goldberg nickte. »Ben, in Kophusen vermissen ganz viele Menschen ihre Haustiere. Weißt du vielleicht, wo sie sein könnten?«

Er schaute zu Reth, als müsse er ihn um Erlaubnis bitten.

»Weißt du, wo sie sind, Benni? Dann musst du uns das sagen«, erklärte Hagen.

Ben nickte.

»Ja, ich habe sie gesehen.«

Der Kommissar konnte seine Überraschung nicht verbergen. Damit hatte er nicht gerechnet.

»Wo hast du sie gesehen?«, fragte Reth weiter.

»Auf der Wiese am Ausguck.«

»Du meinst den Hochsitz am Waldstück?«

Ben nickte.

»Kannst du mir das zeigen?«, fragte Goldberg.

Ben nickte erneut und griff nach seiner Jacke, die an der altmodischen Garderobe hing.

Der Kommissar rief auf dem Revier an. Ihm war wohler, wenn die Kollegen wussten, wo er sich zuletzt aufgehalten hatte. Falls er nicht zurückkam.

20

Peter hatte gerade das Gespräch mit seinem Chef beendet, als sein Mobiltelefon in der Hosentasche vibrierte. Ein Lächeln breitete sich auf seinem Gesicht aus, während er ihre Nachricht las. Zum Glück war er noch immer allein. Peter tippte eine kurze Antwort und schob das Telefon vorsorglich in die Tasche zurück. Er wollte nicht, dass jemand mitbekam, was sie sich schrieben. Heute Morgen war er mit einem überschäumenden Gefühl aufgewacht, das er seit langer Zeit nicht mehr gespürt hatte. Voller Vorfreude hatte er sich auf die andere Bettseite gedreht, doch Greta war nicht da gewesen. Er hatte das ganze Haus abgesucht. Zuerst hatte er sich Sorgen gemacht, doch dann fand er ihre Nachricht auf dem Küchentisch.

Es war schön. Vielleicht wiederholen wir das bei Gelegenheit. Greta

Das Glücksgefühl hatte einen Dämpfer erlitten, als er auf dem Weg ins Bad an Marions Foto vorbeigekommen war. Zum ersten Mal seit ihrem Tod war sie nicht sein erster Gedanke beim Aufwachen gewesen. Er hatte sich schuldig gefühlt, als hätte er sie heute Nacht betrogen. Natürlich wusste er, wie absurd das war. Trotzdem war er mit schlechtem Gewissen ins Badezimmer geschlichen.

Seine Ankunft auf der Wache hatte für Ablenkung gesorgt, und er hatte beschlossen, seine irrationalen Gewissensbisse auf den Feierabend zu verschieben. Schließlich war es nur ein One-Night-Stand gewesen. Hauke machte das ständig, und es hatte nie etwas zu bedeuten. Er verbot sich das aufkommende Chaos in seinem Kopf und mahnte sich zur Konzentration.

Den Hochsitz, den Philip am Telefon erwähnt hatte, kannte er. Soweit Peter informiert war, wurde er nur noch selten von Jägern benutzt. Das letzte Mal, als er dort gewesen war, schien das morsche Ding bereits auseinanderzufallen. Die Kophusener Jugend traf sich abends dort, um zu trinken und heimlich zu rauchen. Es hatte häufiger Beschwerden von Hundehaltern gegeben, die ihre Runde dort machten und auf leere Glasflaschen gestoßen waren. Der Hochsitz stand am Rand des winzigen und einzigen Waldstücks, das Kophusen besaß. Wenn Philip mit seiner Theorie recht hatte, lag es auf der Hand, dass Ben nur versuchte, sie auf eine falsche Spur zu schicken. Aber war der junge Mann so durchtrieben? Im Grunde kannte er Ben nur vom Sehen. Peter konnte sich nicht erinnern, mit ihm jemals mehr als drei Worte gewechselt zu haben. Anzeichen, dass Ben Droste gewalttätig war oder gar Tiere entführte und kaltblütig tötete, hatte es nicht gegeben. Warum sollte er das auch tun? Peter hatte ihn immer für harmlos gehalten. Ben war bestimmt keiner, der durch das Dorf zog und wehrlose Tiere in Käfige sperrte.

Peter schüttelte diese Gedanken ab und machte sich an die Arbeit. Almas Kurort hatte er bisher nicht in Erfahrung bringen können. Weder den Hausärzten der Gegend noch den einschlägigen Kurkliniken in der Umgebung war sie bekannt. Resigniert schob er den Auftrag beiseite und widmete sich Beate Hintz. Der Skelettfund ließ ihm keine Ruhe. Er wollte unbedingt herausfinden, wer die Leiche dort vergraben hatte und warum. Zuerst nahm er sich die Akte über Ernsts Selbstmord vor. Als er sie erneut aufmerksam durchlas, fiel ihm die Gemeinsamkeit auf. Beates Ehemann hatte sich in genau dem kleinen Waldstück umgebracht, zu dem sein Chef gerade unterwegs war. Konnte das Zufall ein? Ernst hatte den uralten VW Golf so weit wie möglich in das Dickicht gefahren und die Abgase mit einem Schlauch in den Innenraum geleitet. Er war von einer Hundebesitzerin gefunden worden. Zwei Tage später. Den Anblick der Leiche würde Peter nicht vergessen. Beate hatte es gefasst aufgenommen. Sie hatte insgeheim damit gerechnet. Sein Lungenkrebs war bereits weit fortgeschritten gewesen, die Ärzte hatten ihm nicht mehr lange gegeben. Schon zu Beginn seiner Erkrankung habe Ernst gesagt, dass er sich lieber umbringen würde, als im Krankenhaus an Geräten angeschlossen vor sich hinzuvegetieren. Beate schien das zu verstehen.

In Kophusen gab es nicht viele Möglichkeiten, unbemerkt einen Wagen abzustellen. Der einzige Ort, der ihm einfiel, war der kleine Parkplatz am Friedhof, aber jeder wusste, dass der von Trautchen observiert wurde. Die wäre prompt zu dem Auto marschiert und hätte Ernst herausgeschleift. In das Waldstück hingegen verirrten sich nur Jäger, Spaziergänger und neuerdings eben auch die Dorfjugend.

Peter besah sich die Fotos in der Hintz-Akte. Auf einem konnte man im Anschnitt den Hochsitz erkennen. Wenn das kein Zufall war, wie könnten die Ereignisse zusammenhängen? Immerhin lagen elf Jahre dazwischen. Er machte sich eine entsprechende Notiz und klebte einen gelben Klebestreifen an das Foto. Danach rief er das Seniorenheim in Süderau an, in dem Beate seit zwei Jahren lebte. Doch es hob niemand ab.

Ihr Sohn Kai war zunächst in das Haus seiner Eltern gezogen. Laut den Meldedaten war er bis vor einem halben Jahr dort wohnhaft gewesen. Vor Kurzem hatte er das Haus an das Ehepaar Küster verkauft. Offenbar hatte er nichts von der vergrabenen Leiche im Garten gewusst, sonst hätte er die Überreste sicher beseitigt. Es lag also nah, dass die Leiche dort verscharrt worden war, als Beate noch dort gewohnt hatte.

Entgegen Marens Warnung, sich nicht in Dinge einzumischen, die ihn nichts angingen, probierte er es noch einmal. Schließlich war Kophusen sein Revier, ob er nun Schutzpolizist oder Kripo-Beamter war. Als Kophusener zeigte man eben Interesse an dem, was hier geschah, und konnte sich nicht in professionelle Gleichgültigkeit hüllen.

Beim vierten Klingeln nahm eine Frau seinen Anruf entgegen und stellte ihn zur Pflegeleitung durch. Er erfuhr, dass Beate unter einer schweren Demenz leide und eine Unterhaltung mit ihr deswegen nahezu unmöglich sei. Peter hielt einen Seufzer zurück.

»Wenn Sie vorbeikommen und sich ausweisen, gebe ich Ihnen gern die Nummer ihres Sohns. Falls Ihnen das weiterhilft.«

Peter bedankte sich und versprach, demnächst einmal vorbeizuschauen.

Bevor die Identität des Toten nicht geklärt war, konnten sie ihre Ermittlungen nicht weiter eingrenzen. Den Besuch im Seniorenheim würde er nach Feierabend auf eigene Faust unternehmen, sozusagen rein privat, denn schließlich kannte er Beate von früher. Folglich konnte ihm das niemand verbieten. Schon gar nicht diese Maren-Zicke.

Die plötzliche Vibration in seiner Hosentasche ließ ihn zusammenfahren. Hastig zog er das Telefon heraus und warf einen Blick auf das Display. Sie hatte Humor, das musste er ihr lassen. Überhaupt war die Nacht mit ihr erstaunlich gewesen. Er hatte sich in ihrer Nähe frei gefühlt. Die gehörige Portion Haselnussschnaps hatte sicher einen nicht zu unterschätzenden Anteil daran. Aber trotzdem, etwas Vergleichbares hatte er seit Marions Tod nicht mehr erlebt. Er musste mit Sohanraj darüber sprechen. Sein Yogi wäre sicher begeistert.

Bevor er eine Antwort tippen konnte, hörte er den Streifenwagen vorfahren. Hastig suchte er ein passendes Emoji aus – im Unterschied zu früher hießen die gelben Gesichter ja nicht mehr Smileys – und drückte schnell auf Senden. Er kam sich vor wie ein Teenager. Nicht im Traum hätte er gedacht, dass ihm so etwas noch einmal passieren würde. Und ausgerechnet mit Greta Jansen, der Frau, die ihm bisher immer den letzten Nerv geraubt hatte.

Die Tür ging auf und Peter erstarrte. Sein Grinsen fühlte sich unecht an. Wenn er diese Angelegenheit geheim halten wollte, musste er unbedingt an seinen schauspielerischen Fähigkeiten arbeiten.

»Was ist denn mit dir los?«, fragte Hauke auch gleich.

»Nichts, wieso?« Seine Antwort kam zu schnell, das spürte er. Peter versuchte, sich zu entspannen, und ließ die Schultern sinken. »Ich freue mich, dass ihr wieder da seid.«

Hauke blickte ihn misstrauisch an. »Ach ja? Seit wann?«

»Und? Steht die Anlage?«

»Das macht ihr nicht oft, oder?«, lautete Oles Gegenfrage.

Hauke, der mit dem Rücken zu den beiden Externen stand, grinste breit.

»Wenn wir ihm nicht geholfen hätten, wären wir jetzt noch nicht fertig. Der Mann hat zwei linke Hände«, meinte Maren.

»Nun übertreibt aber nicht, ich bin nur etwas ungeschickt.«

Die beiden Gastkollegen warfen sich einen Blick zu, den Hauke zum Glück nicht sehen konnte.

»Wo ist Philip?«, fragte Maren, während sie ihre Jacke über den Bügel hing.

»Der holt was zu essen«, gab Peter zurück.

Maren schaute auf die Wanduhr. »Schon? Es ist gerade mal elf.«

»Intervallfasten«, sagte Peter und hoffte, sie würde das schlucken.

»Wow, ist das jetzt sogar bis nach Kophusen vorgedrungen?«

Peter schluckte seine Abneigung gegen diese Art von Bemerkungen hinunter. Es führte ja doch zu nichts. Stattdessen stand er auf und holte sich einen Kaffee.

»Gute Idee, bringst du mir einen mit?«, rief Ole, der auf dem Weg in Philips Büro war.

»O ja, mir auch«, bat Maren.

»Ich muss neuen aufsetzen, geht ruhig schon mal rüber, ich bringe euch die Becher, sobald er fertig ist«, rief Peter aus der Küche.

Hauke folgte Peter. »Arrogantes Pack«, entfuhr es ihm, als die beiden die Tür hinter sich geschlossen hatten. »Aber ich habe sie ganz schön verarscht. Die haben gedacht, ich bin ein totaler Vollpfosten.« Er kicherte.

Peters Begeisterung hielt sich in Grenzen. Es stand zu befürchten, dass Hauke die vorgefassten Meinungen der zwei Schnösel nur noch bestärkt hatte.

»Lass mich das machen. Meiner schmeckt besser.«

Peter trat bereitwillig beiseite.

»Intervallfasten? Was soll das bitte sein?«, fragte Hauke, während er den Kaffee aufsetzte.

»Davon verstehst du nichts.«

»Zum Glück. Wo ist unser Häuptling wirklich?«

»Bei Droste.«

Hauke hielt abrupt inne. »Was? Spinnt der?«

»Das ist noch nicht alles.«

Peter berichtete ihm von Philips und Brunos Ausflug am Vortag und dass er jetzt gerade auf dem Weg zum Waldstück war.

»Der ist allein mit dem Verrückten?«

»Hauke, bitte! Du musst dringend an deiner Ausdrucksweise feilen. Außerdem ist Hagen Reth dabei.«

»Wir sind uns ja wohl einig, dass er nicht mehr alle Latten am Zaun hat, oder?«

»So kannst du das nicht sagen!«

»Hör mir auf mit deiner Scheiß-Political-Correctness.«

190

»Politische Korrektheit ist gerade in unserem Beruf das A und O.«

»Auf Deutsch hört sich das nicht besser an.«

»Hauke, du bist Staatsbediensteter und musst alle Bürger gleichermaßen beschützen.«

»Das tue ich ja! Wenn jemand dem Bekloppten was tut, werde ich ihn natürlich beschützen. Mach dich mal locker! Wir sind doch unter uns.«

»Erinnerst du dich noch, wo wir Ernst Hintz gefunden haben?«, wechselte Peter das Thema.

Hauke überlegte kurz, dann dämmerte ihm, worauf sein Kollege hinauswollte.

»Du meinst, die beiden Fälle haben etwas miteinander zu tun? Ist das nicht ein bisschen weit hergeholt?«

»Ja, ich gebe zu, dass das eher unwahrscheinlich ist. Aber auffällig finde ich das schon, du nicht?«

Hauke brummte etwas Unverständliches.

»Wenn es stimmt, dass die Tiere von Drostes Hof auf den Hochsitz gebracht worden sind, warum dann ausgerechnet dorthin?«, fragte Peter.

»Weil das die abgelegenste Stelle in ganz Kophusen ist. Wenn du mich fragst, hat der Reth da seine Finger im Spiel. Der ist doch Vollblutjäger. Der weiß, wo sämtliche Hochsitze der Gegend stehen.«

»Aber gerade deswegen würde ich die Tiere an seiner Stelle woanders hinbringen. Wenn sie schon in meinem Haus gesehen worden sind«, überlegte Peter laut.

»Das passt dann wohl eher zu Ben.«

»Nur weil der Mann an einer Autismus-Spektrum-Störung leidet, ist er nicht automatisch dumm. Im Gegenteil!«

»Wenn du mich fragst …«

»Das tue ich aber nicht.«

»Ist ja gut. Eben schienst du noch bester Laune zu sein.«

Sofort musste Peter wieder an Greta denken. Er unterdrückte ein Lächeln und wich Haukes Blick aus.

»Was ist los mit dir? Du verheimlichst mir doch etwas.«

»Was soll ich dir denn verheimlichen?« Das klang selbst in seinen Ohren unglaubwürdig. Peter verließ die Küche und setzte sich wieder an seinen Schreibtisch.

»Das finde ich heraus, mein Lieber«, rief Hauke ihm hinterher, während er der betagten Kaffeemaschine einen hörbaren Schlag versetzte. »Nun mach schon, du Scheißding. Wir haben eine Abmachung, schon vergessen?« Das vertraute Röcheln erklang. »Na also. Geht doch!« Hauke erschien in der Küchentür. »Was soll das überhaupt für ein Fall sein? Warum sollten die beiden die Tiere töten? Sind das perverse Fetischisten, denen dabei einer abgeht, oder was?«

Peter rollte mit den Augen. Sein Freund war unverbesserlich.

»Mal ehrlich, die sind doch kein Sondereinsatzkommando, das durch Kophusen schleicht und Tiere kidnappt, um sie dann zu ermorden!«, sagte Hauke.

»Erinnerst du dich an den Fall vor ein paar Jahren, bei dem die Schafe auf der Weide vergiftet worden sind?«

»Ja.«

»Wir haben den Täter oder die Täterin nie ermitteln können.«

»Muss ich mir diesen Genderquatsch jetzt wirklich jedes Mal anhören?«, stöhnte Hauke.

»Ist es zu viel verlangt, dass du dich weiterentwickelst?«

»Ich muss nicht auf jeder neuen Sau reiten, die du durchs Dorf treibst.«

Peter war versucht, seinem Kollegen einen Vortrag über die Bedeutung von Sprache in ihrer zivilisatorischen Entwicklung zu halten, doch er unterdrückte den Impuls. Hauke war nicht dumm, nur stur und bequem dazu. Stattdessen nahm Peter das zweiseitige Handout aus seiner Schublade, das sie von der Pressestelle der Landespolizei bekommen hatten, und schob es ihm über den Schreibtisch.

»Da. Lies. Ich spare mir den Atem.«

Hauke schnappte sich das Blatt und überflog die dienstliche Anweisung zum Thema gendergerechte Sprache. »Kenn ich schon.«

»Aber offensichtlich hast du es nicht verinnerlicht.«

»Seit Jahr und Tag rede ich so, das lässt sich nicht mir nichts, dir nichts abschaffen.«

»Dann versuch es doch wenigstens. Gerade du!«

»Was soll das denn schon wieder heißen?«

»Dein Frauenbild ist gelinde gesagt eine Katastrophe, Hauke.«

»Moment mal, ja? Ich spiele immer mit offenen Karten. Wenn jemand ein Problem mit dem anderen Geschlecht hat, dann ja wohl die Frauen. Immer wenn ich es ernst meine, servieren die mich eiskalt ab.«

»Wenn du dich in die falschen Frauen verliebst, bist du selber schuld. Insgeheim bist du immer noch nicht über Hilke hinweg, wenn du mich fragst. Deswegen bist du mit dem weiblichen Teil der Bevölkerung auf Kriegsfuß.«

»Lass meine Ex-Frau aus dem Spiel, ja!«

Peter machte ein vielsagendes Gesicht, woraufhin Hauke lautstark schnaubte. Sein Kollege konnte so lange protestieren, wie er wollte, Peter wusste, dass er mit seiner Einschätzung richtiglag. Seit der Scheidung hatte sich bei Hauke dieser ungesunde Lebensstil eingebürgert. Jedes Mal, wenn er eine ernsthafte Beziehung eingehen wollte, hatte er sich die falsche Frau dafür ausgesucht. Wenn das nicht krankhaft war, was dann?

Beleidigt wandte Hauke sich seinem Rechner zu. Im Grunde seines Herzens wusste er bestimmt, dass Peter recht hatte. Sein bester Freund war klug genug, auch wenn er gern den Eindruck des Gegenteils erweckte. Das war reine Bequemlichkeit. Auf diese Weise ging er übersteigerten Erwartungen aus dem Weg. Eigentlich war Hauke ein schmucker Kerl, dachte Peter, während er ihn heimlich begutachtete. Er trainierte regelmäßig und hielt sich in Form, was mit Blick auf seine fleischlastige Ernährungsweise auch dringend nötig war. Plötzlich kam Peter eine Idee. Wenn Hauke selbst keine passende Frau fand, warum übernahm er das nicht für ihn? Schließlich kannte Peter ihn in- und auswendig. Er hatte doch ein Händchen für solche Dinge. Als das Bild eines Doppeldates vor seinem geistigen Auge erschien, erschrak er. Gott, war es schon so weit mit ihm, dass er sich Greta als seine Partnerin vorstellen konnte? Hastig schüttelte er den Gedanken ab, bevor er sich in seinem Kopf einnisten konnte. Stattdessen überlegte er, wo man heutzutage eine passende Frau fand. Die meisten suchten sicher online nach der großen Liebe. Konnte er nicht ganz altmodisch eine Anzeige aufgeben? Andernfalls musste er ein Foto von Hauke ins Netz stellen. Die Gefahr, dass jemand ihn erkannte und im schlimmsten Fall darauf ansprechen würde, war groß. Hauke war schließlich kein Unbekannter in der Gegend. Nein, das war zu riskant. Er würde eine Chiffre-Annonce aufgeben und sich die Briefe zuschicken lassen. Oder besser, eine E-Mail-Adresse dafür einrichten. Das war doch etwas zeitgemäßer. Beschwingt feilte er in Gedanken schon an dem Text.

»Was heckst du in deinem Oberstübchen aus, he?«, riss Hauke ihn aus seinen Überlegungen.

»Was?« Peter fühlte sich ertappt.

»Ich kenne dich. Das ist dein ›Ich habe einen Plan‹-Gesicht.«

»Ach, ich habe nur an Ben denken müssen.« Peter schob sein Dossier vors Gesicht und verbarg sein breites Grinsen. Hauke würde schon bald bis über beide Ohren verliebt sein. Und dieses Mal in die richtige Frau. Dafür würde er sorgen.

21

Hagen Reth hatte den Wagen am Anfang des Waldstücks geparkt, und sie waren zu Fuß weitergegangen. Von Ben angeführt, schlugen sie sich durch das Dickicht, bis sie zu dem Hochsitz gelangten. Das vierbeinige Gerüst bestand aus grün bemalten Holzbalken, die mit Querverstrebungen stabilisiert worden waren. Goldberg schätzte die Höhe auf mindestens drei Meter. Eine Sprossenleiter führte nach oben.

Der Kommissar mochte diese Konstruktionen nicht besonders. Ihm war das Jagen suspekt, obwohl er wusste, dass die Tiere, die er aß, getötet werden mussten. Sein Verhältnis dazu war sehr ambivalent. Umso mehr bewunderte er Peters konsequente Einstellung dazu. Seit Neuestem verzichtete er ganz auf Fleisch und Fisch. Sicher hatte ihn sein Yogi Sohanraj dazu inspiriert. Goldberg hatte Respekt vor dessen veganer

Ernährungsweise. Er selbst war zu schwerfällig, um sich einer solchen radikalen Veränderung zu unterziehen, und außerdem aß er ohnehin nicht viel. Seine Magenprobleme hatten sich nicht wesentlich verbessert. Und beim Arzt war er immer noch nicht gewesen, obgleich er es Magda hoch und heilig versprochen hatte.

Der Hochsitz machte keinen sehr gepflegten Eindruck. Mit der Hand strich der Kommissar über einen splittrigen Balken. Das Holz verwitterte vor sich hin und niemanden schien das zu kümmern.

Ben blieb stehen und schaute ihn an.

»Soll ich raufsteigen?«, fragte Goldberg.

Ben nickte. Kurz überschlug der Kommissar seine Optionen. Sie würden ihm nichts antun. Seine Kollegen wussten, wo er sich befand und vor allem in welcher Gesellschaft. Also erklomm er die Leiter. Der unverkennbare Geruch trieb ihm in die Nase. Das summende Geräusch der Fliegen verhieß nichts Gutes. Als sein Kopf das Innere des Hochsitzes erreichte, sah er die Käfige. Goldberg war kein besonders großer Tierliebhaber, aber dieser Anblick löste selbst in ihm eine Welle des Mitgefühls aus. In einem der Käfige saß ein Huhn, das sich den Platz zusammen mit einem Kaninchen teilen musste. Das Blut war verkrustet. In einem weiteren erkannte er Hilde und Murle. Sie sahen nicht gut aus. Das Fell war blutverkrustet. Woher es kam, konnte er auf den ersten Blick nicht ausmachen. In dem größten Käfig tummelten sich zahlreiche Fliegen um mehrere Tierkadaver. Im letzten Käfig befanden sich zwei Hunde, dessen Fell zum Teil fehlte. Es konnten nicht alle Tiere sein, die als vermisst gemeldet waren. Wo war der Rest abgeblieben?

Goldberg fischte sein Telefon aus der Tasche und bat Dr. Holthusen herzukommen. Danach gab er auf der

Wache Bescheid und beauftragte seine Beamten, Bruno mitzubringen, den er im Anschluss informierte.

»Was ist denn da oben los?«, fragte Reth ungeduldig.

»Helfen Sie mir«, erwiderte Goldberg und griff nach dem ersten Käfig.

Ben schaute ihnen unbeteiligt zu.

»Warum hast du uns nicht Bescheid gesagt?«, entfuhr es Goldberg, während er die Käfige Reth nach unten reichte.

»Hab ich doch«, entgegnete Ben.

»Seit wann weißt du davon?«

»Heute Morgen habe ich sie entdeckt.«

Goldberg unterdrückte die Frage, warum er nicht sofort angerufen oder sich wenigstens an Reth gewandt hatte. Ihm war nicht klar, wie eingeschränkt sein Geist wirklich war. Entweder war ihm der Gedanke, Hilfe zu holen, tatsächlich nicht in den Sinn gekommen oder aber Ben selbst hatte die Tiere und Kadaver hierhergeschafft, um sie loszuwerden. Empfand der junge Mann kein Mitleid? War es möglich, dass er zu solchen Gefühlen nicht in der Lage war? Sie mussten dringend mit seiner Mutter sprechen. Wenn Ben diese Tiere gestohlen und zum Teil getötet hatte, wollte er verstehen, warum.

»Wie schlimm ist es?«, fragte Goldberg.

»Die beiden Hunde und das Kaninchen sind tot«, sagte Reth und streichelte einem Dackel behutsam über den Kopf. »Aber die beiden Katzen leben noch. Das Blut scheint nicht von ihnen selbst zu stammen.«

Den Kommissar durchflutete eine Woge der Erleichterung. »Und das Huhn?«

Goldberg betrachtete das Huhn, das neben dem toten Kaninchen kauerte. Den Kopf hatte es unnatürlich nach oben gereckt, als hätte es sich den Hals verrenkt. Das Gefieder war voller Blut.

»Sieht nicht gut aus.« Reth hob es aus dem Käfig und drehte ihm kurzerhand den Hals um. »Tut mir leid, aber das Tier hat sich nur gequält.«

Der Kommissar wandte den Blick ab. Zimperlich war Hagen Reth jedenfalls nicht.

»Hast du jemanden bei den Tieren gesehen?«, fragte Goldberg Ben, der sichtlich nervös war.

Er nickte.

Der Kommissar unterdrückte seine Ungeduld. »Wen hast du gesehen?«

»Zwei Männer«, stieß Ben aufgeregt hervor.

»Kannst du sie beschreiben?«

Bens Blick fixierte einen Punkt im Dickicht.

»Wir sollten die Ruhe bewahren, Herr Goldberg«, ging Reth dazwischen. »Stress ist nicht gut für ihn. Dann wird er nur noch schweigsamer.«

»Verstehe.«

Goldberg hätte jetzt gern eine Zigarette geraucht, dabei hatte er diese Angewohnheit bereits vor etlichen Jahren aufgegeben. Mühsam versuchte er, sich zu beherrschen. Der Druck der letzten Tage lastete schwer auf ihm.

Holthusen hatte die Tiere auf seinen Pick-up geladen und befand sich auf dem Weg in die Praxis. Goldberg hatte ihn gebeten, ihn zu benachrichtigen, sobald er die Tiere untersucht hatte. Hagen Reth war zusammen mit Ben nach Hause gefahren. Angesichts von Bens Verfassung, war Goldberg nichts anderes übrig geblieben, als sie ziehen zu lassen. Er glaubte ohnehin nicht, dass er viel aus dem jungen Mann herauskriegen würde. Zurück blieben Hauke mit den beiden externen Kollegen, Bruno und Goldberg. Gemeinsam hatten sie die nähere Umgebung des Hochsitzes erfolglos durchkämmt. Die Spurensicherung würde deswegen nicht anrücken.

»Und?«, fragte Goldberg Bruno von unten, der die Plattform genauer in Augenschein nahm.

»Jede Menge Blutspuren.«

»Nichts weiter?«

»Ohne meine Ausrüstung bin ich aufgeschmissen.«

»Wäre auch zu schön gewesen.«

»Philip? Bruno?« Haukes Ruf ließ sie beide aufschrecken. »Kommt mal her.«

Die beiden Männer fanden ihren Kollegen im Dickicht am Boden hockend.

»Seht euch das an. Frische Reifenspuren. Wenn ihr mich fragt, gehören die zu einem ziemlich schweren Auto. Könnte ein Geländewagen oder ein SUV sein.«

»Ja, da stimme ich dir zu«, bestätigte Bruno. »Die sind noch nicht alt. Der Boden ist feucht.«

Offensichtlich war der Wagen von dem landwirtschaftlichen Weg gekommen. Die Wahrscheinlichkeit, dass jemand das Fahrzeug gesehen und sich das Nummernschild gemerkt hatte, war gleich null. Die nächsten Häuser waren einige Hundert Meter entfernt. Das konnten sie vergessen. Goldberg seufzte. Wenn es stimmte, dass Ben zwei Männer beobachtet hatte, dann hatten sie es vielleicht doch mit Tierfängern zu tun. Aber warum sollten sie die Tiere töten? Nein, das ergab keinen Sinn. Außerdem erklärte das nicht den Verwesungsgeruch aus dem Keller und Katharina Ludwigs Aussage.

Goldberg zückte sein Mobiltelefon und rief auf der Wache an.

»Peter, ich bin es. Kommst du an die Krankenakte …«
Weiter kam er nicht, der Kollege unterbrach ihn mitten im Satz.

»Wie geht es Hilde und Murle?«

»Holthusen kümmert sich um sie. Er sagt uns Bescheid, sobald er sie untersucht hat.«

»Hoffentlich packen sie's.«

»Ich will nicht unsensibel erscheinen, aber ich möchte so schnell wie möglich einen Blick in die Krankenakte von Ben Droste werfen. Kriegst du das hin?«

»Puh, ich kann es versuchen, aber das sieht eher mau aus.«

»Probier es. Ich will wissen, wie eingeschränkt der Mann wirklich ist. Und dann finde heraus, wo Alma Droste ihre Kur verbringt. Ich will mit ihr reden. Und zwar so bald wie möglich!«

»Okay.«

»Danke. Und lass Rosi wissen, dass ihre beiden Schützlinge am Leben sind.«

»Das ist der erste Anruf, den ich mache.«

Gerade als Goldberg das Mobiltelefon wieder in die Hosentasche gleiten ließ, vibrierte es.

»Goldberg.«

Der Kommissar brauchte einen Augenblick, um zu begreifen, wer da am anderen Ende sprach. Die Frau, die sich ihm als Cornelia Francke vorstellte, redete langsam und sehr behutsam mit ihm. Allerdings täuschte ihr Tonfall nicht über die Tatsache hinweg, dass dieser Anruf vielleicht das Ende seiner Polizeilaufbahn bedeutete.

22

Hauke war heute Morgen aus dem Bett gefallen. Besser gesagt, Peter hatte ihn aus dem Bett geklingelt und ihm geradezu befohlen, ihren Chef einzusammeln und zu einem gewissen Steve Köhnke zu fahren. Peter hatte in aller Herrgottsfrühe mit Lara Teichmann gesprochen. Ein Mädchen, das ihre Freizeit am liebsten auf Friedhöfen und in Krematorien zubrachte. Er erinnerte sich gut an diesen Grufti. So hießen diese Leute zu seiner Zeit. Er war mit Laras Onkel zusammen zur Schule gegangen und kannte auch ihre Mutter. Peter hatte die Clique Jugendlicher abgeklappert, die regelmäßig am Hochsitz abhingen. Lara hatte Peter berichtet, dass einer ihrer Kumpel von einem Mann erzählt hatte, den er bei einem nächtlichen Spaziergang am Hochsitz gesehen hatte. Hauke hoffte nur, dass dieser Steve nicht auch so ein nekrophiler Spinner war wie Lara.

Peter hatte Philip nicht erreichen können. Offensichtlich schlummerte der Mann noch selig in den Armen seiner Freundin.

Magda wohnte in Kollmar. Die beiden Turteltauben verbrachten die meiste Zeit in ihrem kleinen Häuschen direkt hinter dem Deich. Hauke klopfte. Als niemand öffnete, drückte er den Klingelknopf bis zum Anschlag. Ein ohrenbetäubendes Geräusch erklang, das selbst Tote geweckt hätte. Nach einigen Sekunden hörte er Schritte. Die Tür öffnete sich und Philip stand vor ihm. Hauke grinste. In der Eile hatte sein Chef sich den rosafarbenen Bademantel seiner Freundin übergeworfen.

»Hauke, was soll das?«

»Guten Morgen«, begrüßte er ihn übertrieben freundlich und setzte sein anzüglichstes Lächeln auf. »Störe ich den Herrn Kommissar etwa bei morgendlichen Aktivitäten?«

»Ist das wirklich dein Ernst?«, fragte Philip und sah ihn aus müden Augen an.

Statt eine morgendliche Nummer zu schieben, hatte ihr Vorzeigepärchen wohl tatsächlich geschlafen.

»Tut mir leid. Aber ich habe meine Anweisungen von unserem Bürohengst.«

Philip ließ einen tiefen Seufzer erklingen. »Wie spät ist es?«

»Halb acht.«

»Was? So spät?«

»Was meinst du, warum ich hier bin? Peter konnte dich nicht erreichen.«

»Mist. Magda hat heute frei und ich habe wohl vergessen, den Wecker zu stellen. Ich habe eine schlaflose Nacht hinter mir.«

»Dass ich das noch erleben darf. Unser sonst so vorbildlicher Chef hat verschlafen.« Hauke lachte.

»Komm rein und gib mir fünfzehn Minuten. Ohne einen Espresso kann ich nicht denken.«

Während sein Chef die Espressomaschine anwarf – ein altes Ding, dessen Namen Hauke sich partout nicht merken konnte –, ließ Hauke sich am Küchentisch nieder.

»Du rührst sie nicht an. Ich bin gleich wieder da.«

»Magda oder deine Kaffeemaschine?«

»Beide.«

Brav blieb Hauke sitzen und lauschte dem Brausen der Dusche nebenan. Ein Gefühl der Wehmut beschlich ihn plötzlich. Die freien Samstagvormittage fielen ihm ein, die er mit Hilke verbracht hatte. Wie schön war es gewesen, gemeinsam zu frühstücken und danach mit ihr einkaufen zu gehen. Im Sommer hatten sie immer einen Abstecher auf den Buttermarkt in Elmshorn gemacht, wo es die leckeren Pferdewürstchen gab. Daran hatte er lange nicht mehr gedacht. Verstimmt schob er die Erinnerung beiseite. Das könnte er ebenso gut alleine tun, dachte er trotzig. Dazu brauchte er keine Frau.

Das laute Zischen des Metallmonstrums neben ihm ließ ihn zusammenzucken. Warum konnte man seinen Kaffee nicht einfach wie jeder normale Mensch mit einer Kaffeemaschine kochen? Warum musste es immer dieser Schnickschnack sein? Er schnaubte leise und wechselte sicherheitshalber den Platz. So wie die vor sich hin wütete, würde sie ihm möglicherweise gleich um die Ohren fliegen.

In dem Moment betrat Magda die Küche. Sie trug einen leichten Pyjama, der an ihr ganz passabel aussah.

Sie war eine attraktive Frau. Die braunen Haare hatte sie zu einem Pferdeschwanz gebunden.

»Guten Morgen, Hauke.«

»'tschuldige die Störung, aber unser werter Herr Chef hat verpennt. Deshalb musste ich ihn rausklingeln.«

»Ja, war nicht zu überhören.«

Sie machte sich an diesem Monstrum zu schaffen. Als Philip mit einem Handtuch um die Hüften reinkam, goss Magda die bittere Flüssigkeit in eine dieser winzigen Tassen. Das war gerade mal ein Schluck für den hohlen Zahn. Hauke schüttelte den Kopf, enthielt sich aber eines Kommentars.

»Oh, gut, ich dachte schon, Hauke versucht sein Glück.«

»Keine Angst, ich fasse dieses Ungeheuer nicht an.«

»Möchtest du auch einen?«, fragte Magda.

»Nee, ich trinke lieber richtigen Kaffee.«

»Perlen vor die Säue«, meinte Philip und gab Magda einen Kuss, während sie ihm die Tasse reichte. »Bin gleich so weit, Hauke.«

»Keinen Stress, es wartet ja nur die interne Dienstaufsicht auf uns.«

Ohne ein weiteres Wort verschwand sein Chef nach oben. Magda setzte sich zu ihm.

»Hast du es schon gehört?«, fragte sie.

»Du meinst die Vorladung zur amtsärztlichen Untersuchung?«

Sie nickte.

»Mach dir deswegen keine Sorgen. Der Mann ist fitter als wir alle zusammen.«

»Es ist nicht nur das.«

Hauke horchte auf. »Wieso? Was denn noch?«

»Sein Magen. Er isst immer noch so unregelmäßig.

Aber er geht einfach nicht zum Arzt, obwohl er es mir versprochen hat.«

»Dann hat diese Untersuchung vielleicht doch etwas Gutes. Da kann er sich wenigstens nicht mehr drücken.«

»Ja.« Sie blickte betrübt aus dem Fenster in den Garten.

»Glaubst du, dass es etwas Schlimmes ist?«, fragte er leise.

»Ich weiß es nicht. Er spricht ja nicht darüber.«

»Nun warte mal ab. Es bringt überhaupt nichts, sich deswegen verrückt zu machen. Philip ist hart im Nehmen.«

Magda seufzte.

»Was hast du heute vor?«, fragte er, um sie von diesem Thema abzulenken.

»Auf mich wartet ein toller Roman über eine schwierige Vater-Sohn-Geschichte.« Sie deutete auf das rote Buch, das auf dem Tisch lag.

Auf dem Cover war ein Mann zu sehen, der sich trotz des heftigen Luftwirbels zu einem kleinen schwarzen Ventilator hinabbeugte. Er hatte keine Ahnung, was das bedeuten sollte.

»Arbeitest du auch mal nicht?«

Es war ihm schleierhaft, wie man sich den ganzen Tag im Buchladen die Beine in den Bauch stehen und nach Feierabend die schweren Dinger mit nach Hause schleppen konnte, um sie in seiner Freizeit zu lesen. Und daran auch noch Spaß haben konnte.

»Es ist toll.«

»Aha.«

Philip kam hastig die Treppe herunter und Hauke stieß einen leisen Pfiff aus. »Wo willst du denn hin?«

»Kann ich meinen Kollegen nicht einmal meinen Anblick versüßen?«

»Ich stehe auf Frauen, falls du das vergessen hast.«

»Ich auch.« Sein Chef küsste Magda zum Abschied auf den Mund. Das war wirklich herzerweichend. Diskret wandte Hauke den Blick ab.

Steve Köhnke wohnte in der Siedlung, in der Beate Hintz gelebt und möglicherweise sogar eine Leiche entsorgt hatte. Als sie an dem Haus vorbeifuhren, erblickten sie die Absperrbänder rund um das Grundstück. Offenbar ruhten die Abrissarbeiten immer noch.

Hauke parkte den Wagen direkt vor dem schmucken Einfamilienhaus der Köhnkes und einige Minuten später standen sie in einem Zimmer unter dem Dachboden. Hauke hatte Mühe, seine Gesichtszüge zu kontrollieren. Sämtliche Wände des Zimmers waren schwarz gestrichen. Selbst die Decke. Es wirkte, als kämen die schrägen Wände immer näher. Der Schreibtisch des Siebzehnjährigen war übersät mit einer Sammlung von Totenköpfen. Kleine, große, sogar bunt bemalte Dinger mit glitzernden Strasssteinen grinsten ihm entgegen. Neben dem Fenster prangte ein riesiges Plakat einer Band namens *The 69 Eyes*. Hauke hatte nie von ihnen gehört. Aber sie schienen der Rockmusik anzugehören. Es erinnerte ihn an die früheren *Kiss*-Plakate, die in seinem Jugendzimmer gehangen hatten. Vielleicht waren sie doch nicht so verschieden.

»Darf ich Steve sagen?«, fragte Philip.

»Klar.«

»Deine Freundin Lara hat uns gesagt, dass dir etwas bei dem alten Hochsitz aufgefallen ist.«

Er nickte. »Sie hat mich schon vorgewarnt, dass ihr kommen würdet.«

Seit wann duzte man einen Erwachsenen, noch dazu einen Polizisten, dachte Hauke, hielt aber den Mund, denn Philip schien das nicht zu stören.

»Wir halten dich nicht lange auf. Uns interessiert, was dir dabei aufgefallen ist.«

»Ich habe Zeit, heute ist mein freier Tag.«

Philip nickte. »Also?«

Steve ließ sich auf seinen Schreibtischstuhl plumpsen. Der Junge war schlaksig und groß. Seine schwarzen Haare standen wirr vom Kopf ab. Entweder hatte er noch keine Zeit gehabt, sie zu kämmen, oder es gehörte zu seinem Stil.

»Wir hängen da oft ab. Gibt hier ja nicht viele Plätze, um zu chillen.«

»Und weiter?«, hakte Philip nach.

»Gestern Nacht hatte ich einen Traum. Das war echt crazy. Ich bin also raus zum Hochsitz und wollte …« Er stockte kurz und grinste. »Egal, es war Vollmond, da schlafe ich schlecht. Jedenfalls, als ich ankomme, steht da so ein alter Geländewagen. Mit Ladefläche. Dann habe ich einen Mann gesehen, mit einer Lampe auf dem Kopf. Es war dieser Typ, der ständig durch Kophusen schleicht. Wir nennen ihn Louis Cyphre, wie aus *Angel Heart*. Kennt ihr den?«

Philip schüttelte geduldig den Kopf.

Wie charmant, dachte Hauke und konnte nicht anders, als sich Ben mit Teufelshörnern und Pferdefuß vorzustellen.

»Solltet ihr euch unbedingt ansehen. Geiler Film!«

Dass ein Junge in seinem Alter den Streifen aus den Achtzigern kannte, erstaunte Hauke. Wahrscheinlich gab es eine Must-See-Playlist in der Szene, die man als ordentlicher Grufti abzuarbeiten hatte.

»Und da bist du dir sicher?«, fragte Philip.

»Ja. Klar.«

»Was glaubst du, hat er da gewollt?«

»Keine Ahnung.«

»Hatte er etwas bei sich? Ein Gewehr vielleicht?«

»Nee, ich hab jedenfalls keins gesehen.«

»Hat er irgendetwas gesagt oder getan?«, erkundigte sich Philip.

»Der spricht doch mit niemandem.«

»Was ist dann passiert?«, mischte sich Hauke ein.

»Ich wollte mir gerade einen anderen Platz zum Chillen suchen, da tauchte noch ein Wagen auf.«

»Was für ein Wagen?«, fragte Hauke.

»Konnte ich nicht erkennen. Der ist einfach nur auf dem Weg entlanggefahren, vielleicht eine nächtliche Spritztour. Zwei Typen saßen drin. Louis Cyphre haben die offenbar nicht gesehen. Keine Ahnung, wer das war. Ich dachte erst, das wärt ihr gewesen.«

»Was geschah dann?«

»Nichts. Der zweite Wagen verschwand und da bin ich abgehauen. Ich wollte ja …«, er machte eine Pause und grinste, »chillen.«

»Wann war das genau?«, erkundigte sich Philip.

»Gestern. Gegen elf.«

»Steve, du sagst, ihr haltet euch dort öfter auf. Ist euch in letzter Zeit etwas aufgefallen? Etwas, das anders war als sonst?«

Der Junge überlegte kurz. »Nö.«

Philip gab ihm seine Visitenkarte und sie verabschiedeten sich. Als sie draußen standen, atmete Hauke tief ein, um die gruselige Atmosphäre dieses Jugendzimmers von sich abzuschütteln. Kaum hatte er seine Schachtel Zigaretten in der Hand, klingelte sein Telefon. Peter war am Apparat und berichtete ihm von einem Notruf, der soeben eingegangen war. Ein Passant hatte auf der Landstraße Richtung Glückstadt eine riesige Blutlache entdeckt.

»Ihr solltet da gleich vorbeifahren. Der Mann, der den Notruf abgesetzt hat, wartet auf euch.«

»Eine Blutlache?«, wiederholte Hauke leicht angewidert.

»Nun beeilt euch.«

»Wo sind Maren und Ole?«

»Nebenan.«

»Gut, da sollen sie auch bleiben.« Er legte auf und weihte Philip in ihren nächsten Schritt ein.

»Hast du eine Idee, wer die beiden im Auto gewesen sein könnten?«, fragte sein Chef, der in Gedanken immer noch bei letzter Nacht war.

Hauke zuckte mit den Schultern. »Vielleicht ist das schon unsere neue Bürgerwehr auf Streife gewesen? Oder unser Freund hatte einen Drogentraum. Der hat garantiert einen Joint geraucht.«

»Gut möglich, dass die Bürgerwehr nachts umherstreift«, kommentierte Philip und stieg in den Wagen.

Keine zehn Minuten später entdeckten sie den Passanten, der am Straßenrand stand und wild gestikulierte. Hauke stoppte den Wagen und schaltete den Warnblinker ein.

Der Mann berichtete ihnen, dass er auf seinem allmorgendlichen Spaziergang das Blut entdeckt habe. Hauke nahm seine Personalien auf und entließ den Zeugen, der sich nur widerwillig entfernte. Der Gehweg grenzte an einen der ortstypischen Entwässerungsgräben.

Auf der Straßenseite war Philip noch immer über den roten Fleck gebeugt.

»Sollen wir Bruno rufen?«

»Nein, gleich die Spurensicherung. Das Blut muss untersucht werden. Bruno hat seine Ausrüstung nicht hier.«

»Ganz schön viel für ein verletztes Reh«, bemerkte Hauke, nachdem er die Kollegen angefordert hatte.

»Das war kein Wildunfall. Siehst du? Da unten hat sich ein dunkler See aus geronnenem Blut gebildet.«

»Das ist ja ekelhaft.«

»Wenn es überhaupt ein Unfall war.«

»Was? Willst du etwa andeuten, dass hier jemand einen Menschen abgemurkst hat? Wo ist dann die Leiche?«

»Mitgenommen?«

»Ach, hör auf. Vielleicht ist die verunfallte Person schon längst im Krankenhaus. Und hoffentlich war das kein missglückter Unfall von Alfreds Liste.«

»Wann kommen die Kollegen?«

»Die brauchen mindestens eine Stunde.«

»Du wartest hier. Ich nutze die Chance und fahre zu Kai Hintz.«

»Na toll.«

»Stell dich nicht so an. Wenn wir unsere Wachhunde schon mal los sind, dann sollten wir das nutzen.«

»Ich will nur einmal Chef sein. Dann kann ich auch die spannenden Sachen machen«

»Lieber nicht. Dann wäre unsere Station schon lange zu.«

Hauke nahm die Absperrbänder aus dem Kofferraum und ließ Philip davonfahren.

23

Es war schwieriger als gedacht. Peter hatte den Radius
der Arztpraxen erweitert, aber ohne Erfolg. Die in
Kremperheide war laut der Bandansage zurzeit im
Urlaub, aber auch bei der angegebenen Vertretung
hob niemand ab. Hagen Reth konnte er ebenso wenig
erreichen. Für den Moment kam er da nicht weiter.
Gestern nach Feierabend war er im Seniorenheim
vorbeigefahren und hatte Beate Hintz »rein privat«
besucht. Das Gespräch hatte nichts gebracht. Sie
sprach nur wirres Zeug und konnte keine seiner Fragen
beantworten. Daraufhin hatte er sich von der Stations-
leiterin die Nummer von Kai Hintz geben lassen. Der
Mann war Architekt und wohnte inzwischen in
Glückstadt. Er hatte ihn anrufen wollen, doch Philip
wollte das heute Morgen lieber persönlich erledigen.

Es wurmte ihn, dass sie nicht weiterkamen. Er brauchte dringend einen Kaffee. Als er am Fenster vorbeikam, registrierte er eine Bewegung aus dem Augenwinkel. Er blieb stehen und schaute hinaus. Verdutzt erblickte er Lena Krause, die auf jemanden zu warten schien. Peter überfiel sofort ein ungutes Gefühl. Gerade als er zur Tür gehen wollte, bemerkte er zwei weitere Personen, die direkt auf die Tierschützerin zusteuerten. Entschlossen, dem Treiben ein schnelles Ende zu setzen, öffnete er die Glastür.

»Kann ich Ihnen helfen?«, fragte er bemüht freundlich.

»Polizeihauptmeister Brandt, oder?«, fragte Lena Krause.

»Ja. Darf ich fragen, was Sie hier tun?«

»Wir möchten auf die verschwundenen Tiere aufmerksam machen.«

»Ich denke, Sie haben Ihren Standpunkt an der Kirche sehr deutlich gemacht.«

Mit Sorge sah Peter drei weitere Personen, die sich von der anderen Seite näherten. Einige von ihnen trugen Transparente.

»Wir möchten noch einmal auf die Dringlichkeit dieser Sache hinweisen.«

»Das ist sehr nett, Frau Krause. Wir sind uns der Dringlichkeit durchaus bewusst.«

»Gibt es Neuigkeiten?«

»In der Tat. Wir konnten bereits einige der vermissten Tiere finden. Sie sind zurzeit beim Tierarzt in Behandlung.«

»Und die Täter? Haben Sie die auch schon gefasst?«

Peter schluckte seine aufkeimende Wut über so viel Unverfrorenheit herunter. »Wir ermitteln in sämtliche Richtungen und gehen verschiedenen Hinweisen nach.«

»Also nicht?«

In dem Moment hörte er die Tür hinter sich. Ole und Maren steckten ihre Köpfe aus Philips Büro. Das hatte ihm gerade noch gefehlt. Inständig hoffte er, dass Alfred diesen Aufruhr organisiert hatte und über einen Plan B verfügte. Wenn nicht, war das ein ziemlich schlechter Zeitpunkt, jetzt, wo er allein war. Philip konnte er nicht zu Hilfe rufen und Hauke musste auf die Spurensicherung warten.

»Was ist denn hier los?«, fragte Ole und blickte auf die wachsende Ansammlung von Tierschützern.

»Wir möchten unserer Sorge Ausdruck verleihen«, erwiderte Lena Krause. »Was unternehmen Sie zum Schutz der anderen Tiere?«

»Wie stellen Sie sich das denn vor?«, fragte Peter in der Hoffnung, sie zu besänftigen.

»Sie könnten präsenter sein. Mehr Streife fahren.«

»Frau Krause, wir haben nur einen Streifenwagen. Ich glaube, Sie überschätzen unsere personellen Kapazitäten.«

»Dann fordern Sie eben Verstärkung an.«

Peter unterdrückte ein Stöhnen. Stattdessen lächelte er. »Einen guten Tag noch.«

»Und jetzt?«, fragte Maren, nachdem er die Tür geschlossen hatte.

»Mit etwas Glück ziehen die von alleine wieder ab, wenn wir sie ignorieren«, antwortete Peter.

»Du kannst die doch nicht einfach die Wache blockieren lassen«, gab Ole zu bedenken.

»Und was soll ich eurer Meinung nach tun? Sie alle festnehmen? Ich bin allein, schon vergessen?«

»Wir sind ja auch noch da«, erwiderte Maren. »Ich finde, man sollte diesen selbst ernannten Tierschützern die Grenzen aufweisen.«

»Kaffee?«, fragte Peter.

»Du hast ja die Ruhe weg.«

»Jetzt warten wir mal ab, wie sich das da draußen entwickelt. Vielleicht verschwinden die schnell wieder und alles ist gut.«

Maren warf einen Blick aus dem Fenster. »Ich glaube, die fangen gerade erst an.«

Goldberg folgte der handschriftlichen Wegbeschreibung, die Peter für ihn angefertigt hatte. Der Kommissar war kein Technikfreak und verzichtete auf ein Navi. Außerdem wollte er sein Gehirn in Bewegung halten. Seiner Meinung nach würde die Menschheit in ein paar Jahrzehnten nur noch aus tumben Trotteln bestehen, weil Maschinen ihnen das Denken vollständig abgenommen hatten. Er parkte den Streifenwagen vor einem der Mehrfamilienhäuser direkt am Hafen. Es war eines dieser historischen Gebäude, die er bei jedem Spaziergang in Glückstadt bewunderte.

Kai Hintz war verhältnismäßig klein. Er führte Goldberg die breite Holztreppe hinauf in seine Wohnung, die im ersten Stock lag. Sie nahmen im Arbeitszimmer Platz, dessen Fenster direkt auf den kleinen Hafen zeigte.

»Was kann ich für Sie tun?«, fragte der Architekt.

»Erst einmal vielen Dank, dass Sie mich empfangen. Es geht um das Haus in Kophusen, das Sie vor Kurzem verkauft haben.«

»Stimmt etwas nicht damit?«

»Die Kollegen von der Kripo waren noch nicht bei Ihnen?«

»Nein. Was ist denn passiert?«

»Die neuen Eigentümer haben den Abriss des Hauses in

Auftrag gegeben, und dabei sind Knochen gefunden worden. Es handelt sich um ein menschliches Skelett. Wir nehmen an, dass jemand eine Leiche in Ihrem früheren Garten vergraben hat. Und da das einige Jahre zurückliegen muss, fragen wir uns, ob Sie etwas davon wissen.«

Kai Hintz starrte ihn mit offenem Mund an. Geduldig wartete Goldberg, bis der dunkelhaarige Mann vor ihm seine Sprache wiedergefunden hatte.

»Aber das ist nicht möglich. Wer soll das gewesen sein?«, fragte er.

»Wir dachten, dass Sie uns behilflich sein könnten, das herauszufinden«, erwiderte Goldberg.

»Wie jetzt? Glauben Sie, ich habe in unserem Garten eine Leiche verscharrt? Oder gar meine Eltern?«

»Irgendjemand muss es getan haben. Die Rechtsmedizin schätzt, dass es mindestens vier Jahre her sein muss. Haben Sie irgendeine Idee, wer es sein könnte?«

»Das ist doch ein Scherz.«

»Noch wissen wir nicht, wessen sterbliche Überreste es sind. Aber es ist nur eine Frage der Zeit. Unsere Rechtsmedizinerin ist dabei, die zahnärztlichen Praxen in der Umgebung abzuklappern. Bisher wissen wir lediglich, dass es sich um eine männliche Person handelt. Fällt Ihnen da jemand ein?«

Kai schüttelte den Kopf.

»Hatten Sie oder Ihre Mutter Personal? Eine Putzkraft oder eine Hilfe für den Garten? Wir wissen, dass sie unter Demenz leidet, gab es vielleicht einen Pflegedienst, der regelmäßig vorbeikam? Alles könnte uns weiterhelfen. Die Person, die die Leiche seinerzeit dort vergraben hat, muss Zugang zu Ihrem Grundstück gehabt haben. Und zwar ohne viel Aufsehen zu erregen.«

»Als meine Mutter merkte, dass sie dement wurde, ist sie freiwillig ins Heim gezogen. Sie ist da sehr konsequent. Nach dem Tod meines Vaters hatte sie eine Zugehfrau. Die übernahm auch gelegentliche Einkäufe und machte Besorgungen für meine Mutter.«

»Kennen Sie ihren Namen?«

»Nein, das ist schon eine Weile her. Aber ich könnte versuchen, es in ihren Unterlagen zu finden. Die sind auf dem Dachboden. Das dauert aber ein wenig. Ich muss einige Kisten durchwühlen. Nach dem Umzug herrscht da ein ziemliches Chaos.«

»Kein Problem. Fällt Ihnen noch jemand ein? Gute Freunde, Familie?«

»Meine Mutter hatte keine Freunde im engeren Sinne. Ihre Kontakte beschränkten sich auf die Nachbarschaft.«

»Hatte Sie Feinde?«

»Feinde? Nein, sie ist eine nette alte Dame.«

»Und Sie?«

Er schüttelte den Kopf.

»Einen unzufriedenen Kunden vielleicht?«

»Ich habe keine Feinde, die eine Leiche in meinem Garten verbuddeln würden. Wir sind hier in Kophusen und nicht in Neapel.«

»Denken Sie in Ruhe darüber nach. Wenn Sie den Namen der Putzfrau haben, rufen Sie mich bitte umgehend an.« Er gab dem Architekten seine Visitenkarte.

»Mach ich.«

Goldberg glaubte ihm. Kai Hintz schien nichts von der Leiche im Garten gewusst zu haben. Die Putzfrau war vielleicht eine Spur.

Auf dem Rückweg zu Hauke überlegte er, dass sein Kollege recht hatte. Es war wirklich kein kluger Schachzug gewesen, ohne Absprache mit den Kollegen deren

Ermittlungen vorzugreifen. Das könnte sich rächen. Scheinbar stürzte gerade alles auf ihn ein. Wenn die ärztliche Untersuchung ergeben sollte, dass er dienstuntauglich war, würde er das nicht widerspruchslos akzeptieren. Er musste Jens Steirer anrufen. Sein ehemaliger Therapeut würde ihm bescheinigen müssen, dass er seine Krise überwunden hatte. Zur Not würde Goldberg Rechtsmittel einlegen. Dazu würde er einen guten Anwalt brauchen. Wenn tatsächlich Axel dahinterstecken sollte, würde er mit ihm reden müssen. Die Wahrscheinlichkeit, dass er sich umstimmen ließ, war zwar gering, aber einen Versuch war es wert. Wenn es sein musste, würde er nach Berlin fahren und seine alten Kollegen bitten, für ihn auszusagen. Er würde alles tun, um seinen Job hier zu behalten.

Schon von Weitem sah er den Wagen der Spurensicherung. Sie hatten sich offensichtlich beeilt. Hauke lehnte am Auto der Kollegen und rauchte. Goldberg parkte den Streifenwagen hinter dem Kombi und gesellte sich zu ihnen.

»Und, was habt ihr?«

»Blut«, erwiderte Simon knapp.

Die beiden Kollegen grienten. Frank und er sahen in ihren weißen Overalls wie siamesische Zwillinge aus. Ihr morbider Humor war eine Folge ihres Jobs. Nichts schien sie mehr aus der Fassung bringen zu können.

»Und weiter?«, setzte Goldberg nach.

»Wir sind keine Hellseher. Das Labor wird uns sagen, ob es menschlich ist. Das willst du doch wissen, oder?«, erwiderte Frank.

Goldberg nickte.

»Sieht mir jedenfalls nicht nach einem Unfall aus.

Wer so viel Blut verliert, kann danach nicht einfach aufstehen und davonspazieren.«

»Ein Tier können wir ausschließen?«

»Bei der Menge Blut? Es sei denn, ihr habt Bären in Kophusen.«

Goldberg ignorierte Simons Bemerkung.

»Warum nicht? In diesem Kaff laufen ja ziemlich schräge Vögel rum. Guck Hauke an.« Simon lachte.

»Lass gut sein«, sagte Hauke, der seine Kippe ausgedrückt hatte und zu ihnen geschlendert war. »Wie lange braucht ihr noch?«

»Wir sind so gut wie fertig. Ist ja nicht viel zu holen dieses Mal. Da waren die Skelettteile ergiebiger. Euer Kaff steht im Ranking der schönsten Orte der Welt ziemlich weit unten, oder?«, scherzte Frank.

»Ja, ja, ihr habt euren Spaß gehabt.«

Mit wenigen Handgriffen hatten die Kollegen ihre Ausrüstung eingepackt und fuhren davon.

»Scherzkekse«, murmelte Hauke. »Und, warst du erfolgreich bei unserem Hauszeichner?«

»Es gibt eine Reinigungskraft, die für Beate Hintz gearbeitet hat. Den Namen lässt er uns zukommen.«

»Eine Putzfrau? Und die soll einen Mann ermordet und im Garten verscharrt haben?«

»Abwarten. Wenn wir die Identität des Toten kennen, kommen wir weiter.«

Hauke traute seinen Augen nicht. Die Menschenansammlung vor der Polizeistation blockierte die Einfahrt und den dazugehörigen Parkplatz. Hauke stellte den Wagen am Straßenrand ab. Schon wollte er wutentbrannt rausspringen, da spürte er Philips Hand auf seiner Schulter.

»Ganz ruhig, mein Lieber.«

»Was soll das? Drehen die jetzt völlig durch?«

»Lass mich das machen.«

Vor ihnen standen mindestens vierzig Leute, fast alle mit Plakaten oder dämlichen Pappschildern behängt. Seit der Aktion an der Kirche hatte sich die Menge mehr als verdoppelt. Lolek und Bolek hielten sich dieses Mal nicht still im Hintergrund wie Spinnen, die geduldig in ihren Netzen darauf warteten, dass sich ihre Beute darin verfing. Stattdessen hatten sie zwei große Thermoskannen dabei und verteilten Kaffee in Plastikbechern. Beängstigend, fand Hauke.

Lena Krause hatte sich in der ersten Reihe postiert. Am liebsten hätte er die Rädelsführerin auf der Stelle festgenommen, aber er riss sich zusammen. Der Rest der Meute war bunt durcheinandergewürfelt. Viele stammten aus Kophusen. Unter ihnen erblickte Hauke auch das Ehepaar Fischer. Ungefähr ein Drittel war ihm allerdings unbekannt. Woher sie kamen und was zum Teufel sie hier wollten, wusste er nicht. Vermutlich Tierschützer aus den umliegenden Gemeinden, die Angst hatten, dass die Diebstähle sich ausweiteten. Alfred hatte ganze Arbeit geleistet. Nachdem auch er ausgestiegen war, beobachtete Hauke, wie Philip sich einen Weg durch die Menge bahnte und auf dem Treppenabsatz Stellung bezog. Beschwichtigend hob er die Hände. Es dauerte etwas, bevor er die Aufmerksamkeit der Leute erlangte. Während sein Chef versuchte, ihnen die Lage zu erklären, ließ Hauke den Blick weiter durch die Reihen schweifen. Ganz hinten erspähte er Alfred. Dieser verfluchte Sturkopf! Entschlossen stapfte er auf ihn zu und zog ihn unsanft beiseite.

»Ist das dein Werk?«

Alfred nickte stolz. »Gut, oder?«

»Nein, das ist gar nicht gut. Das wird an Eigendynamik gewinnen, die du nicht kontrollieren kannst. Du müsstest das doch am besten wissen. Mit diesen Menschen ist nicht zu spaßen.« Er warf einen kurzen Blick zu den beiden Brüdern, die sich rührend um das leibliche Wohl der Gruppe kümmerten.

»Beruhige dich, Hauke. Philip kriegt das schon hin.«

»Alfred, dein Einsatz für die Station in allen Ehren, aber du spielst mit dem Feuer. Wie hast du die überhaupt hierher gekriegt?«

»Ich habe einen guten Draht zu Lena.«

»Ausgerechnet zu der?«

»Ja, die ist wirklich toll. Du solltest sie mal reden hören. Da werde selbst ich noch zum Vegetarier.«

»Wie bitte?«

»Keine Sorge, ich habe das im Griff. Die hören auf mich. Ich bin für die ein Insider. Und euch bringt das Laufkundschaft.«

»Sehr witzig.«

»Ich weiß, es ist nicht optimal, aber ich kann ja schlecht jeden Tag einen Autounfall inszenieren. Karin rückt ihren kleinen Flitzer nicht raus. Und wir müssen etwas unternehmen. Die Lage ist ernst. Eure beiden Wachhunde sind im Grunde doch nur Show.«

Hauke senkte die Stimme. »Was soll das heißen?«

»Dass die Schließung intern schon beschlossene Sache ist.«

»Verdammter Mist.«

»Du sagst es. Also, lass mich nur machen. Die Bürgerwehr steht. Gestern Nacht hatten die ihre erste Schicht. Ich bin sozusagen der Experte.«

»Mann, Alfred, das geht nach hinten los. Die können doch nicht nachts Streife laufen und das ganze Dorf observieren. Fehlt nur noch, dass sie unschuldige Bürger festnehmen. Das ist eine total bescheuerte Idee. Guck dich doch um. Die sind jetzt schon aufgestachelt. Es dauert nicht mehr lange und sie stürmen die Wache.«

In dem Moment erklang Lena Krauses Stimme. Sie stand neben Philip und forderte lautstark seine Unterstützung. Der nickte und reichte ihr kollegial die Hand. Wie hatte er das geschafft, fragte sich Hauke, als plötzlich ein gellender Schuss ertönte. Die Menschenmenge zuckte fast gleichzeitig zusammen. Hauke sah sich hastig nach allen Seiten um. Mit halbem Ohr hörte er, wie Philip die Menschen aufforderte, sich in Deckung zu begeben und die Versammlung sofort aufzulösen. Die Leute stoben panisch auseinander. Hauke zog seine Dienstwaffe. Von wegen Alfred hatte alles im Griff. Peter und die beiden Externen waren neben Philip und der Krause aus der Tür getreten. Was zum Teufel war bloß in seinen kleinen Heimatort gefahren? Jetzt liefen die Leute schon Amok. Und alles wegen ein paar verfluchter Fellnasen. Der Pulk hatte sich voller Angst aufgelöst. Die Beamten teilten sich auf und sicherten die Umgebung. Doch von einer bewaffneten Person war weit und breit nichts zu sehen.

24

Die zweite Kanne Kaffee lief gerade durch. Schweigend lauschten die Beamten dem Röcheln der Maschine. Ihre Stimmung war auf dem Nullpunkt. Der Schock über den abgefeuerten Schuss saß tief. Erst recht, weil ihre Suche erfolglos geblieben war. Goldberg nahm einen großen Schluck Wasser. Zum Glück war niemand verletzt worden. Sie mussten dieser beginnenden Revolte ein Ende setzen, und das bedeutete, dass sie endlich die Tierschänder schnappen mussten. Goldberg glaubte zu wissen, mit wem sie es zu tun hatten, aber ohne Beweise kamen sie nicht weiter.

Das Telefon klingelte.

»Polizeistation Kophusen, Polizeihauptmeister Brandt.«

Goldberg sah, wie Peter die Stirn runzelte, während er lauschte.

»Ja, verstehe. Wir halten die Augen offen, danke.«
Peter legte den Hörer auf. »Das waren die Kollegen aus
Glückstadt. Dort wird seit Mittwochabend eine Frau
vermisst. Sie ist von ihrer Joggingrunde nicht zurückgekehrt.«

»Scheiße«, entfuhr es Hauke. »Nicht das noch.«
Goldberg beschlich ein ungutes Gefühl. Waren die
verschwundenen Tiere erst der Anfang von etwas viel
Größerem? Wenn sie nicht bald relevante Beweise
fanden, würde ihnen dieser Fall um die Ohren fliegen.

»Was ist eigentlich aus Bens Vater geworden, nachdem er abgehauen ist?«, fragte Goldberg.

»Niemand weiß, wo der Kerl abgeblieben ist«, erklärte
Hauke, ohne einen Zweifel daran zu lassen, was er von
diesem Mann hielt.

»Er ist nirgendwo gemeldet? Peter, hast du irgendetwas über ihn finden können?«

»Nein«, sagte Peter, »ich habe das überprüft. Er
scheint wie vom Erdboden verschluckt.«

»Wie alt war er, als er verschwand?«

»Warte.« Peter schlug in einem seiner Dossiers nach.
»Er ist vierundfünfzig geboren. So alt wie seine Frau.
Also war er damals fünfundfünfzig«

»Wann ist er zuletzt gesehen worden?«

»Das ist bestimmt schon über zehn Jahre her«, gab
Hauke zurück.

»Hat Alma ihren Mann nie als vermisst gemeldet?«

»Nee. Ich glaube, die war froh, dass sie ihn los war«,
erklärte Peter.

»Und seine Eltern?«

»Freddy hat den Hof ruiniert«, mischte sich Hauke
ein. »Seine Frau hat die ganze Arbeit gemacht und er

hat gesoffen, was das Zeug hält. Auf dem Hof vermisste ihn keiner.«

»Kam euch das nie komisch vor?«

»Warum? Wenn niemand verlangt, dass wir nach ihm suchen, können wir nichts unternehmen. Der war öfter mal ein paar Tage auf Sauftour unterwegs. Als die Kneipe noch Jasper gehörte, hat er sich fast jeden Abend die Kante gegeben. Würde mich nicht wundern, wenn der im Suff irgendwo im Graben gelandet ist«, sagte Hauke.

»Aber dann wäre seine Leiche gefunden worden.«

Hauke zuckte mit den Achseln. »Vielleicht liegt er ja noch irgendwo. Oder die Krähen haben ihn entsorgt.«

Goldberg ließ Haukes Bemerkung in seinem Kopf nachhallen. Möglicherweise war Freddy ja nicht unter Alkoholeinfluss gestürzt, sondern eines gewaltsamen Todes gestorben. Durch einen stumpfen Gegenstand beispielsweise.

»Gibt es eine Verbindung zu Beate Hintz?«

»Wieso?«, wunderte sich Peter.

Goldberg hob beide Augenbrauen und sah seine Kollegen erwartungsvoll an. Hauke runzelte die Stirn. In seinem Kopf schien es zu rotieren.

»Die Leiche im Garten! Mann, habt ihr eine lange Leitung«, rief Maren ungehalten.

»Mach mal halblang, ja?«, protestierte Hauke, zügelte sich aber sogleich wieder.

»Du meinst, das Skelett ist Freddy?«, fragte Peter ungläubig.

»Wäre doch möglich. Vom Alter würde es passen.«

»Aber wie kommt der in den Garten von Beate Hintz?« Peter schien zu überlegen. »Die Putzfrau?«

Goldberg nickte. Der Gedanke war ihm vorhin gekommen. Der landwirtschaftliche Betrieb der Drostes war damals bereits seit Jahren nicht mehr rentabel gewesen. Es war also durchaus möglich, dass Alma oder auch ihre Schwiegermutter nebenbei putzen ging, um die Haushaltskasse aufzubessern. Von irgendwoher musste ihr Mann das Geld zum Trinken ja haben.

»Fragen wir Almas heimlichen Verehrer«, schlug Hauke vor.

»Ja, im Prinzip ist das eine gute Idee. Aber was ist, wenn Reth seinen lästigen Nebenbuhler beseitigt hat?«, erwiderte Goldberg, der das Drama soeben in seinem Kopf durchgespielt hatte.

»Wir müssen mit Alma sprechen, da führt kein Weg dran vorbei«, bekräftigte Maren, die sich sichtlich engagierte, während Ole aus dem Fenster sah. Offenbar hielt er immer noch nach dem Schützen Ausschau.

»Bei den Ärzten geht keiner ans Telefon. Die sind ab Freitagmittag nicht mehr erreichbar. Und mit den Kurkliniken der Umgebung habe ich schon telefoniert. Da ist sie nicht«, stellte Peter fest.

»Ich rufe jetzt Reth an und frage ihn«, sagte Hauke.

»Nein, warte.« Goldberg stieß sich vom Besuchertresen ab. »Ich will erst wissen, wer bei Beate Hintz den Haushalt gemacht hat. Ich rufe Kai an. Hast du die Nummer, Peter?«

Goldberg hatte Glück. Kai versprach, jetzt sofort die alten Kisten auf dem Dachboden zu durchsuchen. Seine Mutter habe stets einen Kalender geführt, in dem sie alles penibel aufschrieb. Wie ein Tagebuch. Er habe es nicht fertiggebracht, die Kalender wegzuwerfen. Kai Hintz stieg auf den Dachboden und legte das Telefon kurz beiseite. Am anderen Ende hörte Goldberg es wühlen und rascheln. Nach einer gefühlten Ewigkeit nahm Kai den Apparat wieder zur Hand.

»Herr Goldberg?«

»Ja.«

»Ich habe es. Sie hieß Alma Droste. Die Frau kam zweimal die Woche. Montags und donnerstags.«

»Danke für Ihre Mühe, Herr Hintz. Sie haben uns wirklich sehr geholfen.«

»Na, nu sag schon«, drängte Hauke, als Goldberg das Gespräch beendet hatte.

»Alma Droste kam zweimal die Woche.«

»O Gott«, entfuhr es Peter. »Vielleicht hat sie ihren Mann erschlagen und in dem Garten vergraben!«

»Deswegen braucht sie jetzt auch eine neue Hüfte«, scherzte Hauke.

Ole lachte laut auf. Maren verdrehte die Augen.

»Komm schon, das war wirklich lustig«, sagte Ole, der ihren Blick gesehen hatte.

»Ja, in Neandertal.«

»Ich gebe Mona unseren Verdacht weiter und natürlich den Kollegen von der Kripo«, sagte Peter.

»Gut. Und wir fahren zu Hagen Reth.« Goldberg nahm seine Jacke von der Garderobe.

»Sollten wir die zwei Neandertaler nicht lieber hier lassen?«, schlug Maren vor.

»Von mir aus gern«, erwiderte Goldberg.

»Hey, Moment. So weit kommt das noch.« Hauke sprang vom Stuhl auf und hechtete zum Autoschlüssel. »Ich fahre.«

Während der Fahrt gab Ole zu bedenken, dass der Skelettfund streng genommen Sache der Kripo sei und sie besser auf Verstärkung warten sollten. Schließlich leiteten die Kollegen diese Ermittlung. Goldberg erklärte ihm, dass es bei ihrer Befragung ja um die verschwundenen Tiere gehe. Und da Ben noch immer ihr Hauptverdächtiger sei und sie dringend mit seiner Mutter sprechen müssten, habe doch alles seine Richtigkeit. Maren schenkte ihm ein Lächeln. Der Kommissar hoffte insgeheim, am Ende doch noch Sympathiepunkte gesammelt zu haben. Möglich sogar, dass Hauke und Ole noch Freunde wurden. Aber so weit würde es vermutlich nicht kommen. Wichtig war, dass ihre Beurteilung positiv ausfallen würde. Die konnte Axel nicht manipulieren. Wenn es zur Verhandlung kommen sollte, würden sie sicher als Zeugen aussagen. Goldberg wusste nicht, was er ohne seine Station tun würde. In Kophusen bleiben und bei Magda im Laden Bücher verkaufen? Wohl kaum. Nicht bei dem Lesepensum, das sie an den Tag legte. Frührente war ebenso keine Option. Ohne Arbeit in Kophusen bleiben? Ausgeschlossen. Aber was würde dann aus ihm und Magda werden? Wo sollte er überhaupt hin? Zurück nach Berlin? Nein, auch wenn er die Nähe zu Jens sicher genießen würde. Hamburg war die nächstgrößere Stadt. Er mochte sie. Es gab gute Cafés und die Elbe. Sehr viel mehr brauchte er nicht zum Glück.

»Glaubst du, der verheimlicht uns mit Absicht den Kurort von Alma?«, riss Hauke ihn aus seinen Überlegungen.

»Davon gehe ich aus.«

»Und warum sollte er das tun?«

»Ich denke, dass er Mutter und Sohn schützen will. Wenn sich bewahrheitet, dass Ben die Tiere gequält und getötet hat, kann er vielleicht nicht mehr zu Hause bleiben und muss in einer Einrichtung untergebracht werden.«

»Du glaubst, Ben war's?«

»Ja. Und wenn die Knochen wirklich von Freddy stammen, muss ihn jemand ermordet haben. Möglicherweise weiß Hagen Reth mehr, als er zugibt.«

»Ben als Mörder? Kann ich mir nicht vorstellen.«

»Einer von diesem Hof wird es gewesen sein.«

»Wir müssen vorsichtig sein. Dietmar Klose sollten wir nicht in die Quere kommen«, mahnte Hauke.

»Mit dem ist wirklich nicht zu spaßen«, kommentierte Maren, die offensichtlich auch schon Erfahrungen mit dem Kripobeamten aus Itzehoe gemacht hatte.

»Von uns erfährt der nichts«, versicherte Ole von der Rückbank aus.

Goldberg war erleichtert. Manchmal brauchte es nur einen gemeinsamen Feind und schon schlossen sich eigentümliche Allianzen. Hauke warf ihm einen zufriedenen Seitenblick zu, als er den Wagen vor Reths Einfahrt parkte. Beim Aussteigen musste der Kommissar wieder an die verbliebenen Tiere denken. Er fragte sich, was Ben mit ihnen angestellt haben könnte. Ging es ihm ums Töten? Fand er Gefallen daran, anderen Lebewesen beim Sterben zuzusehen, oder steckte etwas ganz anderes dahinter? Es war schwierig für ihn, diesen Mann zu durchschauen. Seine Störung war ein großes Hindernis. Er hatte selten ein derart regungsloses Gesicht gesehen. Eine Befragung war unter diesen Umständen besonders heikel. Umso wichtiger, dass sie endlich mit seiner Mutter sprachen.

Auch nach mehrmaligem Klingeln machte niemand auf. Hagen Reth schien nicht zu Hause zu sein. Wenn sie allein gewesen wären, hätte Goldberg einen kleinen Spaziergang ums Haus gemacht, aber mit den DIVE-Kollegen im Schlepptau ließ er es lieber bleiben. Es sei denn … Ihm kam plötzlich eine Idee. »Hauke, geh du doch schon mit Maren und Ole zum Hof vor. Vielleicht ist Reth ja dort. Ich sage Peter inzwischen Bescheid.«

Hauke stutzte für den Bruchteil einer Sekunde, verstand dann aber und nickte.

»Gute Idee, Chef. Bei der Gelegenheit zeige ich euch ein paar Kniffe, die man in Kophusen gut gebrauchen kann.«

Maren rollte mit den Augen und folgte ihm widerwillig. »Da bin ich ja mal gespannt.«

Demonstrativ ging Goldberg ein paar Schritte auf die Seite, zog sein Telefon aus der Jackentasche und tat so, als würde er eine Nummer wählen und auf die Verbindung warten. Die drei Beamten stapften an ihm vorbei die Auffahrt hinunter. Ole blieb am Streifenwagen stehen, doch Hauke winkte ab.

»Wir gehen zu Fuß.«

Guter Mann, dachte Goldberg. Sie waren über die Jahre ein eingespieltes Team geworden, das sich ohne viele Worte verständigen konnte. Noch bevor sie um die Ecke hinter dem Gebüsch verschwunden waren, schob er sein altes Handy wieder in die Tasche und schlich zum Haus zurück. Das Fenster neben der Haustür gehörte zur Küche. Alles schien sauber und aufgeräumt. Leise huschte er um die Ecke. Er warf einen Blick durch die erste Fensterscheibe an der Seitenwand. Das Arbeitszimmer. Goldberg musste vorsichtig sein. Vielleicht war der Mann doch daheim und wollte nur nicht mit ihnen sprechen. Möglicherweise versteckte er sich oder aber er war im hinteren Teil des Hauses und hatte ihr Klingeln nicht gehört. So oder so, er musste das Risiko eingehen.

Am Abgang zum Keller vorbei gelangte er in den hinteren Garten. Ein gepflegter Rasen erstreckte sich über die gesamte Fläche. Am Ende stand ein weißes Gartenhäuschen, etwas überdimensioniert für Goldbergs Geschmack. Er lauschte. Dann schritt er über den Rasen. Der Schuppen enthielt alte Gartenmöbel, einen Grill und weitere Gerätschaften. Er drehte sich um und sah zurück aufs Haus. Auf der linken Seite gab es einen fensterlosen Anbau aus Holz in der Größe eines Carports. Vielleicht eine Werkstatt. Vorsichtig drückte Goldberg die Klinke hinunter, doch die Tür war verschlossen. Nachdenklich sah er sich um, als sein Blick an einem grotesken Kopf aus Stein hängen blieb. Goldberg starrte auf die gefletschten Zähne der eigentümlichen Mixtur aus Drachen und Vogel. Intuitiv hob er das Monstrum an und fand, wonach er suchte.

Der Schlüssel passte. Den Geruch, der ihm entgegenschlug, kannte er genau. Schlagartig spannten sich seine Muskeln. Er zog den Kragen seiner Jacke über Mund und Nase und betrat den Raum. Der Geruch wurde stärker. Er unterdrückte die aufkeimende Übelkeit. Als er den Lichtschalter neben der Tür ertastet hatte, knipste er die Deckenlampe an und der Raum wurde in gleißendes Licht getaucht. In der Mitte des Raums stand ein großer Tisch. Erneut fuhr ihm die Übelkeit durch den Magen, als er das blutverschmierte Skalpell erblickte, das neben einem rohen Stück Fleisch lag. Ein plötzliches Geräusch ließ ihn zusammenzucken.

»Ich glaube nicht, dass Sie das etwas angeht.«

Er erkannte die Stimme sofort. Doch ehe er sich umdrehen konnte, spürte er den Schlag und sank bewusstlos zu Boden.

Hauke hatte sofort begriffen, dass Philip ein wenig ungestört schnüffeln wollte. Auch wenn ihm die Methoden seines Chefs in der derzeitigen Situation nicht behagten, hatten sie sie bisher immer ans Ziel gebracht. Dass er den Mumm besaß, trotz der Wachhunde Hagens Haus unter die Lupe zu nehmen, imponierte ihm.

Während sie sich auf den Weg machten, drängte sich ihm der Gedanke auf, dass das mit der DIVE vielleicht doch gar nicht so schlimm war und sie es mit ihren beiden Aufpassern schlechter hätten treffen können. Mit Maren würde er wohl nie ein Herz und eine Seele sein, aber Ole war ja offenbar gar nicht so verkehrt. Und vielleicht hatten sie ja Glück und Kophusen würde ihre Polizeistation erhalten bleiben. Eigentlich mussten sie dem Spinner dankbar sein. Würde der nicht seinen abnormen Neigungen nachgehen, würde die Entscheidung womöglich anders ausfallen. Hauke hatte keine Ahnung, weshalb Ben das mit diesen Tieren gemacht hatte. Er war heilfroh, dass die beiden Katzen seiner Schwester wieder aufgetaucht waren. Holthusen hatte sie aufpäppeln können. Rosi und ihre Mutter waren ihm gleichzeitig um den Hals gefallen. Endlich mal ein bisschen Anerkennung für seine Arbeit. Sonst gab es eher Spott und Hohn aus der Familie. Um ehrlich zu sein, durfte er sich nicht darüber wundern. Er selbst war ja auch nicht gerade zimperlich mit anderen.

Auf dem Hof schien es ruhig zu sein. Die Beamten steuerten auf die Haustür zu. Eine Klingel gab es nicht, sodass Hauke an die Tür klopfte. Nichts geschah. Auch nach dem zweiten und dritten Klopfen blieb es still. Die drei teilten sich auf. Hauke ging rechts an der

232

Tenne vorbei. Er spähte durch die kleinen Fenster, aber es war zu dunkel, um etwas zu erkennen. Am Kopf des Gebäudes angelangt, öffnete er die Tür. Als er den Lichtschalter gefunden hatte, rief er in den riesigen Raum hinein.

»Ben? Bist du hier?«

Niemand antwortete. Hauke rief noch einmal. Schließlich verließ er das ehemalige Stallgebäude.

Die beiden Kollegen hatten Ben ebenfalls nicht finden können. Hauke beschlich ein komisches Gefühl. Er konnte nicht sagen warum, aber irgendetwas stimmte hier nicht. Es schien ihm zu ruhig zu sein. Natürlich konnte Ben auf einem seiner unzähligen Streifzüge durch Kophusen sein. Vielleicht war er auch mit Reth zusammen unterwegs. Und doch erschien es ihm, als wäre hier etwas im Gange, von dem sie nichts wissen durften. Laut rief er noch einmal Bens Namen. Er sah seine Kollegen an, die bloß mit den Schultern zuckten.

»Habt ihr auch so ein mieses Gefühl?«, fragte Hauke.

Ole nickte. Maren sah sich um.

»Ich weiß nicht. Irgendwie ist diese Stille unheimlich«, erwiderte sie.

»Ja, als wären wir auf einem Friedhof«, ergänzte Ole. »Was machen wir jetzt?«

»Wir gehen zurück zum Wagen. Ohne Durchsuchungsbeschluss können wir nichts weiter tun«, erklärte Hauke ganz im Einklang mit ihren Befugnissen.

Die beiden nickten zustimmend. Unverrichteter Dinge machten sie sich auf den Rückweg. Hauke wurde das Gefühl nicht los, dass sie hätten bleiben sollen. Aber vielleicht täuschte er sich ja auch.

25

Er hätte auf den Einbruch der Dunkelheit warten sollen. Wie sonst auch. Die Nacht war sein Freund. Nicht der Tag. Es war ein Reflex gewesen. Zum Nachdenken war ihm keine Zeit geblieben. Nun war es zu spät. Fieberhaft überlegte er, was er tun sollte. Er musste verhindern, dass sie seine Mission entdeckten. Er war noch nicht fertig mit seiner Aufgabe. Sie durften ihn nicht finden. Er hatte versprochen, sie zu beschützen, genauso wie sie ihn beschützt hatte. Und das würde er tun. Selbst wenn es bedeutete, einen Freund zu opfern. Der Polizist am Boden tat ihm leid. Aber es war ihm nichts anderes übrig geblieben. Die Tiere hatten ihm auch leidgetan, doch seine Mission rechtfertigte ihren Tod. Er hatte sich geschworen, gegen alle Hindernisse zu kämpfen. So kurz vor dem Ziel konnte er nicht einfach aufgeben. Er hatte es ihr versprochen, bei seinem Leben. Und er würde es tun. Koste es, was es wolle.

Er versuchte, sich zu konzentrieren. Sein Kopf schmerzte. Doch er musste jetzt schnell sein. Es kam auf jede Sekunde an. Zuerst griff er dem bewusstlosen Mann unter die Arme und schleifte ihn hinaus. Über den Rasen zum Gartenhäuschen. Dort konnte er ihn fürs Erste verstecken. Bis er seine Mission beendet hatte. Eine starke Dosis von dem Beruhigungsmittel würde helfen.

Nachdem er sich Nachschub aus dem Depot seines Freundes besorgt hatte, lief er über den Rasen zurück. Hastig befreite er die Spritze aus der Verpackung und ließ die Plastikfolie achtlos zu Boden fallen. Im Gartenhaus krempelte er dem Polizisten den Jackenärmel hoch. Die Spritze zog er bis zur Hälfte auf. Mit den Dosen kannte er sich inzwischen gut aus. Er setzte die Kanüle an und verfolgte, wie die Flüssigkeit unter die Haut glitt. Kurz presste er den Tupfer auf die Einstichstelle, dann zog er den Ärmel wieder herunter. Dabei rutschte das Telefon des Mannes aus seiner Jackentasche. Plötzlich kam ihm eine Idee. Es war keines dieser modernen Geräte, mit denen er die Jugendlichen immer sah. Seine Mutter hatte auch so ein altes Ding gehabt. Er drückte eine Taste und das Display veränderte sich. Es war ganz einfach. Konzentriert tippte er eine kurze Nachricht und schickte sie an Peter Brandt ab. Das war der Netteste der drei Polizisten. Dann steckte er das Telefon zurück in die Jackentasche. Ihm blieb keine Zeit, um eine Antwort abzuwarten.

Seinen Freund musste er vergraben. Der Tierarzt fing bereits an zu stinken. Das Loch war fast fertig. Ganz hinten im Garten. Die Polizisten hatten ihn beim Ausheben der Grube gestört. Zurück im Schuppen, breitete er die dicke Plastikfolie aus und zog den schweren toten Körper vom Tisch. So konnte er ihn etwas leichter transportieren.

Er musste sich beeilen. Die anderen würden zurückkommen und ihren Kollegen suchen. Er schloss die Tür und zog die Plane mit aller Kraft über den Rasen. Von der Werkstatt aus konnte man ihn nicht sehen. Das Loch würde er gut zuschaufeln. Er wusste, dass man in die Tiefe gehen musste, damit der Körper nicht von Tieren wieder ausgegraben wurde. Der Geruch lockte Aasfresser an.

Als er die Johannisbeersträucher erreicht hatte, schleifte er den Körper mitsamt der Plane in Deckung. Er hatte jegliches Zeitgefühl verloren. Es konnte gut sein, dass die anderen gleich zurückkamen. Er würde hier noch einen Augenblick sitzen bleiben und warten, bis er sicher sein konnte, dass sie wieder wegfuhren. Von hier aus konnte er das Polizeiauto zwar nicht sehen, aber das Türenschlagen würde er hören. Spätestens das Motorengeräusch, wenn sie endlich wegfuhren.

Neben dem toten Körper ging er in die Hocke und blickte auf seinen Freund. Es tat ihm leid, dass er auf diese Art enden musste. Das hatte er nicht verdient. Schließlich war er immer für ihn da gewesen. Er hatte ihnen geholfen. Ihm und seiner Mutter. Nach dem Verschwinden seines Vaters war er sehr nett zu ihnen gewesen. Auch wenn er es nicht leiden konnte, wie er seine Mutter immer angesehen hatte. Zum Glück hatte sie ihm versichert, dass er nur ein Freund war. Er brauche keine Angst zu haben, dass er einen neuen Vater bekommen würde. Das hatte sie ihm versprochen. Seine Mutter hatte ihm eingeschärft, dass sie ihm auf ewig dankbar sein müssten. Als er sie nach dem Warum gefragt hatte, hatte sie ihm einen Kuss auf die Stirn gegeben und gesagt, dass es ein sehr großer Gefallen sei, den er ihnen erwiesen habe. Zuerst war er enttäuscht gewesen, dass sie es ihm nicht erzählt hatte, aber dann erinnerte er sich, wie sie ihn in jener Nacht vor seinem Vater beschützt hatte. Ohne sie würde es ihn nicht mehr geben. Diese Nacht hatte ihre Beziehung noch inniger werden lassen. Er liebte sie so sehr, dass nichts und niemand sich zwischen sie drängen konnte. Auch der Freund nicht, der versucht hatte, sie ihm wegzunehmen. Doch das konnte er auf keinen Fall zulassen. Niemand würde sie ihm wegnehmen. Selbst den Tod würde er überlisten.

Plötzlich hörte er Stimmen. Eine männliche Stimme rief den Namen des Polizisten, der im Gartenhäuschen lag. Als er die drei um die Ecke kommen sah, presste er seinen Körper zu Boden.

»Philip?«, rief der Mann erneut. »So ein Mist. Kann der Mann nicht Bescheid sagen, wenn er einfach abhaut?«

Wütend zog der Polizist sein Telefon aus der Tasche und tippte auf dem Display herum.

»Ja, Peter, ich bin's. Hast du eine Ahnung, wo sich unser werter Herr Chef aufhält?«

Nach einer kurzen Pause sprach er weiter.

»Aha. Der Mann macht mich noch wahnsinnig mit seinen Extrawürsten.«

Nach kurzer Zeit hörte er, wie das Auto davonfuhr. Er hatte es geschafft. Nun durfte er keine Zeit mehr verlieren.

26

Philips Nachricht hatte ihn nur kurz verwundert. *Ich melde mich, habe eine Idee*, hatte er sich kryptisch ausgedrückt. Es kam öfter vor, dass Philip seinem Bauchgefühl nachging und plötzlich eigene Wege ging. Wenigstens sagte er inzwischen Bescheid, wenn er eine seiner Extratouren unternahm. Aber normalerweise rief er an und schrieb keine SMS, weil ihm das viel zu umständlich war auf seinem alten Telefon. Irgendeinen Grund würde er schon gehabt haben. Peter dachte nicht weiter darüber nach. Er steckte mitten in seinen Recherchen. Zuerst hatte er die Kollegen in Itzehoe angerufen und ihren Verdacht mitgeteilt, dass es sich bei dem Skelettfund um Freddy Droste handeln könnte. Die Beamtin am anderen Ende hatte es aufgenommen und versprochen, es dem Ermittlungsleiter Dietmar Klose zu übermitteln. Danach hatte er sämtliche Zahnarztpraxen in der Umgebung abgeklappert. Nach unzähligen Bandansagen hatte er doch noch Glück. Es war eine Praxis in Itzehoe, bei der Freddy zuletzt im Januar 2009 in Behandlung gewesen war. Er wies die Sprechstundenhilfe an, ihm sämtliche Unterlagen inklusive Röntgenbilder zuzuschicken.

Als er aufgelegt hatte, musste er an Greta denken. Sie hatte gestern Abend für ihn gekocht. Es war nichts weiter geschehen. Gegen zehn Uhr hatte er sich brav verabschiedet und in seinem eigenen Bett geschlafen. Allein. Er seufzte laut und konzentrierte sich wieder auf den Fall. Arbeit war noch immer die beste Ablenkung.

Zunächst versuchte er, sämtliche Ereignisse in einen zeitlichen Rahmen einzuordnen. Ein Jahr nach dem Suizid von Ernst war Freddy Droste verschwunden. Da niemand eine Vermisstenanzeige aufgegeben hatte, waren sie auch nie tätig geworden. An Almas Stelle hätte er genauso gehandelt. Der Umstand, dass Freddys Eltern sich nie bemüht hatten, ihn zu finden, kam ihm im Nachhinein seltsam vor. Waren auch sie froh gewesen, dass ihr missratener Sohn keinen Ärger mehr machte, oder wussten alle, was wirklich mit ihm geschehen war? Möglicherweise waren sie einem dunklen Familiengeheimnis auf der Spur. Peter wunderte sich über sein eigenes Verhalten. Damals hatte er keinen einzigen Gedanken daran verschwendet, dass da sehr wohl ein Verbrechen begangen worden sein konnte. Immerhin ahnten sie, dass Freddy seine Frau Alma und seinen Sohn nicht sonderlich gut behandelt hatte. Manchmal war es vorgekommen, dass Freddy in der Kneipe saß und damit prahlte, seine Frau fest im Griff zu haben. Oder er zog über Ben her und nannte ihn einen Spasti. Aber Alma war deswegen nie bei ihnen gewesen. Sie hatte nie Schutz gefordert oder ihren Ehemann angezeigt. Vielleicht hätten sie damals aufmerksamer sein müssen, dachte er. Womöglich hätten sie das Schlimmste verhindern können. Peter stoppte seinen beunruhigenden Gedankengang und fokussierte sich wieder auf die Faktenlage.

Laut Mona konnte der Tote mehrere Jahre dort im Garten gelegen haben. Schon wenige Monate nach Freddys Verschwinden hatte Hagen Reth den Hof von Almas Schwiegereltern gekauft. Eine Kopie des Auszugs aus dem Grundbuch hatte Peter sich digital besorgt. Es war gut, wenn man die richtigen Leute kannte und nicht so viel Zeit mit dem Beantragen von Dokumenten verschwenden musste. Das lebenslange Wohnrecht aller Familienmitglieder war eingetragen worden. Alma musste sich demnach keine Sorgen mehr machen. Ihre Schwiegereltern waren kurz hintereinander verstorben. Zum Zeitpunkt des Kaufes war Freddys Mutter bereits sehr krank gewesen und von ihrem Mann gepflegt worden. Nach einem kurzen Krankenhausaufenthalt war sie verstorben. Bens Großvater folgte ihr acht Monate später. Er war im Schlaf gestorben. Peter erinnerte sich, dass der ehemalige Kophusener Hausarzt Dr. Battenberg sie zur Sicherheit gerufen hatte, bevor er den Totenschein ausstellen wollte. Alma war damals dabei gewesen.

Peters Blick fiel auf die Liste der möglichen Kurkliniken im Umkreis. Er hatte sie alle abtelefoniert. Niemand kannte eine Patientin ihres Namens. Langsam wurde Peter das Gefühl nicht los, dass sie gar nicht in einer Klinik war. Sie wurde bei keinem Arzt in der Umgebung als Patientin geführt. Sie konnte natürlich in einer Praxis in Hamburg gewesen sein. Bis er die durchtelefoniert hatte, würde es allerdings ewig dauern.

Peter holte sich einen frischen Kaffee und schob sich einen Haferkeks in den Mund. Zurück am Schreibtisch überlegte er, wie Freddy im Garten von Beate Hintz gelandet sein konnte und warum gerade hier. War es kaltblütiger Mord gewesen oder ein Unfall? Hatten Hagen und Alma den lästigen Ehemann gemeinsam beseitigt, weil er ihnen im Weg stand? Oder ging es um den Hof? Freddy wäre der rechtmäßige Erbe gewesen, und damit wäre Alma ihm auf Gedeih und Verderb ausgeliefert gewesen. Möglicherweise war es auch Notwehr gewesen, überlegte Peter. Freddy war bekannt für seine Aussetzer, wenn er betrunken war. Vielleicht hatte er versucht, Alma etwas anzutun, und sie hatte sich gewehrt. Peter war sich ziemlich sicher, dass Hagen ganz genau wusste, was auch immer auf diesem Hof passiert war. Wenn doch nur Ben vernehmungsfähig wäre. Vielleicht sollten sie einen Psychologen zurate ziehen, der ihn zum Reden bringen konnte …

Das Telefon riss ihn aus seinen Gedanken.

»Peter, ich brauche euch hier!«, unterbrach Alfred ihn.

»Was ist passiert?«

»Hier droht es zu eskalieren.«

»Die Carstensen-Brüder?«

»Ja.«

»Wo seid ihr?«

»Bei Rosi. Wir wollten uns im kleinen Kreis besprechen und über die Zukunft der Bürgerwehr sprechen. Nach dem Schuss gestern …«

»Ich schicke dir Hauke und unsere beiden Besucher.«

»Und Philip?«

»Der ist unterwegs. Ich versuche ihn zu erreichen.«

»Beeilt euch!«

Peter benachrichtigte Hauke über Funk. Dann nahm

er seine Dienstmütze vom Tisch und verließ die Station. Das wollte er auf keinen Fall verpassen.

Bis zu Rosi waren es gute zehn Minuten Fußmarsch. Auf dem Weg dorthin telefonierte er kurz mit dem ehemaligen Hausarzt Dr. Battenberg und beschloss, dass ein Besuch bei ihm sich möglicherweise lohnen würde.

Schon im Garten des Lokals hörte er lautes Stimmengewirr. Hastig trat er in den Gastraum. Der Anblick, der sich ihm bot, schockierte ihn. An einem großen runden Tisch saßen Alfred, Lena Krause und der Biobauer Joachim. Die Fischers, deren Hund Ayra bisher nicht gefunden worden war, hatten sich vor ihnen aufgebaut. Ihnen zur Seite die Carstensen-Brüder. Er straffte sich und trat zu ihnen an den Tisch.

»Klaus, Edith, kann ich helfen?«

Alle Beteiligten drehten fast zeitgleich den Kopf und sahen ihn an.

»Ja, in der Tat«, blaffte Edith. »Wir wollen endlich wissen, wo Ayra ist.«

»Und warum kommt ihr dann nicht zu uns auf die Polizeistation?«

»Ihr unternehmt ja nichts«, konterte Klaus nicht minder aggressiv.

»Das stimmt nicht. Wir konnten einen Teil der Tiere finden und tierärztlich versorgen lassen. Ich versichere euch, dass wir …« Weiter kam Peter nicht.

»Die Tiere, die ihr gefunden habt, sind tot«, fuhr Edith ihm über den Mund.

Peter musste sich zügeln. Er atmete tief ein, bevor er weitersprach.

»Auch das ist nicht wahr. Einige haben dank unseres Einsatzes überlebt.«

»Ja, ausgerechnet die beiden Katzen von Haukes Schwester. So ein Zufall aber auch.« Edith verschränkte die Arme vor der Brust und funkelte ihn an.

»Edith, wir arbeiten unter Hochdruck an dieser Sache. Gerade eben waren meine Kollegen bei einem Verdächtigen.«

»Und?«, rief Klaus. »Was habt ihr herausgefunden?«

»Im Moment nichts, aber …« Wieder wurde er rüde unterbrochen.

»Wir wissen genau, wer dahintersteckt«, erklärte Klaus.

»Wir sind für jeden sachdienlichen Hinweis dankbar«, erwiderte Peter, bemüht, die Situation zu deeskalieren.

»Ihr wollt es bestimmt nicht wahrhaben. Aber hier hat sich eine bestimmte Sorte Menschen zusammengefunden, die Tiere klauen, um sie für ihre grausamen Opferrituale zu schlachten«, erklärte Edith.

Sie hielt Peters Blick stand. Sie meinte es ernst. Ihm schwante, worauf sie abzielte.

»Mit haltlosen Beschuldigungen kommen wir nicht weiter. Wenn ihr einen Hinweis oder einen begründeten Verdacht habt, wäre ich euch sehr dankbar, mich daran teilhaben zu lassen«, entgegnete er.

»Aber gerne doch.« Edith machte einen Schritt auf ihn zu. »Gestern Abend hat eine Horde Ausländer in Kollmar gegrillt.«

»Das ist kein Verbrechen.«

»Auch nicht, wenn es das Ferkel von Joachim war?«

»Ein Grillabend ist keine rituelle Schlachtung. Habt ihr Beweise dafür, dass es Joachims Ferkel war?«

»Ich sagte ja, ihr wollt es nicht wahrhaben. Wir werden unterwandert. Und alle verschließen die Augen davor. Aber das werden wir nicht zulassen, wir werden uns zur Wehr setzen!«

Bevor Peter etwas erwidern konnte, trat Hauke ein, gefolgt von Maren und Ole.

»Was ist hier los?«, rief er.

»Dieses dahergelaufene Pack kann schalten und walten, wie es will, und wir ehrbare Bürger sollen tatenlos zusehen. Und das nennt sich dann Rechtsstaat.« Edith spuckte demonstrativ auf den Boden.

Nun platzte Rosi der Kragen. »So, jetzt reicht's. Niemand spuckt in meinem Restaurant und hält ausländerfeindliche Reden, ist das klar? Zum Glück leben wir in einem Rechtsstaat, der mir in diesen Räumen mein Hausrecht verleiht. Also, raus mit euch! Wenn ihr wieder klar im Kopf seid, könnt ihr wiederkommen.«

Ihr resolutes Auftreten flößte Peter Respekt ein. Er warf Hauke einen kurzen Blick zu, der seinen Stolz nicht verhehlen konnte.

»Und ihr zwei verabschiedet euch jetzt auch.« Sie deutete auf die Carstensen-Brüder.

»Wir haben doch gar nichts getan«, protestierte Thomas, der Größere von beiden. »Ihr solltet euch lieber um die Angreifer kümmern, die gestern wild in unserem friedlichen Protest rumgeballert haben. Das sind die Verbrecher, nicht wir. Wir wollen nur, dass unsere Kinder wieder friedlich auf der Straße spielen können und wir keine Angst mehr haben müssen, dass man in unsere Häuser einbricht oder unsere Haustiere klaut.«

Natürlich hatte keiner der beiden ein Kind, geschweige denn ein Haustier. Darum ging es ihnen auch gar nicht. Thomas hatten sie schon einmal festgenommen, wegen unerlaubten Waffenbesitzes. Es würde Peter nicht wundern, wenn sie selbst gestern den Schuss abgegeben hätten.

»Bitte verschont mich mit krankhaften Verschwörungstheorien«, konterte Rosi.

»Schade, du schlägst dich auf die falsche Seite«, zischte Edith. »Das wird euch noch allen leidtun. Ich sage euch, in ein paar Jahren werdet ihr euch wünschen, ihr hättet uns zugehört und uns ernst genommen. Spätestens dann wird die Flutwelle über uns hereingebrochen sein. Und niemand wird die Massen aus dem Ausland mehr aufhalten können.«

»Edith, ich zähle jetzt bis drei und dann seid ihr verschwunden. Eins.« Rosis Ton wurde schärfer. Sie machte einen großen Schritt auf sie zu. »Zwei.«

Klaus gab als Erster auf. »Komm, wir sind hier nicht erwünscht«, sagte er und fasste seine Frau am Arm.

»Ich gehe unter Protest. Denkt an unsere Worte«, rief sie, während Klaus sie zum Ausgang schob.

»Drei. Raus!«

Die Brüder warfen Haukes Schwester einen letzten wütenden Blick zu und schlossen sich widerwillig den Fischers an. Rosi folgte ihnen bis zur Tür. Peter konnte nicht anders, er klatschte. Hauke tat es ihm gleich und auch die anderen am Tisch stimmten mit ein.

»Schwesterherz, du bist echt 'ne Wucht.« Hauke knuffte seine Faust gegen ihre Schulter.

»Hört auf«, rief sie. »Ich will dieses Gerede einfach nicht in meinem Restaurant haben. Man muss diesen Leuten die Grenzen aufzeigen. Sonst glauben die am Ende noch, wir würden ihnen zustimmen.«

»Auf den Schrecken gebe ich eine Runde aus«, rief Bärbel und begab sich hinter den Tresen. »Wer will einen Schnaps?«

Joachim und Alfred hoben sofort die Hände. Rosi genehmigte sich den ersten Kurzen selbst und kippte ihn in einem Zug hinunter. Peter fing Haukes besorgten Blick auf.

»Wusstest du das?«, fragte Hauke.

Peter schüttelte den Kopf. »Nee. Barsch und unfreundlich war Edith ja schon immer, aber dass sie neuerdings derart unverhohlen rechte Parolen vertritt, hätte ich nicht gedacht«, bemerkte Peter.

»Vielleicht sind die reißende Abnehmer für die geschmacklosen Holzschnitzereien ihres Mannes. Würde mich nicht wundern, wenn die bald eine rot-weiß-schwarze Binde tragen und im parteieigenen Fanshop verhökert werden. Die beiden müssen wir im Auge behalten. – Du, sag mal, wo steckt eigentlich Philip?«

»Gute Frage. Ich rufe ihn noch mal an.«

»Wenn wir schon mal hier sind, können wir auch gleich Mittag machen«, schlug Hauke vor.

»Okay, aber du nimmst dir Alfred vor. Seine Mission ist völlig außer Kontrolle geraten. Ich will nicht, dass plötzlich alle möglichen Leute auf den Zug aufspringen und die Bürgerwehr als Trittbrett benutzen. Hier geht es um Tiere und nicht um politische Überzeugungen.«

»Mach ich, verlass dich drauf.«

Peter ging ins Freie und wählte Philips Nummer. Die Mailbox sprang an. Wo konnte er nur sein? Was war so wichtig, dass er keine Anrufe annahm? Sicherlich war er in nicht ganz legaler Mission unterwegs und wollte dabei nicht erwischt werden. Peter verscheuchte die beginnende Unruhe und gesellte sich wieder zu den anderen. Philip würde schon wieder auftauchen.

27

Die Uhr in Rosis Gastraum zeigte zwei Uhr und ihr eigenwilliger Chef hatte sich immer noch nicht gemeldet. Langsam fing Hauke an, sich Sorgen zu machen. Während des Essens hatte er sich Alfred gehörig zur Brust genommen und ihm mehr oder weniger befohlen, seine Unternehmungen endlich einzustellen. Nach dem Schuss auf der Kundgebung waren Alfred selbst Zweifel gekommen, sodass Hauke nicht viel Überzeugungsarbeit leisten musste. Er hatte vorgehabt, bei dem Treffen in Rosis Lokal dieser absurden Bürgerwehr ein Ende zu setzen. Das Auftreten der Fischers hatte ihn ebenso schockiert wie alle anderen. Alfred wollte keinen politischen Aufruhr anzetteln und mit Lena Krause und den andern reden, damit sie ihren Protest aufgaben. Immerhin waren einige Tiere bereits gefunden worden. Hauke hatte Alfred in die Ermittlungsergebnisse eingeweiht und ihm das Versprechen abgenommen, dass er davon nichts nach draußen geben würde. Unter allen Umständen mussten sie einen Menschenauflauf vor Bens oder Hagens Haus vermeiden. Alfreds Vorschlag, dem jungen Mann heute gemeinsam einen Besuch abzustatten, nahm Hauke dankbar an. Einen Versuch war es wert. Alfred kannte Ben seit Kindesbeinen und hatte ihn manchmal im Streifenwagen mitgenommen, wenn sie Freddy mal wieder tagsüber betrunken aufgegabelt und ihn zu Hause abgeliefert hatten.

»Taucht euer Chef öfter mal unter und ist dann nicht erreichbar?«, fragte Ole.

Hauke wusste nicht, was er darauf antworten sollte. Er konnte ja schlecht sagen, dass er das alle naselang tat und bei seinen Ausflügen sehr großzügig mit den Gesetzen und seinen Kompetenzen umging. Das warf kein gutes Licht auf ihn und ihre Station.

»Nee, nie«, log er.

»Dann sollten wir uns ernsthaft Sorgen machen, findet ihr nicht?«, warf Maren ein. »Vielleicht hatte er einen Unfall.«

»Zu Fuß?«, fragte Ole ungläubig.

»Wir sollten den Weg zum Haus von Reth ablaufen«, beharrte Maren.

Peter nickte zustimmend. »Das ist eine gute Idee. Fahrt am besten gleich los, dann könnt ihr vorher noch bei Dr. Battenberg vorbeifahren.«

»Wer ist das?«, erkundigte sich Maren.

»Unser früherer Hausarzt«, erwiderte Hauke.

Maren sah ihn irritiert an.

»Ich habe ihn vorhin angerufen«, erklärte Peter. »Er kennt die Familienverhältnisse der Drostes sehr gut. Vielleicht kann er uns im Umgang mit Ben weiterhelfen.«

Eine Stunde später saß Hauke mit den beiden externen Kollegen im Wohnzimmer des ehemaligen Landarztes von Kophusen. Den Kaffee hatten sie dankend abgelehnt. Sie wollten nicht lange bleiben. Hauke wurde zunehmend nervös, weil es von Philip noch immer kein Lebenszeichen gab.

Sein langjähriger Freund Josef Battenberg war ein richtiges Raubein, das mochte Hauke an ihm besonders. In jüngeren Jahren hatte er ihn als Vaterfigur gesehen. Und auch heute noch flößte der Siebzigjährige ihm Respekt ein.

»So, ihr wollt also etwas über den Droste-Jungen wissen? Darf man fragen, warum?«

Hauke schüttelte sanft den Kopf.

»Ich unterliege der ärztlichen Schweigepflicht.«

»Josef«, begann Hauke, »ich möchte doch nur wissen, wie ich den Mann zum Reden bringe. Der steckt aller Wahrscheinlichkeit nach in Schwierigkeiten und seine Mutter kann ich nicht erreichen. Alles, was ich brauche, ist ein Tipp.«

»Wieso kannst du Alma nicht erreichen?«, fragte er besorgt.

»Sie ist zur Kur und wir wissen nicht, wo.«

»Zu Kur? Weshalb?«

»Sie hat eine neue Hüfte bekommen.«

Er machte ein schnalzendes Geräusch. »Unmöglich.«

Hauke horchte auf. »Wie? Unmöglich?«

»Wer hat euch das gesagt?«

»Hagen Reth.«

Josef hob die buschigen Augenbrauen und sah ihn über den Rand seiner dicken Brille an. Ein ungutes Gefühl beschlich Hauke.

»Sag schon. Was ist los?«, fragte er.

Battenberg zögerte, doch seine Sorge um Bens Mutter schien die Oberhand zu gewinnen.

»Alma Droste hat bereits zwei neue Hüften. Die letzte Operation war vor einigen Jahren. Sie kam damals zu mir und wollte eine Empfehlung für eine entsprechende Klinik.«

»Ach, nee.« Hauke blieb der Mund offen stehen.

»Sie leidet unter Arthrose. Lange hatte sie sich der Operationen verweigert, weil sie Ben nicht alleine lassen wollte. Daher weiß ich das so genau. Wenn die Kollegen nicht gepfuscht haben, ist eine erneute Operation sehr unwahrscheinlich. Und da der Chirurg ein renommierter Arzt und ein sehr guter Freund von mir ist, glaube ich kaum, dass er den Eingriff mangelhaft durchgeführt hat.«

»Kannst du ihn anrufen und fragen?«

»Sehr gern.«

Battenberg erhob sich von dem alten Chesterfield-Sofa und ging hinüber in die Bibliothek, wo sein Telefon stand. Seine sonore Stimme drang bis zu ihnen herüber.

»Was geht da auf dem Hof vor sich?«, fragte Maren leise. »Wenn die Mutter gar nicht auf Kur ist, wo ist sie dann?«

Gute Frage, dachte Hauke. »Und warum erzählt uns Reth dann, dass sie auf Kur ist?«

»Vielleicht hat der Sohn das erfunden und Reth weiß gar nicht, dass es eine Lüge ist«, schlug Ole vor.

»Das glaube ich nicht«, wandte Maren ein. »Reth ist der Vertraute von Ben, warum sollte er den Mann belügen? Außerdem müsste Reth doch wissen, dass Alma Droste, die er angeblich so gut kennt, bereits zwei neue Hüften hat.«

»Weil er vielleicht gar nicht der Vertraute der Familie ist? Bisher hat nur er das behauptet«, entgegnete Ole.

Der Mann hatte recht. Nur weil er der Familie ein lebenslanges Wohnrecht gewährte, hieß das noch lange nicht, dass sie befreundet sein mussten und keine Geheimnisse voreinander hatten.

»Du meinst, er hat uns belogen?«, fragte Maren.

»Vielleicht hat er dieses Wohnrecht nicht freiwillig eingeräumt«, überlegte Hauke laut.

»Du glaubst doch nicht, dass Reth Alma Droste umgebracht hat, um an das Haus zu kommen? Was soll dann aus Ben werden?« Maren klang wenig überzeugt.

Hauke konnte es sich auch nicht vorstellen, aber die Frage, warum Reth ihnen nicht die Wahrheit gesagt hatte, blieb im Raum stehen.

Schweigend warteten sie auf Josefs Rückkehr.

»Er kann sich noch gut an sie erinnern. Es ist so, wie ich gesagt habe. Alma Droste hat ihre zweite Hüfte 2015 bekommen. Und sie ist momentan nicht in Behandlung.«

»Weißt du, wo sie damals auf Kur war?«, fragte Hauke.

»In St.-Peter-Ording. Warum?«

»Nur so. Was weißt du über das Verhältnis zwischen Hagen Reth und Alma Droste?«, erkundigte sich Hauke.

Das Gesicht des Arztes veränderte sich. »Er ist verliebt in sie. Aber sie hat seine Avancen immer entschieden abgelehnt. Es ist ein schwieriges Verhältnis zwischen den beiden. Durch den Hauskauf war sie gewissermaßen abhängig von ihm. Verstehe mich nicht falsch, Hagen ist ein netter Kerl, aber er hat nie aufgegeben, sie für sich gewinnen zu wollen.«

»Woher weißt du so viel über sie?«, wollte Hauke wissen.

»Sie war lange Jahre eine Patientin von mir und sie hatte nicht viele Freunde. Außerdem war ich oft bei ihnen zu Hause. Du weißt ja, ihr Schwiegervater pflegte damals seine Frau. Bei diesen Hausbesuchen erhält man tiefe Einblicke. Auch unfreiwillig.«

»Und Freddy?«

»Er war ein Trinker. Ich habe Alma mehrmals eindringlich geraten, ihn zu verlassen. Aber sie wollte nicht. Sie hatte es schwer mit ihm. Im Grunde war sein Verschwinden ein Segen für die ganze Familie.«

»Hast du ihn auch behandelt?«

»Nein, der ging nie zum Arzt. Jedenfalls nicht zu mir.«

»Hast du einen Tipp für Ben?«

Battenberg schüttelte sanft den Kopf. »Der Junge hat eine Autismus-Spektrum-Störung. So nennt man das heute. Diese Form der Störung hat viele Facetten. Er war lange Jahre in Hamburg bei einem Spezialisten in Behandlung. Seine geistigen Fähigkeiten sind in Mitleidenschaft gezogen. Im Grunde ist er auf dem Stand eines Kindes. Nur seine Motorik ist erstaunlich gut für den Grad seiner Störung.«

»Bringe ich ihn irgendwie dazu, mit mir zu reden?«

»Schwierig. Er fasst nur schwer Vertrauen. Freunde hatte er nie. Ohne einen geschulten Psychologen kommst du nicht weit, fürchte ich.« Er machte eine Pause. »Warum willst du das alles wissen?«

»Ich erkläre es dir später. Danke, Josef. Wir müssen los.«

Hauke wollte nicht noch mehr Zeit verlieren. Ihm schwante nichts Gutes.

»Wenn wir davon ausgehen, dass Alma Droste nicht auf Kur ist, dann ist ihr etwas zugestoßen«, erklärte Hauke Peter am Telefon, während sie ins Auto stiegen.

»Ich fordere Unterstützung an«, erwiderte Peter. »Anschließend gebe ich eine Fahndung nach Alma Droste raus.«

»Ja, ist gut. Ich melde mich, sobald wir etwas Neues wissen.«

»Seid vorsichtig!«

»Sind wir doch immer. Was Neues von Philip?«

»Er geht nicht ans Telefon. Ich habe ein ungutes Gefühl bei der Sache. Es sind jetzt über drei Stunden.«

»Versuch es weiter. Wir fahren zum Hof.«

Hauke startete den Motor. Was zum Teufel ging da bloß vor sich? Hatte Reth Almas Mann umgebracht, um den verhassten Nebenbuhler loszuwerden? Aber wo steckte die Frau? Hatte Reth sie jetzt auch beseitigt, weil sie seine Liebe nicht erwiderte? Oder war Ben es, den sie ins Visier nehmen mussten? Fest stand, dass beide Männer zeitgleich unauffindbar waren.

Hauke raste das kurze Stück auf der Landstraße dahin, bog in die schmale Stichstraße ab und hielt wenig später vor dem Haus des Tierarztes. Die drei Beamten stiegen aus. Seine Waffe im Anschlag, übernahm Hauke die Vorhut. Zum ersten Mal war er froh darüber, dass sie Verstärkung hatten. Während Ole zur Haustür ging und klingelte, pirschten Maren und Hauke sich zur Rückseite des Hauses vor.

»Hallo? Ist hier jemand? Hier spricht Hauke Thomsen von der Polizei.«

Es blieb still. Der hölzerne Anbau hatte keine Fenster. Die Tür war verschlossen. Er blickte zu Maren. Die nickte kurz und Hauke fackelte nicht lange. Er verpasste der Tür einen heftigen Fußtritt, doch sie war stabiler als gedacht. Er benötigte vier Anläufe, bevor das Ding an einigen Stellen zu splittern begann. Schließlich warf er sich mit aller Wucht dagegen und das Holz gab seinen Widerstand auf. Der Geruch, der ihm in die Nase stieg, ließ ihn erschauern. Hauke fand den Lichtschalter und erstarrte.

»Oh mein Gott«, entfuhr es Maren. »Was ist das hier?«

Ihre Blicke wanderten durch den Raum. Aus leblosen Augen starrten ihnen unzählige Tiere entgegen, deren Köpfe an den Wänden hingen wie Trophäen.

»Das ist gespenstisch. Als würden sie gleich auf uns losgehen«, flüsterte Maren.

Hauke musste ihr zustimmen. Sie sahen lebensecht aus, als hätte man sie getötet und direkt aufgehängt. Den stillen Vorwurf in ihren Augen versuchte er zu ignorieren. Hauke zwang sich zur Konzentration. Dann wandte er den Blick ab und betrachtete die Einrichtung. Soweit er das beurteilen konnte, waren die Tiere hier an Ort und Stelle präpariert worden. Die erforderlichen Werkzeuge hingen an der Wand. Der große Tisch war übersät mit Blutflecken, die ins Holz gesickert waren. Benutzte man hierfür nicht eher einen Metalltisch, den man hinterher reinigen konnte? Scheinbar mochte Hagen die martialischen Spuren seiner Arbeit. Hatte doch er die Kophusener Tiere gestohlen und getötet? War Ben am Ende unschuldig?

»Scheiße, was ist denn hier los?« Ole tauchte hinter ihnen auf.

»Hier frönt jemand seiner Sammelleidenschaft«, gab Maren zurück.

Hauke besah sich das Werkzeug genauer. Es war sauber und ordentlich verstaut. Hier hatte alles seinen Platz. Fast schon penibel. Er hatte keine Ahnung gehabt, dass Hagen Reth Tiere präparierte. Dieses Handwerk war filigran, präzise und zugleich brutal, fand er. Man musste den Tieren buchstäblich die Haut abziehen. Auch wenn Hauke kein Problem damit hatte, Tiere zu verspeisen, töten wollte er sie nicht. Das hatte er mit den meisten Menschen gemein. Aber ihre Haut vom Körper ziehen? Er musste an die unzähligen Hähnchen denken, die er allein bei Rosi gegessen hatte. Er mochte die krosse Haut am liebsten. War das im Grunde nichts anderes als das hier?

»Sieht ganz so aus, als hätten wir unseren Tierdieb gefunden«, sagte Ole.

Nicht so voreilig, dachte Hauke. Hastig rief er Peter an und gab eine Wasserstandsmeldung durch. Das Gespräch dauerte nicht lange.

»Wir sind uns einig, dass unser Tierarzt ein morbides Hobby hat«, begann Hauke. »Aber wo ist der Knabe?«

»Vorne macht niemand auf. Und durch die Scheiben ist nichts Auffälliges zu sehen. Keine Unordnung. Kein Einbruch«, berichtete Ole.

»Okay.« Hauke überlegte kurz, ob sie sich Zutritt zum Haus verschaffen sollten. Fiel das unter Gefahr im Verzug?

»Gehen wir rein?«, fragte Maren, die seinen Gedanken zu erraten schien.

»Es gibt keinen Hinweis auf ein Verbrechen«, erwiderte Ole. »Diese Werkstatt ist leer. Ich sehe nicht eines der Tiere, die verschwunden sind. Weder an der Tür noch an den Fenstern gibt es Einbruchspuren.«

»Ja, aber was geht hier ab, verflucht noch mal? Das ist doch nicht normal. Alma Droste kann nicht auf Reha sein. Reth ist nicht da. Und Philip ist ebenfalls verschwunden. Die sind wohl kaum auf einen gemeinsamen Jagdausflug gegangen!« Haukes Anspannung entlud sich.

Dieser Geruch war nicht mehr zu ertragen. Hauke trieb es zurück an die frische Luft.

»Ich stimme dir ja zu. Aber du kannst nicht einfach ins Haus eindringen. Ich schlage vor, wir warten auf die Kollegen«, wandte Ole ein.

»Bis dahin ist vielleicht Schlimmeres passiert«, mischte sich Maren ein.

Hauke schnaubte. Er musste die Ruhe bewahren und gleichzeitig eine schnelle, kluge Entscheidung treffen. Hier stank nicht nur das tote Fleisch zum Himmel. Unschlüssig blickte er sich im Garten um. Philip hätte jetzt gewusst, was zu tun war. Hastig überschlug er seine Optionen. Ole hatte recht und vermutlich war das Haus ohnehin leer. Vielleicht war es klüger, sich auf dem Hof umzuschauen, dachte er, als sein Blick an einem Stück Plastik hängen blieb, das auf dem Rasen lag. Er kniff die Augen zusammen, aber er konnte nicht erkennen, was es war.

»Wo willst du hin?«, hörte er Ole rufen, doch Hauke gab ihm keine Antwort.

Der Rasen war penibel gepflegt. Hagen Reth würde keinen Müll liegen lassen. Hauke bückte sich und griff danach. Er brauchte einige Sekunden, um zu begreifen, was er da in der Hand hielt. Dann hob er den Blick. Das Gartenhäuschen stand direkt vor ihm. An der ansonsten sauberen weißen Tür entdeckte er eine Schmutzspur. Hastig setzte er sich in Bewegung. Die Rufe der Kollegen ignorierend, stieß er die Tür auf.

»Verfluchte Scheiße!«, entfuhr es ihm, als er seinen Chef erblickte.

Achtlos ließ er das Stück Plastikverpackung fallen. Während er zu Philip trat, der reglos auf dem Boden lag, setzte er einen Notruf ab.

»Philip?«, rief er. »Hey.«

Er hatte ein Déjà-vu. Nicht schon wieder, dachte er.

»Was ist los?«, rief Maren.

Bevor Hauke etwas antworten konnte, kniete sie bereits neben ihm.

»Atmet er?«

»Ja.«

»Dann schnell, stabile Seitenlage.« Marens routinierte Handgriffe beeindruckten ihn. Hauke dagegen schlug seinem Chef mehrmals sanft ins Gesicht.

»Hey, Philip, wach auf. Mach jetzt nicht schlapp.«

»Hier, wahrscheinlich ist er nur betäubt.« Ole hielt ihnen eine Spritze unter die Nase.

Sofort ergriff Hauke die Panik. »Scheiße, Scheiße, Scheiße!«

»Ganz ruhig, Hauke«, sagte Maren. »Er atmet, das ist ein gutes Zeichen. Ole, siehst du irgendwo eine Flasche mit dem Zeug, was er bekommen hat?«

Ihr Kollege schaute sich um. Hauke wich Philip nicht von der Seite.

»Nee.«

Hauke wusste, dass er nichts für seinen Freund tun konnte. Aber er konnte versuchen, das Arschloch zu erwischen, der ihm das angetan hatte.

»Du bleibst bei ihm, bis der Rettungswagen eingetroffen ist«, sagte er zu Maren.

»Und du?«, fragte Ole.

»Ich gehe rüber zum Hof. Ich kann hier nicht tatenlos sitzen und warten. Außerdem wissen wir immer noch nicht, wo Alma ist.«

»Ich komme mit«, sagte Ole.

»Mach keinen Scheiß, hörst du!«, flüsterte er Philip ins Ohr.

Maren nickte und gemeinsam verließen die beiden Männer das Gartenhaus.

Mit quietschenden Reifen brachte Hauke den Wagen zum Stehen. Er schnappte sich das Funkgerät und setzte Peter eilig in Kenntnis. Für die Einwände seines Kollegen hatte er jetzt keine Zeit. Er beendete die Verbindung, stieß die Tür auf und sprang aus dem Auto.

»Ben?«, rief er so laut, wie es ihm möglich war. »Hagen?«

Die beiden Beamten lauschten in die Stille. Schussbereit liefen sie über die Auffahrt. Nach dem, was sie eben entdeckt hatten, kam Hauke die Stille noch beängstigender vor. Er hatte keinen Schimmer, was sie hier erwartete, aber er spürte die Bedrohung ganz deutlich. Welcher der beiden Männer hatte seinen Chef in den Schlaf befördert? War es Reth, weil Philip ihn bei irgendetwas ertappt hatte, oder doch eher Ben? Wo zum Teufel war Bens Mutter? War sie hier? Hielt sie sich vor Reth versteckt? Hauke dachte an die Tiere im Haus von Bens Großeltern. Hatte Reth sie dort untergebracht, um sie zu präparieren? Es war alles so verflucht undurchsichtig. Vor seinem geistigen Auge tauchte Philip auf, wie er auf dem Boden dieses Gartenhäuschens lag. Insgeheim schickte er ein Gebet gen Himmel, ihr Chef möge diese verschissene Spritze überleben.

»Fangen wir bei der Haustür an?«, durchbrach Ole seine wirren Gedanken.

Hauke nickte.

Ole klopfte laut an die dunkelrote Tür. Wie erwartet verhallte das Geräusch in der Stille. Hauke trat ein. Auf diesen Höfen waren die wenigsten Türen verschlossen. Sein Blick fiel auf den Teppich. Er erinnerte sich an die Luke, von der Philip erzählt hatte. Hauke schlug den breiten Läufer zur Seite. Wieder überkam ihn ein Déjà-vu. Dieses Mal war es nicht die Tür zum Dachboden, sondern zum Keller. Seinen aufkeimenden Ekel unterdrückend, hob er die Klappe vorsichtig an. Eine Mischung aus Verwesung und Raumspray schlug ihm entgegen. Offenbar hatte Philip recht gehabt und die Tierkadaver waren hier zwischengelagert worden, bevor jemand sie zum Hochsitz gebracht hatte. Hauke ließ sich durch die Öffnung gleiten. Geduckt schaltete er die Taschenlampe ein und schaute sich um. Vor seinem Gesicht leuchtete ein Spinnennetz weiß hervor. Überall auf dem Boden hatte sich Wasser gesammelt. Im Lichtkegel sah Hauke einige aufgeschreckte Ratten vorbeihuschen. Rechts standen drei leere Käfige. Er wollte sich gar nicht vorstellen, wer oder was sich hier unten den Resten der Tierkadaver angenommen hatte. Kopfschüttelnd stieg er wieder nach oben.

»Und?«

»Leere Käfige und Ratten. Dreimal darfst du raten.«

»Boah, ist das eklig.«

Hauke schloss die Luke. Von der Diele gingen mehrere Türen ab. Im hinteren Bereich kam man rechts auf die Tenne. Diese alten Gehöfte waren alle ähnlich angelegt. Kannte man eines, kannte man sie im Grunde alle. Routiniert öffneten sie eine Tür nach der anderen und durchsuchten die kleinen, muffigen Zimmer. Überall erwartete sie der Einrichtungsstil der Sechziger. Hier war seit Jahrzehnten nicht mehr renoviert worden. Mit Grausen wandte sich Hauke von den verkalkten, braun gemusterten Fliesen im winzigen Bad ab. Die Fugen waren schwarz vor Schimmel. Ben und seine Mutter schienen keinen Wert auf Sauberkeit zu legen.

»Hauke?«

Oles Stimme aus einem der Schlafzimmer ließ ihn zusammenzucken. Hauke bereitete sich innerlich auf den Anblick von Almas Leiche vor, doch als er das Bett sah, stutzte er. Flüchtig fühlte er sich an die Leiche von Carmen Kurz erinnert, die sie seinerzeit am Steuer des Löschfahrzeugs gefunden hatten. Sein drittes Déjà-vu. An nur einem Tag.

»Hast du so etwas schon einmal erlebt?«, fragte Ole. Hauke nickte nur. »Das passiert hier öfter.«

Ole starrte ihn entgeistert an. »Wie öfter? Was für ein krankes Nest ist das hier?«

»Vorsicht, das ist mein Heimatdorf.«

Er ließ den Kollegen im Türrahmen stehen und trat an das Doppelbett. Etwas, das wie ein Frauenkopf aussah, schaute aus dem Federbett hervor. Eine große Naht zog sich über das Gebilde, als hätte jemand die Haut zusammengenäht. Das Gesicht wirkte deformiert, wie ein verbeulter Kotflügel. Hauke ahnte, was mit ihr geschehen war. Er überwand sich, griff zögerlich nach einem Zipfel der Daunendecke und zog sie von der vermeintlichen Leiche. Der Rest ihrer fleckigen Haut war über ein Konstrukt gespannt, das wie Pappmaschee aussah. Hauke musste würgen. Von schiefen Stichen wurden die Enden zusammengehalten. Überall steckten Klammern und Nadeln.

»Denkst du das Gleiche wie ich?«, fragte Ole, der zu ihm getreten war.

Hauke nickte stumm.

28

Sie schlief. Ihr Brustkorb hob und senkte sich sanft bei
jedem Atemzug. Es beruhigte ihn. Bald würden sie für
immer zusammen sein. Nichts würde sie mehr trennen
können. Nichts und niemand. Er war froh, dass die
Heimlichtuerei ein Ende finden würde. Die letzten Wochen waren anstrengend für ihn gewesen. Es war immer
schwieriger geworden, seinen Freund zu überzeugen,
dass es ihr gut ging. Das war ihm gelungen, bis sein Lü-
gengespinst wie ein Kartenhaus zusammengefallen war.
Natürlich hatte er gewusst, dass er sein Vorhaben nicht
ewig würde verheimlichen können. Hagen war nicht
nur ein Freund, er gehörte zur Familie, er war für sie da
gewesen. Seine Mutter hatte es ihm immer wieder versichert. Doch er hatte ihm nicht trauen können. Hagen
hatte ihn hintergangen. Ausgerechnet sein einziger
Freund. Dabei hätte er am besten verstehen müssen, was

es für ihn bedeutete. Gerade noch rechtzeitig hatte er den Verräter erwischt. Um ein Haar wäre seine Mission missglückt. Dann wäre alles umsonst gewesen. Er hätte sie ihm weggenommen. Für immer. Hagen hatte das nicht verstanden, wollte es nicht verstehen. Dabei war es so einfach. So würde sie für immer bei ihm bleiben. Würde ihn in den Arm nehmen, wenn er traurig war, würde ihn nie allein lassen. Sie würde ihn beschützen, so wie sie es immer getan hatte. Hagen hatte das alles gewusst und gerade deshalb verstand er nicht, warum sein Freund die Polizei rufen wollte. Er hätte sie doch besuchen können. Jederzeit. Aber statt glücklich darüber zu sein, war er wütend geworden. So wütend hatte er ihn noch nie erlebt. Es war ihm nichts anderes übrig geblieben, als das Leben seiner Mutter zu verteidigen. So wie sie ihn verteidigt hatte, als sein Vater ihn schlagen wollte. Seine Mutter hatte ihm das Leben gerettet, indem sie seinem Vater den schweren Aschenbecher über den Kopf gezogen hatte. Er war zusammengesackt und nicht mehr aufgestanden. Hagen hatte ihnen geholfen, ihn aus dem Haus zu bringen. Seitdem war sein Vater nicht mehr zurückgekehrt. Er hatte ihn nie vermisst.

Danach hatte Hagen ihr Haus gekauft. Und dafür war er ihm immer dankbar gewesen. Doch gestern hatte er zum ersten Mal Angst vor Hagen gehabt, als der seine Mutter gefunden hatte. Es war nur eine Frage der Zeit gewesen, bis Hagen hinter Bens Schwindel gekommen war. Seit Hagen die Spaziergängerin am Haus seiner Großeltern erwischt und er die Tiere entdeckt hatte, war er misstrauisch geworden. Die Lüge, seine Mutter sei in München, um eine kranke Cousine zu pflegen, begann zu wackeln. Die ganze Zeit über war sie hier zu Hause. Bei ihm. Sicher aufgehoben. Im Schutzraum. Seine Mutter hatte niemandem von ihrem Krebs erzählt, bis er durch Zufall ein Schreiben von einem Arzt gefunden hatte. Auf sein Drängen hin hatte sie ihm erklärt, keine Behandlung zu wollen. Der Krebs sei so weit fortgeschritten, dass sie nur noch wenige Monate zu leben habe. Es hatte ihm eine höllische Angst eingejagt. Er wollte nicht ohne sie sein. Sie war alles, was er hatte. Also beschloss er, sie vor der Welt da draußen zu beschützen. Sie würde für immer und ewig bei ihm sein, damit er sich um sie kümmern konnte.

Anfangs merkte man es ihr nicht an. Doch sie wurde zunehmend schwächer. Als die Schmerzen schlimmer wurden, gab er ihr die Morphiumspritzen. Hagens Medizinschrank war noch immer gut ausgerüstet, und Hagen hatte nichts gemerkt. Die letzten zwei Wochen lag sie nur noch in ihrem Bett und dämmerte vor sich hin. Er wusste, dass ihm nicht mehr viel Zeit blieb. Er hatte mit seinem Training begonnen. Ein straffes Pensum. Ein Wettlauf gegen den Krebs. Hagen hatte ihn mit Fragen gelöchert, da hatte er ihm von der todkranken Cousine in München erzählt. Eine Lüge, die Hagen anfangs geglaubt hatte. Mit dem alten Handy seiner Mutter schrieb er regelmäßig Nachrichten an Hagen. Das schien ihn zu beruhigen. Bis er misstrauisch wurde und anfing, heimlich den Hof zu durchsuchen. Es tat ihm leid, aber niemand stellte sich zwischen ihn und seine Mutter. Auch Hagen nicht.

Jetzt, wo die Polizisten Hagens Werkstatt entdeckt hatten, hatte er sich schnell etwas einfallen lassen müssen. Er konnte nicht den Schutzraum benutzen. Das würde diesen Ort entweihen. In den Keller würde er sie nicht unbeschadet transportiert bekommen. Also musste er wieder auf das Haus seiner Großeltern zurückgreifen. Das hatte die Polizei bereits durchsucht. Dort würden sie ihn am wenigsten vermuten. Er musste warten. Am Tag war es zu gefährlich. Nachbarn konnten ihn sehen oder schlimmer noch, die Polizei, die er nicht loswurde.

Zärtlich strich er ihr über die Wange. Für einen kurzen Moment öffnete sie die Augen und starrte mit leerem Blick zur Decke. Dann atmete sie heftig ein und sackte in sich zusammen. Er hatte so etwas schon oft beobachtet und wusste, dass sie sich im Todeskampf befand. Ihr Bewusstsein war längst aus dem Körper gewichen. Es war das letzte Aufbäumen, bevor es zu Ende ging. Ihm war klar, dass sie nicht friedlich einschlafen würde. Seine Mutter war ein unruhiger Geist gewesen. Immer auf der Hut vor seinem Vater. Sie hatte es nicht leicht gehabt. Umso mehr fand er, dass sie einen ehrenvollen Tod verdiente. Ein friedliches Zuhause. Es würde der letzte Tag werden, an dem er ihren Herzschlag hörte. Und diesen Augenblick wollte er in aller Ruhe genießen.

Er erhob sich langsam aus dem Sessel. Die Tränen, die ihm über die Wangen liefen, konnte er nicht aufhalten. Im Gegenteil, es war seine Art, ihr zu zeigen, dass er es aus Liebe tat. Vor seinen Augen verschwamm ihr abgemagerter Körper. Liebevoll deckte er sie zu und gab ihr einen Kuss. Er musste sich um die Vorbereitungen kümmern. Er würde später wiederkommen und sich zu ihr legen. Die letzten Augenblicke mit ihr teilen. Er schaltete den Recorder ein und schloss leise die Tür hinter sich. Er war fast am Ziel.

29

Peter konnte es nicht fassen. Nachdem Hauke ihn über die dilettantisch präparierte Frau informiert hatte, hatte er sich sofort in sein eigenes Auto gesetzt und war losgefahren. Auf dem Weg hatte er sich bei Maren nach Philips Befinden erkundigt. Sein Chef war inzwischen mit dem Rettungswagen ins Krankenhaus nach Itzehoe gebracht worden. Zeitgleich trafen Maren und er auf dem Hof der Drostes ein. Peter berichtete ihr kurz von der Leiche, die Hauke und Ole im Schlafzimmer entdeckt hatten. Maren war geschockt. Ihre Meinung zur Polizeiarbeit auf dem Land würde sie spätestens jetzt revidieren müssen.

Sie hasteten über die Auffahrt. Noch vom Revier aus hatte Peter die Spurensicherung angefordert und Mona angerufen. Bis die eintreffen würden, konnte es allerdings dauern. Ebenso wie die Kollegen aus Itzehoe waren alle Beamten im Einsatz. Diese chronische Unterbesetzung war eine Katastrophe, gegen die niemand etwas unternahm. Es war zum Heulen.

»Gut, dass ihr da seid«, begrüßte Ole sie in der Diele.

»Wo liegt sie?«, fragte Peter.

»Kommt mit.«

Ole führte sie ins obere Stockwerk. Hauke lehnte im Flur neben dem Türrahmen an der Wand und rauchte. Im Vorbeigehen warf Peter ihm einen kurzen Blick zu, den sein Kollege jedoch ignorierte. Peter starrte in das verunstaltete Gesicht. Die Glasaugen wirkten wie angeklebt. Der Rest des Pappmaschee-körpers schien laienhaft mit der menschlichen Haut bespannt worden zu sein. Die Präparation bot den An-blick einer verbeulten Schaufensterpuppe mit verdreh-ten Gliedmaßen.

»Wer soll das sein?«, fragte Peter, der trotz des grau-sigen Funds die Augen nicht abwenden konnte.

»Keine Ahnung. Sieht mir nicht nach Alma aus. So-weit man das überhaupt sagen kann.«

»Oh, mein Gott. Das ist ja gespenstisch«, hauchte Maren neben ihm.

»Sind die Kripo-Kollegen unterwegs?«, fragte Hauke.

»Ja, aber die sind gerade erst in Kiel losgefahren. Habt ihr irgendetwas gefunden, das sie identifiziert?«

»Nee, nix«, erklärte Hauke. »Aber wenn du mich fragst, passt die Dame perfekt zu der Blutlache, die wir im Graben gefunden haben.«

»Die Joggerin aus Glückstadt?«, fragte Peter.

»Wäre doch möglich.«

»Und sonst? Eine Spur von Ben oder Reth?«

»Wir haben das ganze Haus abgesucht. Weit und breit kein Ben und kein Hagen«, erwiderte sein Freund.

»Und die Nebengebäude?«

»Auf den ersten Blick alle leer. Wir wollten auf Verstärkung warten, bevor wir den ganzen Hof auseinandernehmen«, sagte Ole.

»Wir teilen uns auf«, schlug Hauke vor. »Maren und Ole, ihr knöpft euch den Stall vor. Peter, wir beide gucken uns nebenan auf der angrenzenden Tenne um.«

Auf der Diele trennten sich ihre Wege. Peter und Hauke öffneten vorsichtig die Tür zur Tenne. Kalte Luft strömte ihnen entgegen. Durch das offene Holztor auf der gegenüberliegenden Seite drang nur spärliches Licht. Bis Hauke den Schalter gefunden hatte, starrte Peter auf die Umrisse eines Autos, das mitten in der großen Scheune stand. Als das Licht anging, bestätigte sich seine Vermutung. Es war Almas altes Cabrio. Den Wagen schien schon lange niemand mehr benutzt zu haben.

Die Beamten sahen sich um. Die Tenne war schätzungsweise dreihundert Quadratmeter groß. Die Stallungen auf der rechten Seite waren irgendwann herausgerissen worden. Eine letzte Tränke zeugte noch von ihrer früheren Existenz. Der Rest der Fläche war mit allerlei Gerümpel vollgestellt. Ausrangierte Möbel sowie alte landwirtschaftliche Geräte. Es glich einem Museum. Der lehmige Boden war uneben. Peter hob den Kopf. In der Holzdecke fehlten etliche Bretter, sodass er direkt bis zum Dachfirst schauen konnte. Rechts von ihm führte eine steile Treppe nach oben.

»Ich gehe hoch«, flüsterte Peter.

»Sei vorsichtig.«

Peter nickte. Die Treppe war übersät mit alten Spinnennetzen. Auf den Stufen lagen überall Kötel. Er hoffte, dass sie nicht von Ratten stammten. So peinlich ihm das auch war, diese langschwänzigen Viecher ängstigten ihn. Der Dachboden war leer und mit einer dicken Staubschicht bedeckt. Peter ging so weit, wie es der morsche Boden erlaubte, und ließ den Schein seiner Taschenlampe schweifen. Hier oben war niemand. Seitwärts tastete er sich Stufe für Stufe wieder hinunter, als er ein Geräusch hörte. Es klang wie ein Flüstern. Abrupt blieb er stehen und lauschte. Nichts. Leise schlich er weiter die Treppe hinab. Hauke öffnete gerade einen der alten Schränke, als das Wispern erneut erklang.

»Psst«, zischte er und winkte seinen Kollegen heran.

»Was ist?«, flüsterte Hauke.

»Ich habe etwas gehört.«

Mit zusammengekniffenen Augen lauschten sie angestrengt in die Stille. Nach wenigen Sekunden war es wieder zu hören. Das war eine Stimme. Als würde jemand von weit weg zu ihnen sprechen. Das Geräusch brach ab und dann war es wieder da. Vielleicht ein Radio, das irgendwo lief. Aber wo? Die beiden Polizisten sahen sich ratlos an. Peter drehte sich einmal um die eigene Achse. Die Geräuschquelle schien hinter ihm zu sein. Doch außer einem riesigen Bauernschrank an der Wand war da nichts. Stand das Radio im Schrank? Hatte Ben es angelassen? Peter begutachtete das antike Monstrum. Es stand auf zwei rollbaren Untersätzen, was ihm in dem Augenblick, als er das bemerkte, seltsam vorkam. Den mächtigen Schrank zur Seite zu schieben war nicht leicht. Und warum sollte man das überhaupt wollen?

»Hauke, schau mal.«

Peter deutete auf die Hunde. Hauke erriet sofort seine Gedanken. Während Peter eine der Türen aufzog, brachte sich sein Kollege mit der Waffe in Position. Der Schrank war leer. Die Polizisten warfen sich einen wissenden Blick zu und gemeinsam stemmten sie den Schrank beiseite. Mitten in der Bewegung hielten sie inne. Die Stimme war lauter geworden. Peter spürte das Kribbeln in seinem Nacken, das ihn immer warnte, wenn Gefahr im Verzug war. Zum Vorschein kam eine Tür. Ein zarter Lichtstrahl fiel durch die Ritzen des Bretterverschlags, der sich vor ihnen auftat. Sein Körper spannte sich. Er atmete tief ein. Wortlos verständigten sie sich. Peter hielt in der einen Hand seine Waffe und die andere legte er auf die Klinke. Hauke stand seitlich von ihm, jederzeit schussbereit. Wortlos zählten sie bis drei. Dann drückte Peter die Klinke herunter. Als er die Tür aufschob, wurde die Stimme lauter. Vorsichtig betrat er das Kabuff und blickte mit offenem Mund in den Raum. Das Licht kam von einigen flackernden Windlichtern, die rundherum aufgestellt worden waren. Aus dem kleinen Kassettenrekorder erklang eine Stimme, die aus einem Buch vorzulesen schien. Sein Blick blieb ungläubig an den beiden Wellensittichen hängen, die trotz ihrer Unförmigkeit und den ungeschickt angeklebten Federn liebevoll in einem Käfig drapiert waren. Er würde es Greta behutsam beibringen müssen. Darunter lagen zwei Katzen eingerollt, als würden sie schlafen. Aus ihrem Fell ragten Klammern und Nadeln wie bei dem Pappmaschee-Körper im Bett. Um ein Haar hätte Hilde und Murle das gleiche Schicksal ereilt. Ayra hatte es erwischt. Der weiße Hund saß neben dem Sessel – oder das, was von ihm übrig war. Sie alle waren weit davon entfernt, lebensecht auszusehen.

»Scheiße«, entfuhr es Hauke, der sich hastig an ihm vorbeizwängte.

Peter drehte sich um und entdeckte jetzt erst das Bett, das in einer Nische stand. Er löste sich aus seiner Erstarrung und lief hinüber. Hauke hatte das Gestell mit dem Tropf beiseitegeschoben und fühlte der Frau, die dort lag, den Puls.

»Um Gottes willen, das ist Alma!«

Peter blickte auf den ausgemergelten Körper und konnte einen Gedanken an seine verstorbene Frau Marion nicht verhindern. Am Ende hatte sie genauso elend ausgesehen. Täglich hatte er sie im Hospiz besucht und war bis zuletzt bei ihr gewesen. Er verbot sich die Tränen, die sich in seinen Augen versammelten, und zog das Telefon aus der Tasche. Hastig forderte er zum zweiten Mal an diesem Tag einen Rettungswagen an.

»Sie lebt noch«, bemerkte Hauke. »Was zum Teufel ist das hier? Ein Mausoleum?« Er blickte auf die deformierten Tiere rundherum.

Peter schüttelte den Kopf. Er konnte es immer noch nicht fassen. Alma Droste lag hier in einem Krankenbett, dem Tode näher als dem Leben, umgeben von stümperhaft präparierten Tieren. Wäre es nicht so makaber, es hatte fast etwas Anheimelndes.

»Welches kranke Hirn kommt auf so eine Idee? Ben oder Hagen Reth?«, flüsterte Hauke.

»Das konnte ja keiner ahnen. Wo sind die beiden bloß?«

»Wahrscheinlich sind die unterwegs und sorgen für Nachschub für ihren Friedhof der Kuscheltiere.«

»Hey, Kollegen, seid ihr da?«

»Hier drinnen.« Peter steckte den Kopf durch die Tür.

»Das Ferkel ist in dem Schuppen drüben. Tot. Kein schöner Anblick. Und ein mächtiger Pick-up steht hinter dem Gebäude mit einer Plane bedeckt«, erklärte Ole beim Reinkommen.

»Habt ihr Ben gefunden?«, fragte Maren.

Wortlos schüttelten sie die Köpfe.

»Was ist das hier?« Ole klang angewidert und fasziniert zugleich.

»Darf ich vorstellen: Das Schreckenskabinett des Dr. Phibes«, kommentierte Hauke düster.

»Hauke, bitte«, ermahnte Peter ihn.

»Wieso, er hat doch recht«, sprang Ole ihm zur Seite.

»Könnt ihr mal mit euren dummen Sprüchen aufhören! Lebt sie noch?« Maren kniete sich neben Alma Droste.

Peter nickte. »Der RTW ist unterwegs.«

»Wollte der Täter sie umbringen oder am Leben erhalten?«, fragte Maren.

»Ich tippe auf Letzteres«, sagte Hauke. »Die ist garantiert vollgepumpt mit irgendwelchen Drogen. Wozu sollte der Tropf sonst gut sein?«

»Aber warum? Was hatte er vor?«

Peter ahnte bereits, welche Absicht dahinter steckte. Aber es laut auszusprechen war ihm nicht möglich. Sie mussten die Männer finden. Und zwar schnell. Wer von den beiden der Täter war, war ihm noch nicht klar. Aber er glaubte, dass einer von ihnen in Lebensgefahr schwebte.

Hauke war nach einer gewaltigen Ladung Nikotin zumute. Tief sog er den Rauch seiner Zigarette ein. Auch wenn er einen blöden Spruch auf Lager gehabt hatte, ging ihm der Anblick der armen Kreaturen sehr nah, ganz zu schweigen von dem präparierten Körper und der todgeweihten Alma Droste. Er ahnte, warum die

Haut einer toten Frau im Schlafzimmer lag und Bens Mutter halb tot in dem geheimen Raum, umringt von ausgestopften Tieren. Es sah aus, als hätte man ihr einen Schrein noch zu Lebzeiten gebaut. Die Vorstellung, dass einer der beiden Männer vorgehabt hatte, Alma Droste ebenso stümperhaft zu präparieren wie die arme Frau oben im ersten Stock, traute er sich nicht auszumalen. Aber wer von beiden hatte es getan? War Ben auf diese kranke Idee gekommen? Konnte er der heimliche Möchtegern-Präparator sein? Wenn Hagen die Tiere in seiner Werkstatt selbst präpariert hatte, musste Ben für diesen Murks verantwortlich sein. Aber hatte Reth gewusst, was sich hier vor seiner Nase abspielte? Oder steckte doch der Tierarzt dahinter und lebte irgendwelche perversen Fantasien aus? Wollte er den Bungalow deshalb an niemanden vermieten, weil man ihm sonst auf die Schliche gekommen wäre? Und wo zum Teufel waren die Männer überhaupt?

Den letzten Zug inhalierend, erblickte er den Rettungswagen unten an der Auffahrt. Er trat den Stummel aus, lief ihm entgegen und lotste ihn auf den Hof. Hastig stiegen zwei Frauen und ein Mann aus. Hauke erklärte knapp die Situation und wies ihnen den Weg zu dem geheimen Raum. Er wollte nicht dabei sein. Sterben war ein Thema, womit er nicht sonderlich gut umgehen konnte. Nicht, seitdem er seinen Vater verloren hatte. Er verscheuchte den Gedanken und zündete sich eine neue Zigarette an. Er hoffte, dass Philip nicht irgendetwas Gefährliches gespritzt worden war. Wer es auch war, diesem Verrückten war alles zuzutrauen. Unruhig trat er auf der Stelle. Was für eine verdammte Scheiße! Hauke konnte nur hoffen, dass Alma überleben würde. Fast tat ihm Ben leid. Vermutlich würde er jetzt in die Psychiatrie eingewiesen werden. Aber wenigstens gab es da kompetente Leute, die sich um ihn kümmerten. Es wurmte ihn, dass die beiden Tatverdächtigen wie vom Erdboden verschluckt waren. Sein Blick blieb am Bungalow hängen, in dem Bens Großeltern gewohnt hatten. Konnte sich Ben oder Reth oder auch alle beide dort verschanzt haben?

Kurz überlegte Hauke, ob er die Kollegen rufen sollte, entschied sich dann aber dagegen. Entschlossen entledigte er sich seiner Kippe und überquerte die schmale Landwirtschaftsstraße. Im Gehen zog er die Dienstwaffe und schlich sich von links heran. Durch die Fenster war nichts zu sehen. Zum Feld hin lag die Terrasse mit der breiten Fensterfront. Vorsichtig lugte er um die Ecke. Das Wohnzimmer war leer. Mit dem Schaft seiner Pistole durchbrach er die Scheibe oberhalb des Griffs. Er vergrößerte das Loch und streckte vorsichtig den Arm hindurch. Der Riegel ließ sich problemlos herunterdrücken.

Vom Flur aus warf er einen Blick ins Badezimmer. Nichts. Gegenüber lag die Küche. Die Tür war geschlossen. Leise drückte er die Klinke herunter.

Ben stand mit dem Rücken zu ihm vor dem Küchentisch. Zwei riesige Kopfhörer prangten über seinen Ohren, aus denen Musik drang. Offenbar hatte er Hauke noch nicht bemerkt. Die Arbeitsplatte neben dem Tisch war mit allerlei Werkzeug übersät. Hauke machte Skalpelle, Klemmen und Tupfer aus. Auf dem Küchentisch lag eine dicke Plane, die an den Seiten bis zum Fußboden reichte. Hauke wurde heiß und kalt. Ben schien Vorbereitungen zu treffen.

Hauke atmete tief ein und tippte Ben auf die Schulter. Hastig riss der Mann den Kopf herum. Seine Augen weiteten sich. Eine emotionale Regung in dem ansonsten ausdruckslosen Gesicht. Seine Oberlippe begann zu zittern. Aus seinen Augen schossen Tränen. Er schüttelte heftig den Kopf.

»Nein!« Er streifte sich den Kopfhörer herunter. »Nein«, wiederholte er, die Musik übertönend, die jetzt aus den Ohrhörern dröhnte. »Ich bin noch nicht fertig. Ihr seid zu früh. Bitte!«

»Ben, es ist vorbei. Wir haben deine Mutter gefunden. Sie wird in ein Krankenhaus gebracht. Was hast du meinem Chef gespritzt? Wo ist Hagen?«

Hauke war kurz davor, die Nerven zu verlieren, riss sich aber zusammen. Er wollte den Jungen nicht noch mehr verstören. »Bitte, sag mir, wo Hagen ist.«

»In den Büschen. Hinterm Haus.«

»Ist er tot?«

Ben nickte stumm. Weinend ließ er den Kopf sinken. »Sie ist krank. Sie wird sterben, wenn ich ihr nicht helfe. Sie ist doch alles, was ich hab. Was soll ich denn ohne sie tun? Ich habe sie doch so lieb.«

Hauke war noch nie so unbehaglich zumute gewesen wie in diesem Moment. Sein Hals schnürte sich zu. Er schaute auf den Mann, der mit allen Mitteln versuchte, das Leben seiner Mutter festzuhalten. Den Augenblick der Geborgenheit buchstäblich zu konservieren. Für immer einzufangen, wie ein Polaroid.

Entgegen seiner dienstlichen Auffassung ließ Hauke die Waffe sinken und trat zu dem weinenden Mann. Behutsam legte er ihm den Arm um die Schulter. Ben ließ ihn gewähren. Sein Oberkörper wurde von einem lauten Schluchzer erfasst und Hauke drückte ihn an sich. Dass er diesen jungen Mann jemals trösten würde, hätte er sich nicht träumen lassen. Da stand er, mit einem Mörder im Arm, berührt von dessen Schicksal.

Diese verfluchte Welt war so scheißkompliziert und so verdammt ungerecht.

30

»Du hättest wirklich nicht mitkommen müssen«, sagte Goldberg und drückte Magdas Hand.

»Ich weiß«, antwortete sie mit ihrem ironischen Lächeln.

Sie saßen nebeneinander und warteten auf die Ärztin. Der Kommissar hatte die amtsärztliche Untersuchung rasch hinter sich bringen wollen. Heute waren sie hier, um die Ergebnisse zu besprechen. Er war nervös, obwohl er nicht glaubte, dass die Werte besorgniserregend sein würden. Wie versprochen hatte er der Ärztin von seinen Magenproblemen berichtet. Magda hatte ihm gedroht, sie würde sich von ihm trennen, wenn er es nicht endlich untersuchen lassen würde. Todesmutig hatte er gehorcht. Glücklicherweise hatte weder der Ultraschall des Bauchraums noch die Magenspiegelung einen Befund ergeben. Das hatte ihn erleichtert. Nun standen noch die Ergebnisse der Blut- und Urinproben aus. Seine Vitalfunktionen waren so weit okay. Doch das Schlimmste stand ihm noch bevor. In der nächsten Woche hatte er ein Gespräch mit einer Psychiaterin, die seinen geistigen Zustand beurteilen sollte. Obwohl er nicht glaubte, dass seine Dienstfähigkeit eingeschränkt war, blickte er sorgenvoll auf diesen Termin. Mit Jens, seinem besten Freund und Psychologen, hatte er bereits ausführlich telefoniert. Er hatte ihm sein ärztliches Gutachten per E-Mail zukommen lassen. Darin stand, dass Goldberg seine psychischen Probleme überwunden hatte und er vollständig einsatzfähig war. Der Kommissar würde der Ärztin diesen Bericht dalassen. Vielleicht stimmte sie das positiv. Mit Axel hatte er noch kein klärendes Gespräch führen können.

Hinter ihnen ging die Tür auf und die große, dunkelhaarige Frau trat ein. Er stellte Magda vor. Dr. Francke nahm an ihrem Schreibtisch Platz.

»Herr Goldberg, ich habe mir sämtliche Ergebnisse angeschaut und sie sind allesamt altersgerecht. Das Einzige, das mich etwas beunruhigt, sind Ihre leicht erhöhten Entzündungswerte. Das kann verschiedene Ursachen haben. Möglicherweise ist es eine Nachwirkung des Sedativums, das Ihnen verabreicht wurde.«

Goldberg nickte. Er hatte ihr natürlich davon erzählt.

»Zum jetzigen Zeitpunkt können wir nur abwarten. Aber ich bitte Sie, das mit Ihrem Hausarzt zu besprechen. Der entscheidet dann auch über die weiter- führende Diagnostik.« Sie machte eine kurze Pause, in der sie auf Goldbergs Zustimmung wartete. »Rein körperlich konnte ich nichts feststellen, was Ihre Dienstfähigkeit beeinflussen würde. Ich werde meinen Bericht an die zuständige Abteilung schicken. Haben Sie Fragen?«

»Und mit seinem Magen ist wirklich alles in Ordnung?«, fragte Magda.

»Die Magenspiegelung hat keinen Befund ergeben. Möglicherweise wäre es sinnvoll, eine Darmspiegelung zu machen. Ihre Beschwerden könnten auch mit den erwähnten Entzündungswerten zusammenhängen. Da sollten Sie auf jeden Fall am Ball bleiben. Allerdings würde es mich auch nicht wundern, wenn die Magenprobleme psychisch bedingt sind. Durchaus vorstellbar, dass Ihre Vorgeschichte Ihnen auf den Magen geschlagen ist.«

Goldberg nickte.

»Danke, Frau Dr. Francke.«

»Keine Ursache. Den Arztbrief bekommen Sie vorne ausgehändigt.«

Beim Rausgehen fiel Goldberg ein Stein vom Herzen. Die erste Hürde hatte er geschafft. Er würde das Gespräch mit Axel nächste Woche hinter sich bringen und dann würde er sich einen Hausarzt suchen.

»Du versprichst mir, dass du dem Ratschlag der Ärztin folgst!«, sagte Magda drohend.

»Ich schwöre es beim Leben meiner Mutter.«

»Gut.«

Goldberg musste an Alma Droste denken. Ihr Krebs war zu weit fortgeschritten gewesen. Sie war wenige Tage nach der Einlieferung ins Krankenhaus verstorben. Was aus Ben werden würde, war unklar. Alle Angehörigen waren tot. Es gab niemanden mehr, der sich um ihn kümmern konnte. Goldberg wollte nicht so einsam enden. Ab jetzt würde er sich besser um sich selbst kümmern, entschied er.

Arm in Arm schlenderten sie zu Goldbergs Saab, den er in einer Seitenstraße geparkt hatte.

Magda lächelte traurig. »Ich hoffe, dass ihr noch lange in Kophusen ermitteln werdet.«

»Das wird sich zeigen. Maren und Ole sind jedenfalls von der Notwendigkeit unserer Polizeistation überzeugt. Nach dem feuchtfröhlichen Abschiedsessen bei Rosi gestern, werden die sich nicht gegen uns stellen.«

»Was ist, wenn …«

»Nicht jetzt. Lass uns den Tag nicht verderben. Was hältst du davon, wenn wir etwas essen gehen?«

Magda sah ihn erstaunt an. »Ja, sehr gern.«

»Peter hat mir von einem Restaurant vorgeschwärmt. Die Adresse habe ich mir aufgeschrieben.« Er kramte den Zettel aus der Tasche. »Hier. Kennst du das?«

»Und ob. Dort gibt es den besten Rhabarber-Secco. Du fährst zurück.«

»Hauptsache, sie haben einen guten Espresso.«

»Peter geht ins *Goldschätzchen* essen? Allein?«, fragte Magda, als sie die Beifahrertür öffnete.

»Das habe ich mich auch gefragt.«

»Und? Gibt es da neuerdings jemanden?«

»Ich glaube, er trifft heimlich eine Frau.«

»Wer ist es?«

»Keine Ahnung, aber Hauke und ich haben die Ermittlungen bereits aufgenommen.«

Der Roman spielt hauptsächlich in bekannten Regionen und an realen Schauplätzen. Doch bleiben die Geschehnisse reine Fiktion. Alle Handlungen und Figuren sind frei erfunden. Ähnlichkeiten mit lebenden oder toten Personen sind nicht gewollt und rein zufällig.

Vor und hinter den Kulissen!

Damit ein Buch entstehen kann, braucht es viele Menschen, deren Arbeit sich hinter den Kulissen abspielt. Schreiben allein reicht nicht. Hinter diesem Roman steht ein ganzes Team, das mich zum Teil nun schon seit sechs Jahren begleitet. Durch ihre großartige Arbeit gelangen meine Geschichten ans Licht der Öffentlichkeit. In alphabetischer Reihenfolge sind das: Sonja Hartl und Rita Nandy. Mit sicherer Hand steuern sie den Text durch das Dickicht der deutschen Rechtschreibung und geben letzte wertvolle Hinweise. Svenja Sund ist die Grafikerin, die mir, mit einer Engelsgeduld und frischen Ideen, meine Cover ermöglicht. Den Ton meiner Hörbücher gibt Fabian Tormin an und steht mir mit Rat und Tat zur Seite. Mein Lektor Stefan Wendel verbringt jedes Jahr einen Arbeitsurlaub in Kophusen und sagt allem Verzichtbaren leidenschaftlich den Kampf an. Ich bin sehr dankbar für ihre anhaltende Begeisterung, ihr Engagement und ihre Treue zu mir und meinen Büchern.

Apropos anhaltende Begeisterung. Es gibt natürlich so einige Menschen, die mich begleiten und inspirieren. Manchmal sogar ohne, dass sie es wollen, geschweige denn merken. Aber es gibt natürlich auch die, die es sehr bewusst tun. Eine davon ist Sandra Schlichenmaier. Ausgerüstet mit bunten Klebezetteln und Stift, macht sie sich akribisch an die Arbeit einer Erstleserin. Und jedes Mal freue ich mich diebisch, wenn sie sich von der Geschichte gefangen nehmen lässt und ihr eigentliches Ansinnen dabei vergisst. Außerdem gab es bei diesem Band erstmals eine Testleserin: Yvonne Lantsch. Auch ihr Manuskript mit Zetteln und Anmerkungen gespickt. Die schönste konnte ich mir sogar merken: »Zu wenig Espresso.« Ja, das stimmt. Aber Goldberg wird es mir verzeihen.

Die Produktion des Hörbuchs ist immer eine besonders stressige Angelegenheit. Auch wenn es großen Spaß macht, kostet es viel Zeit und Nerven. Ein kleines Highlight ist der Text von Bärbel Thomsen, den mir meine Mutter ins Plattdeutsche übersetzt. Lautmalerisch sozusagen, weil sie selbst manchmal gar nicht weiß, wie es sich richtig schreibt. Bärbel und ich sind jedenfalls begeistert.

Wie Sie sehen, ist der Weg zum fertigen Buch manchmal mühselig und nervenaufreibend, da kommt die Frage nach dem Warum schon gelegentlich auf. Dass ich trotz der Mühsal immer wieder Lust und Muße habe, mich an einen neuen Fall zu wagen, liegt zum großen Teil auch an Ihnen, meine lieben Leserinnen und Leser. Ihr Beifall trägt mich über so manches Tief hinweg. Es beglückt mich, wenn ich Ihre Begeisterung für meine Lesungen erleben darf und meine Geschichten Ihnen ein paar flüchtige Stunden der Zerstreuung schenken können. Hauke im Übrigen auch, aber das würde er natürlich nie zugeben …

Auf den folgenden Seiten finden Sie die
ELB-Krimireihe im Überblick.

Melden Sie sich für den Newsletter an unter:
https://www.nicolewollschlaeger.de/newsletter/
Oder folgen Sie der Autorin auf Facebook und Instagram.

Mehr Informationen unter:
www.nicolewollschlaeger.de

Philip Goldbergs erster Fall!

»Nicole Wollschlaeger gelingt es (...), vielschichtige Charaktere, dichtes atmosphärisches Lokalkolorit und eine durchaus spannende Geschichte zu entwickeln. Man darf gespannt sein, was von der Autorin noch kommt.« *Hamburger Abendblatt*

Nicole Wollschlaeger
ELBSCHULD
Kriminalroman

ISBN: 9783741255526
Auch als eBook und Hörbuch

Hilde Deterding ist davon überzeugt, Morddrohungen aus dem Jenseits zu erhalten.
Als an ihrem vergifteten Hund die Spuren menschlicher Asche gefunden werden, nimmt Goldberg die Ermittlungen zum Leidwesen seiner beiden Kollegen auf. Und schon bald stecken sie in einem kuriosen Fall, der auch in ihm alte Geister wecken wird.

Die ELB-Krimireihe geht weiter!

»Oft begegnet man seinem Schicksal auf eben jener
Straße, die man einschlägt, um es zu vermeiden.«

Nicole Wollschlaeger
ELBSCHMERZ
Kriminalroman

ISBN: 9783744874229
Auch als eBook und Hörbuch

Das neue Ayurveda-Zentrum Namaste ist ein Ort der Stille
und inneren Einkehr. Bis plötzlich eine Patientin spurlos verschwindet. Kommissar Goldberg und seine beiden Kollegen,
die nur an einem teambildenden Yoga-Kurs teilnehmen wollten, befinden sich unversehens in ihrem nächsten Fall. Alles
deutet auf eine Entführung hin. Als eine rätselhafte Krähe aus
Schnee das Verschwinden zweier weiterer Patienten ankün-
digt, scheint es auch dieses Mal nicht mit rechten Dingen zu-
zugehen. Und schon bald entpuppt sich das Namaste als
Schauplatz eines weit zurückliegenden Dramas, das unwillkür-
lich auf eine menschliche Katastrophe zusteuert.

Philip Goldberg ist zurück!

»Goldberg schüttelte den Kopf. Das würde er nicht zulassen. Niemand starb in seinen Armen. Nicht noch einmal.«

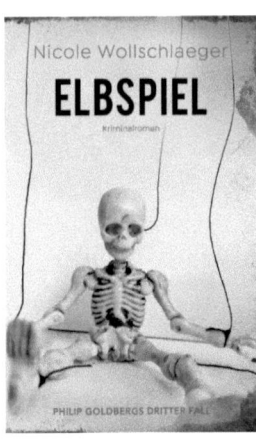

Nicole Wollschlaeger
ELBSPIEL
Kriminalroman

ISBN: 9783752895261
Auch als eBook und Hörbuch

Helle Aufregung in Kophusen. Anlässlich des 125. Bestehens der Gemeinde soll der *Jedermann* aufgeführt werden – unter der Regie des einstigen Starschauspielers Arno Menzinger. Die Kophusener reißen sich um die Rollen und geben alles, mit dabei sein zu dürfen. Doch irgendjemand scheint das Theaterspiel mit allen Mitteln sabotieren zu wollen und schreckt nicht einmal vor einem Leichen-diebstahl zurück. Die Jagd nach dem Täter führt das Kophusener Ermittler-Trio um Kommissar Philip Goldberg dieses Mal in eine Welt aus Schein und Sein. Mit tödlichem Ende.

Philip Goldberg ermittelt wieder!

»Die Erkenntnis traf sie wie ein Schlag auf den Hinter-
kopf. Sie würde nicht mehr mit ihr sprechen können.
Es war zu spät ...«

Nicole Wollschlaeger
ELBGIFT
Kriminalroman

ISBN: 9783744883139
Auch als eBook und Hörbuch

Herzversagen, attestiert der medizinische Direktor, als in
Kophusens exklusiver Seniorenresidenz eine kerngesunde Be-
wohnerin zusammenbricht und stirbt. Doch Polizeiobermeister
Peter Brandt hegt Zweifel an der natürlichen Todesursache.
Gemeinsam mit seinen Kollegen Philip Goldberg und Hauke
Thomsen stellt er heimlich Nachforschungen an. Wenig spä-
ter wird in dem Seniorenstift eingebrochen, und der Hausarzt
der Verstorbenen ist spurlos verschwunden.
Spätestens als tatsächlich ein Mord geschieht, liegt auf der
Hand: In der noblen Seniorenresidenz ist etwas faul. Die
Kripo aus Itzehoe übernimmt, doch die drei Kophusener Po-
lizisten lassen sich den Fall nicht so einfach wegnehmen und
ermitteln auf eigene Faust weiter ...

Philip Goldbergs fünfter Fall!

»Moritz fragte sich, ob der Sensenmann soeben einen Menschen getötet hatte oder ob das Ganze nur ein schlechter Scherz war. Aber was auch immer das hier sein mochte, diese Nacht würde er nicht so schnell vergessen.«

Nicole Wollschlaeger
ELBFANG
Kriminalroman

ISBN: 9783751952835
Auch als eBook und Hörbuch

»Hol över!«, hallt es durch die nächtliche Stille, als Moritz und Hanna bei einem romantischen Picknick an der Krückau sitzen. Gefährlich nah schippert eine unheimliche Gestalt an ihnen vorbei und jagt den beiden eine Höllenangst ein.

Als die Kophusener Beamten Hauke Thomsen und Peter Brandt den scheinbar scherzhaften Vorfall untersuchen sollen, passt ihnen das gar nicht in den Kram. Schließlich müssen sie gerade ohne ihren Chef Philip Goldberg auskommen, der Kophusen fluchtartig verlassen hat.

Notgedrungen beginnen die beiden Beamten ohne Goldberg mit ihren Ermittlungen und erkennen schon bald, dass sie es nicht mit einem Dummejungenstreich zu tun haben. Sondern einem Sensenmann aus Fleisch und Blut, der nur auf den richtigen Augenblick wartet, um sein erstes Todesurteil zu vollstrecken.

Eine Fantasy-Geschichte ab 10 Jahren

Schatten über Nargon
Die Kugel des Kummers

Nicole Wollschlaeger
Schatten über Nargon
Die Kugel des Kummers

Kinderbuch

ISBN: 9783744874175
Auch als eBook erhältlich

Eigentlich wollte sich Daniel auf dem Jungsklo nur vor Matze und seiner Gang verstecken. Als jedoch plötzlich ein kleiner buckliger Mann namens Marvinius in der Toilettenkabine auftaucht, wartet eine ganz andere Herausforderung auf ihn: Marvinius nimmt ihn mit ins Land Nargon, wo Daniel die Kugel des Kummers zurückholen soll, die der teuflische Burbas Bittermund gestohlen hat. Ehe er sich versieht, steckt Daniel mitten in einem haarsträubenden Abenteuer. Doch zumindest steht ihm mit Herrn Tasso ein ausgewachsener Drache zur Seite. Aber kann Daniel ihm wirklich trauen …